LE FANTASME DE *Finn*

Les Hommes du Maine TOME 1

K.C. WELLS

Les hommes du Maine

Levi, Noah, Aaron, Ben, Dylan, Finn, Seb et Shaun.
Huit copains qui se sont rencontrés au lycée à Wells,
dans le Maine.
Malgré des passés et des choix différents, une chose
est toujours aussi solide après les huit années
écoulées depuis la fin de leurs études : leur amitié.
Vacances, mariages, enterrements, anniversaires,
fêtes en tout genre ; ils saisissent le moindre prétexte
pour se retrouver. C'est l'occasion de parler de ce
qui se passe dans leurs vies, et plus particulièrement
dans leurs vies amoureuses.
Au lycée, ils savaient que quatre d'entre eux étaient
gays ou bi, ce n'était donc peut-être pas une
coïncidence qu'ils se soient rapprochés de la sorte.
Au fil des ans, des révélations et des prises de
conscience ont eu lieu, certaines plus surprenantes
que d'autres. Ce que les sept autres ignoraient,
cependant, c'était que Levi était amoureux de l'un
d'entre eux…

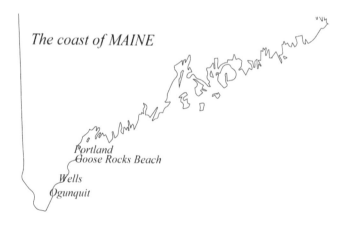

The coast of MAINE

Portland
Goose Rocks Beach
Wells
Ogunquit

Le fantasme de Finn (Les hommes du Maine, tome 1)
Copyright © 2021 by K.C. Wells
Couverture par Meredith Russell
Version originale corrigée par Sue Laybourn
Traduction par Terry Milien
Version française corrigée par Caroline Minić

Les détails de la couverture sont utilisés à des fins illustratives uniquement et toute personne dépeinte sur celle-ci est un modèle.

Chapitre premier

Avril

Finn Anderson n'eut besoin que d'un bref aperçu de Teresa Young (*Hé, arrête ça, c'est Teresa Cyr maintenant !*) tandis que celle-ci se frayait un chemin entre les tables pour savoir qu'elle avait une mission à accomplir. Les invités l'interpellaient, mais n'obtenaient qu'un faible sourire en retour, sans que la détermination de ses pas n'en pâtisse un seul instant.

— Vite, les gars, aux abris. La mariée arrive vers nous, dit-il dans un murmure affecté.

Comme il s'y attendait, les autres firent mine de chercher en toute urgence une sortie de secours alors qu'elle approchait.

Teresa s'arrêta derrière la chaise de Ben, les poings serrés sur ses hanches couvertes de satin et de dentelle.

— N'y pensez même pas.

Cela provoqua une succession de ricanements. Sourcils arqués, elle observa tour à tour Finn et les sept autres hommes assis autour de la table.

— Eh bien, qu'avons-nous là ? Quelqu'un vous a placés tous ensemble. Quelle surprise !

Dylan leva les yeux au plafond.

— On se demande bien qui a fait une chose pareille ?

Finn remarqua avec amusement que Dylan était le seul d'entre eux à ne pas avoir touché à sa cravate. Les autres avaient soit desserré ou enlevé la leur.

Teresa battit innocemment des cils.

— Aucune idée.

L'éclat de ses yeux racontait une tout autre histoire.

Ceux de Seb s'illuminèrent.

— C'est à notre de tour de faire un interrogatoire, enfin, je veux dire de passer du temps avec la mariée ?

Lorsqu'elle lui décocha un semblant de regard noir, il lui rendit un sourire mièvre.

— Ta robe est magnifique, Teresa.

Ben ravala un rictus.

— Lèche-cul, marmonna-t-il.

L'intéressée tourna lentement sur elle-même, bras écartés.

— Merci.

Seb avait raison : c'était une très jolie robe à dos décolleté avec un col en V et une taille empire. Le satin blanc épousait son corps fin jusqu'à ses hanches, avant de s'évaser à l'arrière. La dentelle ajoutait une dimension vaporeuse, recouvrant ses épaules et s'étendant derrière elle depuis les genoux en guise de traîne, ses bords festonnés embellis de délicates broderies. Les manches en dentelle évasée étaient coupées de sorte à laisser le champ libre à ses mains.

Passant une main dans sa barbe de trois jours, Seb renchérit :

— Les manches, par contre…

Teresa plissa les paupières.

— Qu'est-ce qu'elles ont ?

Finn luttait pour contenir son rire. Seb avait toujours su comment faire tiquer Teresa, déjà même quand ils étaient gamins.

Ce dernier haussa les épaules.

— Elles n'ont pas l'air pratiques ? Alors, elles sont belles, tout ce que tu veux, mais tu as de la chance qu'il n'y a pas de soupe au menu, sinon tu aurais passé ton temps à les tremper dedans.

Levi se racla la gorge.

— Ne l'écoute pas, Teresa. Je trouve que ça te met tout en valeur.

Elle lui envoya un baiser aérien. Levi continua de la détailler des pieds à la tête.

— Ça me fait un peu penser à celle que j'ai vue dans *Downton Abbey*.

Le regard de Teresa s'illumina.

— Oh, mon Dieu, c'est *exactement* ça.

Elle rayonnait de plaisir.

— Merci de l'avoir remarqué.

Elle passa à nouveau toute la tablée en revue.

— En vrai, j'étais venu remercier Finn pour son cadeau de mariage.

Elle posa un regard chaleureux sur ce dernier.

— Les rocking-chairs sont magnifiques. C'est toi qui les as faits, pas vrai ?

Il lui fit une petite révérence.

— Content qu'ils te plaisent.

Il avait passé plusieurs week-ends à bosser sur ces fauteuils à barreaux en frêne et il était ravi du résultat.

— Tu n'étais pas obligé d'en faire deux, tu sais.

Finn secoua la tête.

— Tu avais besoin de deux. Il faut les poser côte à côté sur ton porche, pour que Ry et toi puissiez vous y asseoir le soir venu, comme un vieux couple à la retraite.

Il réalisa soudain que le silence s'était fait sur le reste de la tablée et que ses amis l'observaient avec des regards moqueurs.

— Quoi ?

Seb croisa les bras.

— Je t'en prie, fais nous passer pour des ploucs, tant que t'y es.

Finn fronça les sourcils.

— Hein ?

— Moi qui croyais avoir atteint des sommets en leur achetant un multicuiseur. Mais des *rocking-chairs* ?

À l'autre bout de la table, Ben rit.

— Au moins, un multicuiseur, ça dénote un peu d'imagination. Je leur ai offert un chèque-cadeau.

Levi, Noah, Dylan et Aaron se mirent à murmurer un concert de « moi aussi ».

— Et toi, tu peux te le *permettre*, ce multicuiseur, Môssieur l'Instituteur. *Certains* d'entre nous ne gagnent pas autant que toi.

Shaun se fendit d'un grand sourire.

— Vos chèques-cadeaux n'ont aucune chance. Le mien est valable au restaurant. Pour les soirs où Ry ne supportera plus la cuisine de Teresa.

— Hé, intervint Noah, sois pas mesquin. Elle a très bien pu s'améliorer depuis le lycée.

— Elle *a pu* ? s'indigna Teresa, bouche bée. Et qu'est-ce que le lycée a à voir là-dedans ?

Noah s'esclaffa.

— Y a pas quelqu'un qui a utilisé un de tes petits pains comme batte de baseball ?

Ses mains remontèrent sur ses hanches.

— Qui a cafté ?

Levi ricana.

— Il s'avère que c'est ton époux, madame Cyr.

Teresa tourna brusquement la tête, décochant un regard assassin à Ry qui discutait avec d'autres invités, assis de l'autre côté de la salle de réception.

— Attendez un peu que je le coince dans un endroit isolé.

— Tu sais, ce genre de promesses, c'est censé être sexy, pas menaçant, fit remarquer Aaron dont les lèvres tressautaient.

Teresa cilla quelques fois, puis éclata de rire.

— Vous me bidonnez, les gars.

Finn rit avec elle. Teresa n'avait pas beaucoup changé depuis qu'ils étaient sortis du lycée, Dieu soit loué. Ses colères s'estompaient toujours aussi vite qu'elles avaient commencé.

Ben leva son verre de champagne à son intention.

— Félicitations, Teresa. Vous formez un couple génial. Et c'était pas trop tôt, vu que votre premier baiser, à Ry et toi, date de la troisième.

Une lueur taquine illuminait ses yeux. Shaun écarquilla les siens.

— Oh, j'avais oublié ce détail.

— As-tu aussi oublié que Teresa a raconté à tout le monde à quel point c'était dégueu ? demanda Ben avec un regard de côté à la mariée. C'est bien comme ça que tu l'as dit, hein ?

Un grand sourire aux lèvres, il renchérit :

— C'est peut-être pour ça que tu as attendu aussi longtemps pour l'épouser, le temps qu'il s'améliore dans ce domaine ?

Au cours de l'hilarité générale, Teresa croisa les bras, ses longs ongles rose pâle se posant sur ses manches en dentelle, les bords évasés pendouillant de chaque côté.

— Tu ne devrais pas boire ça, je ne suis pas sûr

que tu aies l'âge requis.

Ben leva les yeux au plafond.

— Comme tu es drôle. Si on n'était pas à ton mariage, je te dirais d'aller…

Il articula silencieusement les mots « te faire mettre » et Teresa émit un hoquet de surprise forcé. Ben gloussa.

Levi passa le bras autour des épaules de ce dernier et lui pinça la joue.

— Ooh, c'est pas sa faute s'il a gardé sa trogne d'enfant toute mimi.

Ben émit un grognement guttural.

— Arrête ça. Bordel, tu me le fais depuis la quatrième.

— Il peut te faire un bisou magique, si tu préfères, suggéra Seb, l'œil brillant d'une lueur taquine. Je parie qu'il embrasse mieux que Ry.

Cela lui valut un regard noir de Ben comme de Levi. Teresa tourna délibérément la tête dans sa direction.

— Tu n'as *jamais* embrassé Ry.

Le sourire énigmatique de Seb rappela à Finn pourquoi il aimait tant ses amis. Une fois la bande réunie, le niveau de sarcasme atteignait des sommets.

Teresa s'approcha de Seb, qui recula sa chaise comme pour se lever. Elle posa une main sur son épaule.

— Reste assis, mon mignon.

— « Mon mignon » ? Je suis flatté.

Il se tut aussitôt que Teresa s'assit sur ses genoux en amazone en nouant les bras autour de sa nuque. Au bout de quelques secondes, Seb éclata de rire.

— Je t'en prie, Teresa, mets-toi à l'aise.

— Vois ça comme ta punition de m'avoir faire croire que Ry et toi vous étiez galochés.

Il se pencha contre elle et lui murmura tout haut :

— Ce qui s'est passé entre lui et moi, je l'emporterai dans la tombe.

Il dut la retenir quand Teresa poussa un hoquet de surprise et tenta de s'écarter.

— Calme-toi, chaton. Il ne s'est rien passé. Ce n'est pas du tout mon genre, je kiffe pas les sportifs.

— Ce n'est pas ce qu'on m'a raconté, chuchota Noah.

Seb se contenta de hausser un sourcil.

— À quel sujet ?

Teresa se détendit et entremêla ses doigts, finissant ainsi de se harnacher au cou de Seb. Celui-ci posa une main sur sa taille et elle sourit.

— Je me sens en sécurité ici. C'est pas *toi* qui risques de me tripoter, contrairement à l'oncle de Ry, il me fout les pétoches. Et moi, au moins, je suis *certaine* de ne pas être ton genre.

Elle lui décocha un grand sourire.

— D'ailleurs, Seb… tu as rencontré des beaux gosses ces derniers temps à Ogunquit ?

Finn pouffa.

— D'après ce que j'ai ouï dire, Seb se tape petit à petit tous les mecs qu'il rencontre au MaineStreet et au Front Porch, sans parler de la zone gay de la plage. C'est sûrement là qu'il a prévu de passer toutes ses vacances d'été.

Seb lui lança un regard perçant.

— Qu'est-ce que tu sous-entends ?

Il n'y avait toutefois aucune note de reproche dans sa voix.

Ben s'esclaffa.

— Mec, il a rien sous-entendu : il l'a *dit* très clairement.

Autour de la table, les amis de Finn se joignirent

à l'hilarité et Seb ne tarda pas à les rejoindre.

— Au fait, Levi, comment va ta grand-mère ? s'enquit Teresa. Ça fait un moment que je ne l'ai pas vue.

Le sourire de Levi fit scintiller son regard.

— Elle va bien, merci. Elle t'envoie tous ses vœux de bonheur.

— Elle continue de faire de la pâtisserie ? Je me souviens encore de quand elle t'a appris à faire des cookies en quatrième et qu'elle t'a obligé à en apporter une boîte pour tes camarades de classe.

Aaron renâcla.

— Ça ne m'étonne pas que tu t'en souviennes. Tu en avais englouti combien, déjà ?

Teresa caressa de ses deux mains sa silhouette fine.

— Ma période de gavage aux cookies est loin derrière moi.

— Sans blague, commenta Noah.

Quand Teresa tourna brusquement la tête dans sa direction, il désigna sa robe d'un doigt.

— Tu ne pourrais pas te gaver de cookies *et* porter ça. À moins qu'ils la fassent en taille plus large.

— Et oui, mamie pâtisse encore, la rassura Levi.

Finn vit la réponse pour ce qu'elle était réellement : une tentative de la part de Levi de faire cesser les échanges de sarcasme. C'était tout lui, ça, le pacificateur né, même lorsqu'ils étaient gosses.

Finn leva la tête vers une ombre qui approchait derrière l'épaule de Teresa.

— Oh, oh. Cible en approche. Le jeune marié n'a pas l'air commode.

Ry Cyr semblait lui aussi avoir un but bien précis, bien qu'il ne paraisse pas *si* agacé que ça.

Teresa se figea lorsque son mari toussa très ostentatoirement dans son dos. Faisant mine d'ignorer cette dernière, Ry salua la tablée d'un sourire poli.

— Je ne voudrais pas interrompre votre petite réunion au sommet, mais l'un de vous aurait-il vu mon épouse ?

Tous éclatèrent de rire. Ry posa une main sur l'épaule de sa femme et la regarda avec un amusement évident.

— Je vois que tu as trouvé un siège confortable. Sinon, à moins que tu préfères passer tout ton temps avec ces messieurs plutôt qu'avec les autres invités qui t'attendent, ou Dieu nous en préserve, ton mari...

Seb gloussa.

— Tu peux la récupérer.

Ry renifla.

— Comme si je ne savais pas exactement où je la trouverais.

Il tendit la main vers l'intéressée, qui se leva et lissa les plis de sa robe. Ry les regarda tour à tour.

— Vous vous amusez bien, les gars ?

— On passe un très bon moment, le rassura Finn. L'endroit est génial.

Le plafond de la salle de bal était orné de guirlandes de lumière blanche et de grandes bandes de mousseline de soie qui partaient du centre et se terminaient dans les coins, d'où elles retombaient en élégantes cascades. Par les baies vitrées, on apercevait la terrasse où la messe avait eu lieu, sous une tonnelle supportée par des colonnes blanches drapée de la même mousseline.

— C'était une très belle cérémonie, d'ailleurs, ajouta Levi.

Noah fronça les sourcils.

— C'était super court.

— C'est bien ce que j'ai dit, rétorqua Levi dont le sourire taquin ramena Finn aux premiers jours de leur rencontre, en cinquième.

Levi avait toujours l'air d'être sur le point de faire un sale coup, et ce, même quand il se tenait à carreau. *De toute façon, quand Levi a-t-il jamais fait quoi que ce soit de mal ?* Il était leur petite sainte-nitouche personnelle.

Ry désigna le plancher au centre de la salle.

— J'ai intérêt à vous voir tous danser, tout à l'heure. Par contre… évitez de danser les uns avec les autres, d'ac ? Vous feriez peur à ma famille. Certains d'entre eux ne sont pas aussi ouverts d'esprit que moi.

Il ne s'était pas défait de son petit air amusé.

Les yeux d'Aaron s'illuminèrent.

— Hé, ne nous mets pas tous dans le même panier, capiche ?

Noah se racla la gorge et expliqua :

— Ça, c'est sa façon de dire « on n'est pas *tous* gay ou bi ».

Il tapota l'épaule d'Aaron et lui dit :

— Bienvenu dans mon monde. À chaque fois que je vais faire un bowling avec Levi, y a un petit malin du lycée qui trouve ça drôle de me demander quand on compte se fiancer.

— Alors qu'on sait *tous* que ni toi ni lui n'êtes du genre à vous marier, fit remarque Finn.

Il ne se rappelait pas avoir jamais vu Noah ou Levi avoir un rencard, bien que pas mal de choses aient pu changer depuis son emménagement à Kennebunkport. Après tout, il ne prenait pas des nouvelles de ses amis fréquemment. Certes, ils s'appelaient les uns les autres, mais ils ne s'étaient pas revus de cette manière depuis des lustres, il était donc grand temps qu'ils rattrapent le temps perdu.

Levi clignait des yeux.

— Je vois.

Noah, lui, était affublé de son expression que Finn qualifiait de « biche prise dans les phares d'une voiture ».

Ry glissa un bras autour de la taille de Teresa.

— Je vous dis à plus tard, les garçons. Faut qu'on aille se socialiser, là.

Il emmena son épouse à une autre table et celle-ci leur jeta un dernier regard et un sourire navré par-dessus son épaule.

— M'est avis que Teresa préférerait nous parler plutôt que de socialiser, observa Shaun avec un petit rire.

— En parlant de parler... commença Finn en inclinant la tête vers la baie vitrée. Ça vous dirait de vous resservir et d'emporter vos flûtes de champagne dehors pour qu'on puisse causer ? On a plein de retard à rattraper.

Dylan jeta un regard dans cette direction et frissonna.

— Déconne pas. Il caille dehors. Je vote pour qu'on se trouve le bar. Ce soi-disant « fabuleux Village près de la Mer » doit bien avoir un bar, non ? Allons nous en accaparer un coin où on pourra causer sans aucune interruption.

Dix minutes plus tard, ils avaient trouvé le comptoir et avaient rapatrié assez de chaises dans un coin, une seule table pour eux tous, croulant sous les verres de toute la troupe.

Ben jetait un regard dépité à la salle de bal.

— Moi qui voulais danser.

Shaun s'esclaffa.

— Ç'aurait été l'idéal pour libérer la piste de danse pour nous autres.

— Ça veut dire quoi, ça ? rétorqua Ben avec indignation.

— Ça veut dire que tu danses comme Kermit avec les bras qui vont dans tous les sens, et ne t'avise pas de le nier, répondit Dylan avec un grand sourire, on a des preuves.

Ben les fusilla du regard.

— Pardon ? Quelles preuves ?

Seb sortit son portable de sa poche, le manipula un moment, puis le tendit vers l'intéressé.

— La fête. Au Nouvel An. C'est *bien* toi, non ?

Ben écarquilla les yeux.

— Espèce d'enflure. Efface ça.

Tout autour, les autres rirent et Ben faisait très clairement des efforts pour continuer à paraître agacé.

Seb posa son téléphone contre son cœur.

— Oh non. Je me la garde au cas où j'ai besoin de munitions un jour.

Avec un regard pour Levi, il enchaîna :

— Tu vis toujours chez ta grand-mère ?

Au hochement de tête de celui-ci, Seb pinça les lèvres.

— Ça doit te mettre pas mal de restrictions.

— J'imagine que ce serait le cas, oui, confirma Levi, *si* je cherchais à me caser, ce qui n'est pas le cas.

Seb haussa les sourcils.

— N'oublie pas que je ne suis pas du genre à me marier.

— Tout le monde n'est pas comme toi, Seb, le taquina Ben.

Un silence s'ensuivit alors qu'ils prenaient tous une gorgée de champagne.

Finn secoua la tête.

— Vous êtes sérieux là ? C'est la première fois

qu'on se retrouve tous depuis le Nouvel An, et y a pas la moindre matière à commérer ? Rien à signaler ?

Sept visages l'observèrent d'un air ébahi et Finn soupira.

— Eh bah, putain. Huit mecs, dont pas un n'est moche à vomir, et pas une seule amourette en vue. Pour citer *Le shérif est en prison :* « Ça, j'avoue, qu'ça m'déprime ».

— Qui a dit que j'avais envie d'une amourette ? répliqua Seb d'un ton contraire. Ça me convient très bien, les plans culs. Sans attaches. Sans attentes. J'aime ma vie telle qu'elle est. Alors qu'est-ce que ça peut faire si je me tape les mecs du MaineStreet ? Y a rien de mal à ça.

— Rien du tout, le rassura Finn.

Seb lui lança un regard reconnaissant.

— Tu veux me faire croire qu'aucun des gros baraqués qui bossent avec toi ne te fait de l'effet ? insista Shaun pour taquiner Finn.

— Ces trouducs ? Primo, ils sont tous hétéros. Deuxio, ils se foutent de ma tronche dès qu'ils en ont l'occasion. Ils adorent me foutre la honte ; enfin, ils *essaient*, en tout cas. Ça ne les mène nulle part.

De toute façon, aucun d'eux ne l'intéressait.

Le seul mec pour qui il avait un faible restait hors de sa portée, et l'idée même de l'approcher n'était rien de plus qu'un fantasme. Deux semaines seulement s'étaient écoulées depuis la toute première fois où Finn avait posé les yeux sur l'homme qui promenait son labrador chocolat sur la place, et depuis, il restait discrètement à l'affût.

— Sur quoi tu bosses en ce moment ? lui demanda Levi.

— On construit un hôtel sur Kings Highway. Il y aura une vue d'enfer sur la plage.

Le genre de panorama dont Finn mourait d'envie depuis sa propre fenêtre, mais bon, à moins de gagner au Loto…

— Sur Goose Rocks Beach ? précisa Noah, qui pouffa lorsque Finn le lui confirma d'un hochement de tête. Ouah. Ça te fait une sacrée trotte tous les jours pour aller bosser, non ? Tu mets combien de temps pour y arriver ? Deux, trois minutes ?

— Petit rigolo, répondit Finn avant de siroter son champagne. Pour ta gouverne, j'habite à soixante mètres de la plage.

— Ouh, soixante mètres, le taquina Seb. Le trajet doit être super fatigant.

— Mon Dieu, tu dois avoir des glaçons dans le sang pour réussir à vivre là-bas. Ça doit cailler sa race à cette époque de l'année.

Ben ponctua sa remarque d'un tressaillement exagéré.

— J'espère que tu portes des caleçons chauffant sur le chantier.

Finn s'esclaffa.

— Tu peux parler. Rappelle-moi un peu où tu habites ? Camden, c'est pas vraiment les tropiques.

Ce qui lui valut un doigt d'honneur.

— Les hébergements sont surtout des locations, non ? Pour les vacanciers, j'imagine ? demanda Aaron en étalant ses grandes jambes qu'il croisa au niveau des talons.

— Principalement, oui.

Finn louait un chalet deux chambres à Jon, l'entrepreneur en charge du chantier. L'endroit avait connu des jours meilleurs, et l'intérieur avait clairement été le fruit de quelqu'un qui avait un amour trop poussé pour les revêtements en pin, mais ça convenait à Finn, qui s'y sentait bien. Depuis sa porte d'entrée, il pouvait suivre Belvidere Avenue des yeux jusqu'à la plage. Le chantier s'y élevait sur la droite, parallèle au rivage.

Il adorait l'air vivifiant de l'océan et les odeurs que celui-ci charriait. Le froid ne le gênait pas plus que ça, il en avait l'habitude, et se promener sur la plage, c'était sa façon bien à lui de décompresser. Il avait perdu le compte du nombre de fois au cours d'une journée de travail où on lui hurlait d'arrêter de mater l'océan.

Non pas qu'il soit *toujours* en train de regarder les flots : parfois, c'était l'homme au labrador qu'il reluquait. Ou du moins qu'il attendait.

Je suis complètement dingue d'un type que je n'ai même pas encore vu de près. Pour ce que j'en sais, il ressemble peut-être à Elephant Man. Suis-je vraiment aussi désespéré que ça ? Bon Dieu, depuis quand je me suis pas envoyé en l'air ?

Suffisamment longtemps pour avoir arrêté de compter les jours.

— Alors, d'après vous, pourquoi il leur a fallu si longtemps à Teresa et Ry pour se passer la corde au cou ? relança Dylan, ce qui ramena Finn au présent. À moins que Ben ait raison et qu'elle attendait vraiment qu'il s'améliore en galoche.

Il ricana, Ben renâcla.

— Je peux te dire pourquoi, répondit ce dernier. Teresa attendait que Le Bon se pointe, et quand elle a fini par comprendre qu'il n'allait pas montrer le bout de son nez, elle s'est rabattue sur celui qu'elle avait sous la main. Quoique sa mère ne doit pas être innocente à l'affaire, non plus. De ce que j'ai entendu dire, elle a hâte de dorloter ses futurs petits-enfants. Alors que Teresa approche des vingt-six ans.

— Comment ça se fait que tu saches tout ça, toi ?

Selon Finn, Ben ne visitait pas Wells si souvent que ça. Ce qu'il comprenait : d'entre eux tous, Ben était celui qui avait subi le plus d'enfoirés violents au lycée, et la plupart d'entre eux étaient toujours dans la région. À l'exception d'Aaron, qui vivait dans le parc national d'Acadia, Ben s'était éloigné loin, au nord, à Camden.

Ce dernier se fendit d'un sourire narquois.

— J'ai mes sources.

Après un coup d'œil en direction de Dylan, il secoua la tête et enchaîna :

— Mon pote, tombe la cravate. Tu bosses pas à l'accueil de cet hôtel. Décontracte.

Dylan rigola tout en desserrant son nœud de cravate bleu foncé avant de l'enlever.

— J'aime être présentable, et alors ? Lâche-moi.

— Alors que Ben, lui, serait bien incapable de le remarquer si un mec présentable lui tombait dessus, fit remarquer Noah, une lueur dans l'œil.

Sous un concert de rires, Ben se contenta d'un doigt d'honneur.

— Faudrait que tu apprennes une autre forme de réponse, hein ? lui dit Finn en ricanant.

Ben lui adressa un sourire mielleux.

— Tu veux savoir c'est quoi ma réponse ?

Il refit le même geste et ajouta :

— Assieds-toi dessus.

Tout sourire, Finn rétorqua :

— Ce serait bien volontiers, mais vu la taille de tes doigts, je ne risque pas d'en retirer beaucoup de plaisir.

— Tu as rencontré des filles parmi les femmes de chambre ? demanda Shaun.

Dylan arqua un sourcil.

— Avec les heures que je me tape ? Quand veux-tu que je trouve le temps de leur causer ?

— Comment va ton père, Shaun ? s'immisça Levi en reposant son verre vide sur la table.

Le visage de l'intéressé se contracta.

— Ça va. Son infirmière à domicile passe le week-end avec lui. J'ai bien failli ne pas venir.

Finn en avait mal au cœur pour lui. Devoir assister aux ravages de la sénilité sur le père qu'il avait connu toute sa vie devait être une véritable torture pour Shaun.

— Eh bien, je suis content que tu aies pu venir, trancha Noah d'une voix chaleureuse.

Il jeta un regard à leurs verres.

— On doit porter un toast.

Comme Levi rougissait de honte, Noah gloussa.

— Tiens, prends-en un peu du mien.

Il versa la moitié de son champagne dans la flûte de Levi.

— Merci.

Levi lui décocha un sourire reconnaissant avant de lever son verre.

— Bon, on trinque à quoi ?

Il sourit en avisant le reste de la tablée.

— Perso, je sais ce pour quoi *moi* je trinquerais. Aux meilleurs amis qu'on puisse rêver d'avoir.

Ben se mordit la lèvre.

— Aux amis qui m'ont sauvé la mise plus de fois que je ne peux m'en souvenir.

Il leva son verre, comme les autres.

— Aux amis qui assurent mes arrières depuis le collège, ajouta Aaron.

— Aux amis qui m'acceptent comme je suis, renchérit Seb, les yeux pétillants.

— Aux amis qui ont toujours été là pour moi, dans les bons comme dans les mauvais moments, tonna la voix d'ordinaire calme de Shaun.

— Aux meilleurs modèles qu'on puisse avoir.

La gorge de Finn se noua en entendant la sincérité dans la voix de Dylan.

— À nous, conclut enfin Noah en regardant les autres tour à tour.

— À nous, répéta Finn.

Ils rapprochèrent leurs verres au centre et plus personne ne pipa mot alors que ces derniers tintaient. Chacun prit une gorgée dans un silence aisé. Puis Finn s'arma d'un sourire espiègle.

— OK, assez bavardé. J'ai envie de voir Ben danser. À vrai dire, j'ai envie de me trémousser jusqu'à me niquer les pieds.

Le lundi serait vite là, même s'il ne redoutait pas de retourner bosser. Il adorait son job.

Mais la venue du lundi matin signifierait aussi revoir l'homme de la plage et son magnifique chien.

Aurai-je enfin le courage d'aller lui parler, alors ? Finn en doutait. Pourquoi gâcher un fantasme parfaitement fabuleux en découvrant que celui qu'il trouvait si alléchant ne jouait pas dans la même équipe que lui ?

Ben souffla par le nez.

— Très bien. J'avais l'intention de danser, de toute façon. Mais seulement si vous gardez vos portables dans vos poches. C'est bien compris ?

— On a compris, confirma Seb avec un hochement rassurant du menton.

Alors qu'ils quittaient la table, il croisa le regard de Finn et lui montra ton téléphone. *C'est ton tour*, articula-t-il tout bas.

Finn ravala un éclat de rire. Il avait les meilleurs amis *au monde*. Et la plus belle des vies, en y réfléchissant bien. Il ne lui manquait qu'une chose

pour qu'elle soit vraiment parfaite.
   Quelqu'un qu'il puisse aimer.

Chapitre 2

Joel Hall se mit à compter dans sa tête à la seconde où sa sœur, Megan, franchit la porte d'entrée. Il arriva à cinquante avant qu'elle ne lance la première salve. Joel en était impressionné : elle n'exhibait d'ordinaire pas autant de retenue.

Megan regardait autour d'elle en hochant la tête.

— Petit, mais la chambre en mezzanine est jolie.

Elle se fendit d'un grand sourire.

— Tu n'aurais pas pu trouver plus petit ? Là, tu vois, si tu y mets du tien, tu as encore assez de place pour adopter un chat. Je suis sûre que le chien adorerait.

— Ce n'est pas *si* petit que ça, et « le chien » a un nom, répondit Joel, pince-sans-rire. Ça tient en seulement deux syllabes, pour l'amour de Dieu. Bramble. « Bram-beul ». Tu penses pouvoir le retenir ?

Il comprit que le regard noir de sa sœur serait sa seule réponse.

Megan s'agenouilla face à Bramble, qui était lové au creux de sa paillasse devant la cheminée. Elle gratouilla ses douces oreilles couleur chocolat.

— Ton bêta de papounet croit que c'est pour lui que je suis venue, mais *nous* on connaît la vérité, hein, mon bébé ?

Bramble répondit par un adorable petit *ouaf.*

— Il te dit qu'il sait *parfaitement* pourquoi tu es là, *tata* Megan, lui fit remarquer Joel depuis son rocking-chair de l'autre côté de la cheminée.

Megan secoua la tête.

— Non, mais, regarde-toi. À te balancer sur ce machin comme si tu avais quatre-vingts piges.

Ses yeux s'illuminèrent avant qu'elle réattaque :

— Et pourquoi choisir ce rocking-chair alors que tu as un fauteuil tout bonnement *sublime* recouvert d'images de voiliers ?

Joel savait reconnaître le sarcasme. Il plissa les yeux.

— Je te l'accorde, la déco est un peu désuète. Mais à quoi tu t'attendais d'une location ? À une chaise de l'époque édouardienne ? À une chauffeuse irlandaise ? Un vaisselier en bois massif ? Et puis, même si ce n'est pas à ton goût, qu'est-ce que ça peut faire ? Ce n'est pas *toi* qui vis là.

Dieu soit loué. Trente minutes, voire plus, le séparaient de Portland, où Megan et sa partenaire Lynne résidaient. Ce n'était pas *super* loin, mais ça suffisait. Il adorait sa sœur de tout son cœur, mais *doux Jésus*, elle aurait pu faire perdre patience à un saint.

Megan octroya une dernière caresse à Bramble avant de s'installer dans ledit fauteuil.

— Hé, il est confortable !

— N'aie pas l'air aussi surprise.

Joel, lui, préférait les légers va-et-vient apaisants de sa chaise à bascule. Il adorait ça quand Bramble se joignait à lui et se couchait à ses pieds, la queue bien à l'abri du danger.

Megan lui jeta un regard.

— Alors, ça fonctionne ? Avec Bramble, j'entends.

Il lui fallut un moment pour comprendre le sens de sa question. Joel en resta bouche bée.

— Tu étais *sérieuse* ?

Elle cilla.

— Évidemment que j'étais sérieuse.

— Je n'ai *pas* pris un chien dans le seul but de rencontrer un mec ! Tu parles d'une idée farfelue, tiens.

Megan lui décocha un sourire de supériorité.

— Tu peux rire, mais attends de voir. Un homme et son chien ? C'est un véritable aimant à homos. Tu verras.

Elle se releva et s'approcha de la fenêtre, le regard perdu dans la vue au-dehors.

— Je dois bien avouer... que même *mon* idée tout à fait géniale risque de foirer dans un endroit pareil.

— Quoi, un endroit pareil ?

Megan leva les yeux au ciel.

— Tu sais ce que je vois, là dehors ? Des arbres. Rien que des arbres.

— Il se trouve que j'adore ça, les arbres, rétorqua Joel sans réussir à endiguer un accès d'indignation. Même si, certes, ce n'est pas aussi... fréquenté que Portland.

Les yeux de Megan faillirent sortirent de leurs orbites.

— Pas aussi fréquenté ? Je m'attends presque à voir des herbes séchées virevolter au grès du vent sur la route. Qu'est-ce qui ne te plaisait pas à Augusta ? Tu n'étais pas si loin des enfants et de Carrie, tu avais toutes commodités possibles au pas de ta porte... Pourquoi a-t-il fallu que tu choisisses de venir vivre dans le trou du cul du monde ? Il n'y a rien à part des touristes, dans le coin.

Joel plissa les yeux.

— Je me *plais* ici. C'est calme. Je peux écrire. Je peux promener le chien.

Quant à son éloignement vis-à-vis des enfants… son cœur se serra.

— Mais y a pas un seul *mec*, contra Megan en se triturant les mains. Il doit bien y avoir de meilleures localités pour un gay.

Elle soupira.

— Je crèverais si je devais habiter ici.

— Tu serais morte si tu étais restée dans l'Idaho, ça oui. Déjà, tu n'aurais pas rencontré Lynne.

Il adorait voir la chaleur dans son regard.

— C'est vrai.

Joel avait eu un faible pour le chalet pittoresque dès l'instant où il avait posé les yeux dessus, avec ses marches peintes en blanc qui menaient au perron, la pente raide du toit avec ses deux lucarnes. Un coup d'œil à la chaise Adirondack posée sur la terrasse à gauche de la porte d'entrée avait suffi à boucler l'affaire. Il pouvait s'y voir en train de lire ou peut-être même avec son ordinateur portable sur les genoux. De l'autre côté de la porte étaient installés deux rocking-chairs blancs. Joel avait franchi la porte-moustiquaire et s'était immobilisé dès qu'il avait vu l'intérieur.

C'était tout ce qu'il désirait, même si les lieux avaient connu des jours meilleurs.

La pièce de vie donnait sur la cuisine à droite, avec une porte menant à la salle de bains, et quoi que Megan ait pu dire, c'était assez spacieux. La fenêtre au pic du toit déversait un torrent de lumière et un escalier en chêne desservait l'unique chambre en mansarde. Un clic-clac à simple et double extension dans le salon pourrait accueillir Nate et Laura quand ils viendraient, ou plutôt *si*. C'était parfait. La mezzanine était charmante, avec juste assez de place pour un lit queen-size sous l'axe du toit, d'où il pouvait regarder le salon en contrebas.

Bon, oui, c'était petit, mais ça lui convenait. Et s'il avait choisi cet endroit tranquille à Kennebunkport, à deux pas de Goose Rocks Beach, ce n'était pas parce que ça pullulait d'homos. S'il voulait rencontrer un gars, il y avait Ogunquit. Non pas qu'il ait déjà mis les pieds au bar gay (*Le MaineStreet, c'est comme ça qu'il s'appelle ?*), mais il en avait l'intention.

Mais bien sûr. *Combien* de fois était-il déjà passé devant en voiture ?

Ça ne pressait pas. Pour l'instant, il voulait prendre le temps d'apprendre à vivre seul, rien que lui et ses pensées. Parce que *ça*, ça ne manquait pas.

Megan le toisa d'un regard perçant.

— Une petite minute. Tu as dit « écrire ». Tu es encore attachée à cette idée ? Je pensais que tu avais jeté l'éponge.

Joel haussa les épaules.

— J'y songe encore, de temps à autre.

Même s'il n'avait pas encore tapé le moindre mot. C'était comme si l'écran vide de son ordinateur se moquait de lui. *Allez, vas-y. T'es pas cap. Tape.* Des idées ? Il en avait à la pelle. Tout ce qui lui manquait, c'était la motivation.

Cet endroit est peut-être justement ce dont j'ai besoin.

— Carrie est déjà passée voir ? Elle garde le contact ?

La voix de Megan s'était aussitôt faite plus

douce.

— On se parle presque tous les jours, affirma Joel. Et non, elle n'est pas encore venue visiter.

Ça, c'était sur le point de changer, toutefois.

— Comment va-t-elle ?

Joel se fendit d'un grand sourire.

— Tu vas pouvoir lui demander toi-même.

Tandis que Megan écarquillait les yeux, Joel tapota sa montre.

— Elle vient aujourd'hui. Elle n'a pas donné d'heure précise, mais elle a dit que ce serait dans l'après-midi.

— Merci de l'avertissement. Je ferai en sorte de partir avant qu'elle débarque.

Joel sentit son cuir chevelu se contracter.

— Pourquoi ? J'ai toujours cru que vous vous entendiez bien.

C'était du moins l'impression qu'il en avait eue.

— Oh, c'est le cas, c'est juste que…

Joel quitta sa chaise à bascule, s'approcha de sa sœur et posa une main sur son épaule, qu'il serra dans un geste qu'il espérait rassurant.

— Ne t'en fais pas. Il n'y aura ni silences gênés ni aucune tension entre nous. On n'a pas subi ce genre de divorce.

Il se rendit à la cuisine pour préparer du café.

— Tu vas au moins rester assez longtemps pour boire une tasse, j'espère ?

— Ça va dépendre de quand elle arrive.

Megan l'avait suivi et s'appuya contre la colonne qui soutenait la mezzanine avant de demander :

— Tu lui as parlé de David ?

L'estomac de Joel se noua.

— Je lui ai tout raconté. Il était grand temps.

Il dut sourire.

— Tu veux connaître sa première réaction ? « Moi qui croyais que tu étais puceau quand on s'est mis ensemble. »

Megan se fendit d'un sourire narquois.

— Bah… techniquement, tu l'étais. Du moins avec les femmes.

Elle se raidit à l'approche d'un moteur.

— Ça doit être elle.

Joel vérifia par la fenêtre. La Honda Civic de Carrie était en effet garée devant.

— Tu veux bien rester un peu ? Tu viens à peine d'arriver.

— Je n'avais pas prévu de m'attarder, de toute façon.

Elle lui embrassa la joue.

— T'inquiète. Je ne mettrai pas une plombe à revenir voir mon petit frère.

Joel eut un rictus.

— T'étais vraiment obligée de tout gâcher ? J'ai pas le droit à une période de sursis ?

Il grimaça lorsqu'elle lui frappa le bras.

— Aïe. Moi qui croyais que tu n'étais plus une sale gamine.

— Dans tes rêves.

Megan récupéra son sac à main et Joel son manteau au crochet. On frappa à la porte alors qu'il venait de l'aider à enfiler ce dernier. Joel ouvrit et Bramble profita de l'instant pour tenter de se faire la belle.

Heureusement, Carrie fut bien plus réactive que Joel et elle referma la porte-moustiquaire. Elle jaugea Bramble à travers les mailles du grillage.

— Et où crois-tu aller comme ça, toi ?

Joel attrapa son collier d'une poigne ferme. Carrie aperçut Megan et sourit.

— Salut, je savais pas que tu serais là. Ça fait un bail.

— Ouais, mais malheureusement, je dois filer. Ça m'a fait plaisir de te voir, Carrie.

Megan tapota le bras de son frère.

— On se voit le week-end prochain.

Joel ne put se retenir d'un « Si tôt ? » qui lui valut un dernier regard noir. Il écarta Bramble pour la laisser sortir.

Carrie lui ouvrit la porte-moustiquaire et Megan se glissa par l'interstice avant de retourner à sa voiture d'un pas vif. Joel eut droit à un signe de la main lorsqu'elle quitta l'allée.

— J'ai dit quelque chose ? demanda Carrie en se frottant les bras. Attends, tu me répondras à l'intérieur. Ça caille dehors.

Elle jeta un regard à Bramble.

— À moins qu'il ait besoin d'aller se P-R-O-M-E-N-E-R ?

Les oreilles de Bramble s'agitèrent et Joel grogna.

— Bon Dieu, maintenant il sait même l'épeler. Si je l'écoutais, on irait cinq ou six fois par jour.

Il se décala pour la laisser entrer et accepta la bise qu'elle lui déposa sur la joue.

— J'ai fait du café si tu en veux.

— Avec plaisir, dit Carrie en refermant la porte derrière elle. Alors, qu'est-ce qu'elle a, Megan ? Elle s'est tirée de là comme si j'avais la gale ou je ne sais quoi.

Joel soupira.

— Je crois qu'elle avait peur de tenir la chandelle. Et j'ai aussi eu l'impression qu'elle s'attendait à ce qu'il y ait des tensions entre nous, vu que le divorce est encore tout frais.

Carrie secoua la tête.

— Tu voudras bien lui remettre les idées en place ?

Son regard s'illumina.

— Enfin, même si elle ne les a jamais eues bien placées.

Elle détailla la déco intérieure.

— Je trouve que celui ou celle qui lui a donné son nom de Littorine a tapé dans le mile. Un joli nom pour un joli chalet.

Quand elle remarqua la cheminée, ses yeux s'embrasèrent.

— Je peux allumer un feu ? Il fait assez froid pour.

— Fais-toi plaisir. Il y a des bûches dans le panier.

Joel lui adressa un regard interrogateur.

— Tu sais comment on allume un feu, au moins ?

Carrie plissa les yeux.

— Mon grand-père me l'a appris, si tu veux tout savoir. C'est un talent que je n'ai jamais oublié.

Joel la laissa donc à sa tâche et retourna dans la cuisine.

— Je comprends mieux pourquoi tu choisissais toujours de visiter des maisons avec cheminée quand on cherchait à acheter.

Comme il était incroyable qu'après vingt ans de vie commune, il puisse encore ignorer des choses à son sujet.

— Ce qui n'a servi à rien, puisque celle pour laquelle on a fini par craquer tous les deux n'en avait pas. Alors comment voulais-tu que j'aie l'occasion d'en faire un ? Ce n'est pas comme si on avait déjà été camper.

Elle gloussa.

— Et je me demande bien pourquoi, d'ailleurs ? Ah oui. « Y a trop d'insectes. » « Un ours pourrait bouffer la tente. »

— Hé, ça arrive vraiment, protesta-t-il.

Un nouveau gloussement moqueur.

— Tu as le chien depuis combien de temps ? s'enquit-elle. Tu as dit qu'il s'appelait Bramble, c'est ça ?

— Ouais. Deux, trois semaines. Je l'ai adopté le premier week-end après mon emménagement. Et fais gaffe. Il pourrait te lécher jusqu'à ce que mort s'ensuive.

Quelques secondes plus tard, un éclat de rire résonna jusque sous les combles.

— Bramble, ça chatouille. Mes oreilles sont déjà très propres, merci bien.

Joel sourit de toutes ses dents.

— Le léchage d'oreilles, c'est sa spécialité.

— Assis. Assis. Laisse-moi m'occuper du feu, colleur de basques.

Joel gloussa dans sa barbe. Bramble appréciait très clairement d'avoir rencontré deux nouvelles personnes sur la même journée.

— J'aime bien ton chez-toi.

Joel sourit malgré lui et répondit :

— Tu as raison, c'est très joli. Tu pourras faire le tour quand tu auras fini d'allumer le feu.

Carrie éclata de rire.

— Laisse-moi deviner. Tu as déjà fait tout le ménage en sachant que j'arrivais, donc je ne risque pas de trouver quoi que ce soit d'incriminant.

— Dit comme ça, on dirait que je fais des choses illégales ou pas très réglo. Tu devrais peut-être choisir un autre mot ?

Joel saisit deux mugs dans le placard et les

déposa à côté de la cafetière.

Carrie entra dans son champ de vision, en chaussettes.

— Excuse-moi. Tu as raison. C'est juste que tu m'as caché une partie super importante de toi pendant si longtemps. Ça me fait m'interroger sur les autres choses que tu as pu passer sous silence.

— Si ça t'intéresse *tant* que ça, mes magazines gay sont sur l'étagère à côté du rocking-chair. À la vue de tous. Et avant que tu ne poses la question, non, ce ne sont pas des magazines cochons, donc je ne ressentirais pas le besoin de les cacher quand les enfants viendront.

Sa gorge se noua. *S'ils viennent.* Ils ne s'étaient pas beaucoup parlé depuis qu'il était parti. *Ils m'en veulent pour le divorce.* C'était évident depuis le départ. Quant aux magazines visibles de tous, Joel savait que ce n'était qu'un mensonge. Il préférerait les enfouir sous une montagne de linge plutôt que de laisser ses enfants les trouver.

Un jour, peut-être. Mais ce jour ne semblait pas près d'arriver.

— Ça va s'arranger, Joel, le rassura Carrie d'une voix douce.

Il lui jeta un coup d'œil et remarqua qu'elle croisait son regard de pleine face.

— C'est si évident que ça ?

— Je leur ai dit que c'était *moi* qui avais demandé le divorce, mais ils ont pris ça, enfin surtout Nate, comme un signe que j'essayais de m'éloigner de toi et que donc *tu* avais dû faire quelque chose pour le justifier.

— Évidemment. Et il n'a pas tort au final, pas vrai ?

La cafetière émit un bip et Joel remplit les tasses

du breuvage aromatique.

Carrie s'approcha pour prendre l'une des deux. Elle observa la cuisine avec sa table ronde et blanche et ses quatre chaises.

— C'est assez grand pour toi tout seul.

Elle posa une main sur son bras.

— Et bien sûr qu'il a tort. On a divorcé parce qu'on s'était éloignés l'un de l'autre. On ressemblait plus à deux colocs qu'à un couple marié.

Carrie enroula les deux mains autour de son mug.

— Et *pourquoi* on en est arrivé là ? À cause de moi.

Elle pencha la tête vers le salon.

— Et si on allait s'asseoir près du feu pour discuter ?

Ses lèvres tressaillirent.

— Enfin, s'il a tenu le coup.

Joel renâcla.

— Aha. Tu avoues donc que tes talents d'allumeuse de feu ne sont peut-être pas aussi bons que tu le prétendais.

Ils retournèrent dans la salle de séjour. Carrie se précipita vers la cheminée, où elle s'agenouilla sous les gloussements de Joel.

— Oups.

Carrie se fendit d'un large sourire.

— Oh, homme de peu de foi.

Elle attrapa du petit bois dans le panier à bûches qu'elle posa dans le foyer avant de souffler doucement dessus. Les flammes reprirent vie et elle ajouta une unique bûche par-dessus. Carrie s'autocongratula d'un grand geste de la main.

— Tada.

Joel en fut impressionné.

— D'accord, je retire ce que j'ai dit.

Elle rapprocha le fauteuil, puis s'y assit, mains tendues pour les réchauffer.

Joel prit place dans le rocking-chair et Bramble le rejoignit, le menton sur son genou et la queue agitée. Joel caressa la tête luisante du chien.

— Bon toutou, murmura-t-il.

La queue de Bramble redoubla de cadence.

— Tu es loin de la plage ? demanda Carrie.

— Ça dépend quelle route je prends. La plus courte passe devant la caserne des pompiers, puis à gauche sur Clock Farm Corner et par Dyke Road, où se trouve la supérette du village. Ça mène à l'extrémité sud de Kings Highway, sur à peu près une demi-heure, à moins que Bramble soit vraiment motivé, auquel cas tu peux en déduire quatre ou cinq minutes. Je ne vois pas beaucoup de monde quand je passe par là. La route la plus longue me fait passer par le village, et quand j'arrive tout en bas de Wildwood Avenue, je peux choisir à peu près n'importe quelle rue, elles mènent toutes au rivage.

Il lui jeta un coup d'œil furtif et demanda :

— Tu t'es remise à voir des hommes ?

Carrie s'empourpra.

— Ça fait à peine deux semaines que le juge a validé l'acte de divorce.

— Certes, mais j'ai déménagé en janvier. Ça va faire cinq mois, ma puce. Tu vas me dire que tu n'as même pas commencé à regarder ?

Voyant le rouge dans sa nuque s'assombrir davantage, Joel sut qu'il avait visé en plein dans le mille.

— Je vois. Qui est l'heureux élu ?

Elle mérite quelqu'un qui la rendra heureuse de toutes les façons où moi j'ai failli à la tâche.

— Il s'appelle Eric. On joue ensemble au club de

tennis.

Carrie se mordit la lèvre et, à cet instant, Joel revit la gamine de vingt-deux ans qui, toute timide, avait trouvé le courage de le demander en mariage.

— Je penserais quoi de lui ?

Les yeux de son ex s'illuminèrent.

— Il a quarante-huit, il est adorable et super gentil. Il me traite comme une reine.

Joel n'était pas assez grossier pour demander s'ils s'envoyaient en l'air. Cela ne regardait personne à part eux. Ils auraient parié un sacré pactole que c'était le cas, en revanche. Cette lueur dans les yeux de Carrie en disait long. *Elle a besoin de rattraper le temps perdu.*

Cette pensée ne fit que rajouter une couche de culpabilité au fardeau déjà bien haut qui était le sien.

— Alors ce Eric est bel et bien un heureux élu. Tu es une vraie perle rare.

Elle portait ses cheveux moins longs à présent, ils ne dépassaient plus ses épaules. Joel les montra de la main en pouffant.

— Tu as fini par en avoir marre, hein ?

— Ça te plaît ?

Il sourit.

— Oui, mais je crois que le plus important, c'est de savoir que ça plaît à *Eric*.

Il pencha la tête sur le côté.

— Tu n'as rien dit aux enfants, si ? À mon sujet, je veux dire.

Carrie secoua la tête.

— Comme convenu. Ce sera fait quand tu te sentiras prêt.

Elle but une gorgée de café. Joel lui adressa un regard interrogateur.

— Mais toi, tu penses que je devrais leur dire,

c'est ça ?

Elle soupira.

— Je crois juste qu'ils ne réagiront pas aussi mal que toi tu sembles le penser.

Joel déposa son mug sur un dessous de verre, sur la bibliothèque.

— Vraiment ? Regarde comment ils ont réagi au divorce. D'un coup, je prends le rôle du grand méchant ; ou en tout cas, je suis persuadé que c'est comme ça que Nate le voit.

La réaction de Laura s'était faite un peu plus discrète.

— Comment crois-tu qu'ils réagiraient si je leur disais : au fait, les enfants ? Je suis gay. J'ai toujours su que je l'étais, mais je ne voulais pas prendre le risque de faire mon coming out, alors j'ai fait comme tout un tas d'autres homos : je me suis marié et j'ai eu une famille, parce que c'était ça qu'on « attendait de nous », demanda-t-il en mimant les guillemets.

Il s'affaissa dans sa chaise.

— Je suis resté au fond du placard à l'époque parce que je ne voulais pas risquer de perdre ma famille. Et je n'arrive pas à passer au-delà de ma peur de perdre Nate et Laura si je leur avoue tout.

Il déglutit.

— Si je ne les ai pas déjà perdus.

— Alors attends, mais pas trop longtemps non plus.

Carrie pencha la tête d'un côté.

— Parce qu'imagine : et si connaître la vérité les aidait à voir notre divorce sous un autre jour ?

Joel avait déjà envisagé cette possibilité, mais il n'avait pas encore assez de courage pour tester cette théorie.

— Tu as perdu du poids, commenta son ex-femme. Au moins dix kilos, je dirais.

Joel rigola.

— Presque quinze.

Il n'avait pas commencé son nouveau régime avec l'intention d'attirer les mecs, mais il ne pouvait nier que l'idée ne lui était pas venue à l'esprit.

— N'en perds pas plus, par contre, hmm ? Tu ne veux pas devenir trop maigre.

Son front se plissa.

— C'est une perte de poids *volontaire*, au moins ? Ce n'est pas un contrecoup ?

— Détends-toi. Mon médecin me tannait depuis un moment pour améliorer ma tension artérielle, mon cholestérol et l'état de santé général de mon cœur.

— Ah, ce n'est donc pas une tentative pour choper un mec. À moins, bien sûr, que tu aies déjà ferré le poisson.

Elle l'étudia attentivement.

— Y a-t-il un… prétendant ?

— Non. Mais pour être honnête, je n'ai pas cherché.

Il sourit à pleines dents.

— Bramble fait partie du plan de Megan de m'en trouver un. Elle estime que me voir promener mon chien va rameuter les gays comme autant d'abeilles sur du miel.

Carrie éclata de rire.

— Je la reconnais bien là, oui. Et qu'est-ce qui la rend aussi experte en la matière ?

Joel se frotta le menton.

— Peut-être le fait qu'elle soit lesbienne ? Tu crois que ça peut avoir un lien ?

Les yeux de Carrie brillaient de malice.

— Délit d'initié, en somme ?

— Je ne voudrais pas la décevoir, et même si je

suis certain que Bramble ferait un *super* aimant à mecs, c'était plus parce que mon médecin m'a suggéré de faire des balades régulières et de me prendre un compagnon pour améliorer ma santé mentale.

Malgré son agacement face aux manigances de sa sœur, le fait qu'elle tienne à son bonheur lui réchauffait le cœur.

— Je crois qu'elle veut juste me voir heureux.

Carrie soupira lourdement.

— Je veux la même chose. Je n'arrive pas à me tirer de la tête que si je ne t'avais pas demandé de m'épouser, tu aurais eu une vie meilleure.

— J'ai accepté, non ?

Joel se pencha en avant, les coudes sur les genoux.

— Et n'oublie pas, c'est *moi* qui t'ai draguée.

Carrie ravala un sourire qui attisa sa curiosité.

— Qu'est-ce qui t'est passé par la tête, juste là ?

— Oh, je me rappelais juste qu'on est passé de notre rencontre à nos fiançailles en trois mois et que, pendant tout ce laps de temps, je t'ai pris pour un parfait gentleman parce que tu n'avais pas essayé de me mettre dans ton lit.

Elle plissa soudain les yeux.

— Je suis la seule femme avec qui tu as couché, j'espère ?

Joel acquiesça.

— Notre vie sexuelle ne cassait pas des briques, hein ? Franchement, je suis étonnée qu'on ait réussi à donne vie à Nate et Laura.

Elle le dévisagea.

— Je peux te poser une question personnelle ?

— Au bout de vingt ans, tu as le droit de demander tout ce que tu veux.

Il s'était attendu à bien plus d'interrogations de sa part quand il lui avait tout avoué.

— Comment as-tu pu… enfin, tu *sais*… si tu savais au fond de toi que tu préférais les hommes ?

Joel cligna des paupières.

— Es-tu en train de me demander comment j'ai réussi à… *la lever* pour une femme ?

Son cœur battit la chamade lorsqu'elle hocha la tête.

— Je ne suis pas certain que tu as envie de connaître la réponse.

Carrie écarquilla les yeux.

— Hé, je veux savoir. Je faisais partie de l'équation, je te rappelle.

Joel prit une profonde inspiration.

— D'accord. Quand on faisait l'amour… je pensais à des mecs.

Son visage le démangea.

Carrie en eut le souffle coupé et elle se mit à ciller rapidement.

— Eh bien, c'est moi qui ai posé la question, hein.

— Je suis désolé. J'aurais dû tenir ma langue.

La blesser était bien la dernière chose dont il avait envie.

— Ne dis pas ça, le réprimanda-t-elle d'une voix ferme. Je préfère que tu sois honnête avec moi. Parce qu'après tout ce qu'on a traversé ensemble, on reste amis. Non ?

Joel lui adressa un sourire chaleureux.

— Bien sûr.

Elle était sa meilleure amie, tout bien réfléchi.

— Et je préfère voir le tableau dans son ensemble. Un jour viendra où tu diras tout aux enfants, et je serai là pour répondre à toutes leurs questions.

Elle gloussa.

— Ou devrais-je dire aux questions de *Laura*. Parce que tu sais aussi bien que moi que c'est elle qui voudra connaître tous les détails.

— C'est évident. Elle a quinze ans. Nate aura *déjà* toutes les réponses, comme tout ado de dix-huit ans qui se respecte.

Carrie jeta un œil par la fenêtre.

— Tu penses qu'on pourrait emmener Bramble… tu-sais-quoi ? J'aimerais voir un peu le village. Je te laisse choisir le chemin.

Joel rit en voyant la queue de Bramble fouetter le plancher.

— Tu as dit son nom. Il est malin. Il sait ce qui l'attend. Et si on faisait un tour du circuit ? Un chemin à l'aller, l'autre au retour.

Il jaugea les bottes qu'elle avait laissées près de la porte d'entrée.

— Heureusement que tu n'es pas venue en talons.

Carrie s'esclaffa.

— Je n'arrive pas à conduire en talons.

Elle se leva.

— Allez, en route, alors. Une bonne promenade pour papoter, c'est une excellente manière de passer l'après-midi.

La lueur taquine dans ses yeux faisait plaisir à voir.

— Du moment qu'être vu en compagnie d'une femme ne fait pas du tort à ton image.

Joel se remit sur pied.

— Ça ira. Je dirai à tous ceux qu'on croise que tu es une amie.

Elle rayonnait.

— Ça me convient.

Elle se tourna brusquement vers le feu.

— Attends, on ne peut pas partir en le laissant comme ça. On risque de trouver la maison réduite en cendres à notre retour.

— Il y a une grille, la rassura Joel en la lui indiquant. Pose-la devant.

Il attendit qu'elle se soit exécutée pour aller récupérer leurs manteaux, puis mettre ses bottes tandis que Bramble faisait la fête autour d'eux, sautillant et aboyant, sa queue à peine visible.

Elle pourrait avoir raison. Les enfants le prendront peut-être mieux que je ne le crois.

Il n'était pourtant pas encore prêt à tester cette théorie.

Chapitre 3

Finn déposa son chargement de planches et s'étira. Il était content d'avoir mis son gros manteau : de temps à autre, le vent du large devenait mordant au point de faire frissonner jusqu'aux plus hardis des hommes. Les solives qui devaient soutenir le premier étage avaient déjà été installées et Finn, Ted et Lewis s'occupaient à présent de poser le plancher tandis que trois autres ouvriers positionnaient les solives suivantes au-dessus de leurs têtes. Le bâtiment serait magnifique, une fois terminé : trois étages, vingt et une chambres dont deux suites avec vue sur la plage, dans le seul hôtel en bord de mer de toute la ville. Il leur restait encore énormément de boulot, bien sûr (l'hôtel ne ressemblait en cet instant qu'à un amas de poutres et de poteaux), et les portes n'ouvriraient sans doute pas avant encore un an. Finn savait qu'une fois la structure achevée, on ferait appel à lui pour travailler sur l'intérieur.

Il serait d'autant plus heureux une fois les murs montés. Il ferait vachement plus chaud, déjà.

Lewis reposa son marteau.

— C'est la pause.

Il réajusta son entrejambe.

— Faut que j'aille pisser aussi.

Il se rendit à l'échelle posée contre l'une des solives.

— Si tu passes par-derrière, fais gaffe de pas glisser sur les brindilles jaunes, l'interpella Ted.

Lewis s'immobilisa après être descendu précautionneusement sur les échelons.

— Quelles brindilles jaunes ?

Ted sourit à pleines dents.

— Le vent est tellement froid que quand je suis allé me soulager, j'ai dû m'arrêter plein de fois pour briser le jet en morceaux.

Lewis leva les yeux au ciel et reprit sa route.

Au-dessus d'eux, Max siffla.

— Eh, bien bon-*jour*, ma jolie.

Finn se retrouva aussitôt à scanner la route en contrebas à la recherche de la personne qui avait attiré l'attention de Max. Il trouva bien évidemment une femme qui promenait son dogue allemand sur la plage. Elle continua son chemin, inconsciente de son intérêt.

— Un de ces jours, tu vas oublier de baisser le ton et l'une d'elles va venir jusqu'ici, grimper à l'échelle et te mettre au tapis, l'avertit Finn avec un grand sourire. Ou pire, te rabaisser le caquet avec une plainte pour harcèlement. Ce n'est pas parce que tu bosses sur un chantier que tu dois te soumettre aux stéréotypes.

— Aux stéréotypes ? Les vieux cons dans mon genre sont pas trop doués avec les longs mots comme celui-là.

Ses yeux scintillaient.

— T'as pas vu la taille de son pare-chocs ?

Max mima une poitrine conséquente.

— Qui n'aime pas les gros nichons ?

Ted ricana.

— C'est clair. La taille, ça compte.

Finn ne put retenir sa boutade :

— C'est ce que me dit ton père à chaque fois que je baisse mon froc.

Cela déclencha des acclamations et des rires nasaux. Il avait déjà travaillé avec ces gars par le passé, et il savait ce qu'ils attendaient de lui. C'était en partie pour ça qu'il avait été heureux d'accepter ce job. Lorsqu'il avait vu la liste des ouvriers avec qui il devrait bosser, il avait su qu'il ne courait aucun danger. Ils savaient tous qu'il était gay et environ quatre-vingt-dix pour cent d'entre eux s'en fichaient. Le seul mec à qui cela posait un problème avait depuis longtemps appris à boucler son clapet : les autres détestaient les haineux avec fougue, et ils lui étaient tombé dessus, du moins verbalement, l'unique fois où il avait osé faire une remarque désobligeante. Ce qui n'était pas une mauvaise chose : Lewis était une armoire à glace avec des paluches impressionnantes et Finn plaignait le pauvre type qui se le mettrait à dos.

— Hé, Finn ? l'appela Max en glissant les pouces dans sa ceinture à outils. C'est ça qui te plaît à toi ? Les mecs plus âgés ?

Ted arqua les sourcils.

— Oh, Max. Lève la tête et regarde dans le ciel, très, très loin, tout là-haut. Tu la vois, la traînée de l'avion, là-bas ?

Il sourit de toutes ses dents avant d'enchaîner :

— L'avion, c'est la blague de Finn qui vient de te passer au-dessus de la tête.

Max leva les yeux au plafond.

— Sans déc'. Mais là, je suis sérieux.

Il vrilla Finn d'un regard intense.

— Tu te taperais un gars plus âgé ?

— Tu veux vraiment le savoir ?

Face au hochement de tête de Max, Finn lui fit signe de s'approcher d'un doigt.

— Plus près.

Une fois l'oreille de Max tout proche, Finn murmura :

— Ça te regarde pas, putain.

Max s'écarta brusquement comme s'il avait été brûlé.

— Allez, sois pas comme ça.

— Bah si, rétorqua Ted. Pourquoi il devrait te le dire ? C'est privé.

— Oh, allez *quoi*. Vous connaissez tous *mon* genre.

Max en refit la démonstration. Ted ricana de plus belle.

— Clairement. Du moment qu'elles respirent, elles sont toutes à ton goût. Et je suis même pas certain qu'elles aient besoin de respirer, en vrai.

Cela leur arracha de nouveaux éclats de rire auxquels Max répondit par un grand sourire bon enfant.

— Ça fait quand même pas de mal de demander à Finn s'il a des goûts particuliers, insista-t-il.

— Pas besoin, répondit Lewis en remontant à l'échelle. On le sait déjà.

Comme Max lui jetait un regard étonné, Lewis croisa celui de Finn.

— T'as un faible pour les mecs qui ont un chien, je me trompe ?

Lewis était du genre attentif à tout.

Finn s'approcha de l'endroit où il avait posé son sac et sa Thermos.

— Bref, si c'est l'heure de la pause, faut qu'on fasse une pause.

Il dévissa le capuchon qu'il remplit de café et en but une gorgée, les yeux perdus dans l'océan. Dieu soit loué, l'homme au chien n'était pas dans les parages. Lewis n'aurait eu besoin de rien d'autre pour l'achever.

— Quelqu'un veut un cookie ? C'est ma femme qui les a faits.

Finn avisa la boîte dans les mains de Lewis.

— Seulement si tu les as pas touchés. On sait tous ce que tu viens d'aller faire, je te rappelle.

Lewis s'esclaffa.

— Un peu de pisse te tuera pas.

Finn grimaça.

— Pas pour moi, merci.

Il s'assit sur sa caisse à outils et prit une deuxième lampée de sa boisson.

Si ça, c'est pas une belle vue ? Il contemplait l'énorme étendue de sable qui s'étendait vers Sand Point Road, où débutait la Little River. Ici et là, quelques personnes arpentaient la plage sous le bleu brillant du ciel sans nuage.

Au lycée, nombreux étaient ceux qui disaient vouloir quitter le Maine, se rendre sur la côte ouest ou à New York, *n'importe où* ailleurs, mais Finn n'avait jamais fait partie de ces gens-là. C'était un point commun entre lui et ses amis : leur amour pour leur État. Plus que ça, leur amour pour l'océan, car aucun d'eux ne s'était établi trop profondément dans les terres. Dans son cas à lui, la côte… était comme une *force gravitationnelle*, d'une certaine manière, et il n'était jamais plus vivant que lorsqu'il pouvait fouler la plage ou humer l'air marin. Bâtir l'hôtel était une occasion sur laquelle il avait sauté à pieds joints. Passer plusieurs mois sur un site avec vue sur le rivage ?

Le paradis.

Lewis toussa fort, aussi Finn le regarda-t-il avec inquiétude.

— Ça va ?

— Tranquille, répondit-il avant de tousser de nouveau avec, cette fois, un hochement de tête vers l'océan.

Finn suivit son regard et se figea. Il y avait sur la plage un homme de grande taille qui promenait son magnifique labrador chocolat.

Il ne savait pas pourquoi cet homme en particulier attirait son attention. Finn ne connaissait rien à son sujet, en dehors du fait qu'il adorait son chien, à en juger par la façon dont tous deux agissaient. Quant à l'animal en question, mâle ou femelle, il ne semblait pas être bien vieux : peut-être était-ce sa façon de sauter partout et de gambader ou alors sa tendance à tirer sur sa laisse.

C'est peut-être bien tout simplement que je ne peux pas résister à un gars qui aime les chiens.

Non pas qu'il ait la moindre intention de s'en approcher. Là où il était sûr de lui et confiant avec ses amis et sa famille, sa timidité reprenait le dessus à chaque fois qu'il s'agissait d'inconnus.

Non, il valait mieux qu'il observe l'homme de ses fantasmes de loin et qu'il se le remémore lorsqu'il se retrouvait seul dans son lit.

Finn frotta la dernière assiette et la posa sur l'égouttoir.

Personne n'a jamais pensé à installer un lave-vaisselle dans ce trou ? Après quoi, il se ravisa. La cuisine était minuscule et *tout* ce qui pouvait y entrer y avait déjà été glissé tant bien que mal, y compris le lave-linge au fond de l'étroit passage. C'était bien la première fois que Finn trouvait un lave-linge dans une cuisine, mais il s'était dit que c'était parce qu'il s'agissait d'une location et qu'il n'y avait nulle part d'autre où le poser. Quant au manque de lave-vaisselle, cela ne l'agaçait pas tant que ça. Heureusement, Finn avait grandi dans une maison où les enfants participaient aux corvées, et faire la vaisselle n'avait donc rien d'innovant pour lui.

Son portable vibra tandis qu'il se servait une nouvelle tasse de café et il sourit en voyant le nom sur l'écran.

— Salut.

— *Je te dérange pas, là ?* s'inquiéta Levi.

— Du tout. Je viens de manger et de faire la vaisselle alors je suis tout à toi. Quoi de neuf ?

— *Je t'appelle au sujet des rocking-chairs que tu as fabriqués pour Teresa et Ry. Ils sont splendides. Du coup, je me* demandais...

Finn gloussa.

— Tu ne serais pas un peu jeune pour une chaise à bascule ?

— *Crétin. Alors, oui, je suis en train de te demander de me fabriquer une chaise, mais elle n'est pas pour moi. Mamie va fêter ses soixante-dix ans en juin. J'ai eu envie de lui organiser une fête et d'inviter autant de gens que possible sur sa liste de cartes de Noël. Elle adorerait avoir l'un de tes rocking-chairs.*

— Pour juin ? C'est faisable. Tu as une requête particulière pour le bois, où tu me laisses gérer ça tout seul ?

— *Je m'en remets à tes talents et ton sens du jugement. Et je te note donc comme participant à la fête.*

— Essaie un peu de m'empêcher de venir pour voir.

La mamie de Levi avait bercé l'enfance de Finn. Elle s'occupait de Levi depuis qu'il était bébé, et avait toujours donné à Finn le sentiment qu'il était le bienvenu lorsqu'il leur rendait visite. Il avait perdu le compte du nombre de nuits où il avait dormi chez Levi de leur jeune temps.

— *Ça m'a fait du bien de revoir toute la troupe au mariage. J'imagine que la prochaine réunion se fera à l'anniversaire, en fonction de qui pourra se libérer. Seb y sera, comme les cours seront déjà terminés pour les vacances d'été. Pour Ben, ça reste à voir. Il est en pleine recherche d'emploi, en ce moment.*

— Je croyais qu'il en avait un ?

Finn n'avait pas eu de nouvelles de Ben depuis un moment, et celui-ci n'avait pas parlé de sa situation professionnelle pendant leur séance de rattrapage.

— *Oh, c'est le cas, mais je crois qu'il n'est pas heureux là-bas. Il ne fait que regarder pour l'instant. Il vaut mieux chercher un job pendant qu'on en a un que quand on n'en a plus.*

Levi marqua une pause.

— *Est-ce que je peux te demander quelque chose ?*

Finn se figea. Levi n'était pas du genre à tourner

autour du pot.

— Vas-y.

— *La remarque que tu as faite à la réception...*
que je ne suis pas du genre à me marier. C'est
l'image que je donne ? Parce que je serais prêt à me
marier en un clin d'œil.

— Mais ça devrait être avec quelqu'un de
vraiment spécial, présuma Finn.

— *Ouais,* confirma Levi avant une seconde
pause. *Comment tu sais ça ?*

— Eh bien, soit tu es super discret vis-à-vis de
tes rencards, soit tu es super tatillon, parce que je ne
pourrais pas donner le nom d'un seul mec avec qui tu
sois sorti.

Même au lycée, Levi ne parlait jamais de ses
crushs.

— *C'est juste que ce n'est pas au top de mes*
priorités pour le moment.

— Donc il ne se passe rien entre toi et Noah ? le
taquina Finn. Après tout, je n'avais pas entendu parler
de vos séances de bowling. Ça m'a l'air… sympa.

Finn n'y croyait pas une seule seconde. Noah
était lui aussi du genre à ne laisser paraître que peu de
choses. Finn récupéra sa tasse et se rendit dans le
salon où il s'installa près de la fenêtre, les yeux
balayant la rue.

— *Il ne se passe rien avec Noah, pour* personne,
rétorqua Levi en riant. *Et réussir à le faire lâcher ses*
trains est un vrai miracle, crois-moi.

— Il est encore dans ce délire ?

Les parents de Noah le laissaient se servir de
l'espace au-dessus du garage pour ses petits trains
quand il était gosse. Le problème, c'était que Noah
avait une idée bien plus poussée en tête. Il avait
décidé de construire une mini ville, avec un réseau

ferroviaire serpentant tout autour et au centre.

— *Il n'arrête pas d'ajouter des trucs. Maintenant, il y a une gare, une foire et la ville ne cesse de s'agrandir. Ça facilite vachement les choses pour les cadeaux de Noël et d'anniversaire. Je me renseigne simplement sur ce dont il a besoin pour la maquette. Par contre, de temps en temps, je le traîne loin de tout ça et je l'emmène au bowling ou voir un film. Ça lui arrive de venir me voir aussi. Mamie adore quand il passe la nuit.*

— Au moins, il est dans le coin.

Noah et Levi étaient les deux seuls à être restés à Wells. Tous les autres avaient déménagé.

— *Oui*, confirma Levi avec un petit rire. *Et en parlant de Noah… tu veux savoir ce qu'il m'a dit l'autre jour ?*

— Je ne sais même pas pourquoi tu poses la question puisque tu vas me le dire, dans un cas comme dans l'autre.

— *Il a dit : « Je vois que Finn a fini par craquer et s'inscrire à une salle de sport comme tout un tas d'autres gays ».*

Finn ricana.

— Pas besoin de salle de sport quand tu dois porter des planches et des panneaux d'un bout à l'autre d'un chantier. Quant à la partie sur « tout un tas d'autres gays »…

Il devait bien l'admettre : Noah restait une énigme. Ils étaient amis depuis des années, mais Finn ne savait toujours pas ce qui le branchait.

Noah ne laissait *rien* paraître.

— *Allez, c'était juste une blague.*

Finn sourit intérieurement. *Levi le Pacificateur.*

— *Tu as vu ça, Teresa qui nous a tous placés à la même table pour la réception ?* demanda Levi en rigolant. *Je suis certain que c'était son idée.*

— Ce ne serait pas surprenant. On était tous très soudés au lycée.

À l'origine, le groupe d'amis était composé de Finn, Levi et Seb, mais leurs rangs s'étaient gonflés au fil du temps.

— *Tu repenses parfois à la façon dont on s'est rencontré ?* renchérit Finn.

— Oui. Je continue à dire que certains d'entre nous avaient une enseigne invisible sur le front avec le mot « gay » dessus que seul un autre gay pouvait voir.

Quoi qui ait pu les faire se lier d'amitié, Finn en remerciait les Cieux. Il avait gagné deux copains qui le *comprenaient* pour de vrai, qui ne croyaient pas qu'il était bizarre ou dépravé parce qu'il préférait les garçons. Ils n'étaient pas nombreux, les autres élèves dans leur genre, mais savoir que Levi et Seb assuraient ses arrières avait été une bénédiction. Seb se moquait d'ailleurs pas mal de *qui* apprenait qu'il aimait la bite.

— La force du nombre, ajouta Finn.

Du coin de l'œil, quelque chose attira son attention et il se figea lorsque son homme-mystère passa juste devant chez lui, son labrador chocolat tirant la laisse de toutes ses forces.

Est-il déjà passé par là avant ? Finn ne le pensait pas. Il l'aurait remarqué, il en était certain.

— *Finn ? T'es toujours là ?*

— Toujours là.

Finn observa le grand homme aux cheveux poivre et sel tourner sur Belvidere Avenue, en direction du rivage. C'était la première fois qu'il le voyait d'aussi près et ce qu'il en avait vu lui plaisait. L'homme-fantasme devait avoir la quarantaine ou en approcher à tout le moins. Maintenant qu'il l'avait vu de près, Finn ne comptait pas bouger de là au cas où il le manquerait sur son trajet du retour.

— *T'es sûr de toi, là ?*

Finn se força à détourner les yeux de la fenêtre. Il savait d'expérience que l'homme-fantasme resterait au moins une demi-heure sur la plage.

— D'où te vient cette remontée de souvenirs ?

— *J'imagine que je repensais aux années lycée. Peut-être parce qu'on s'est revus. Tu te souviens quand Aaron a commencé à fréquenter cette nana… comment elle s'appelait ? Daisy ou un truc du genre ?*

Finn éclata de rire.

— Ce dont je me souviens, c'est qu'elle n'a pas duré longtemps.

Quand Daisy avait découvert avec qui Aaron était ami, elle l'avait largué.

— *Tu crois qu'elle a eu peur qu'on le contamine ou quoi ? Que nos tendances de gay finiraient par déteindre sur lui ?*

— On s'en fout de ce qu'elle croyait. La suivante était *bien* plus sympa. Vicky. C'était un ange. Je crois qu'elle traînait avec Teresa, ce qui se tient. Teresa se fichait pas mal qu'on soit gay.

Levi se fendit d'un nouveau rire.

— *Bon Dieu, tu te rappelles le voyage en camping qu'Aaron a organisé quand on avait dix-sept ans ? Ry jurait que ça finirait en orgie.*

Finn ricana.

— Bah, oui, logique. Huit mecs qui se tirent tout un week-end avec leurs voitures qui débordent de matos de camping… Ça crie « orgie » à mes yeux aussi. C'était mon premier camping et je dois dire que ça m'a bien aidé.

— *Dans quel sens ?*

— Ça m'a appris que je déteste ça ! Rien que les moustiques… j'évite ça à tout prix depuis.

Levi rigola.

— *Chat échaudé, tout ça ?*

Finn gloussa.

— C'était bien trouvé. Tu dégaines vite.

— *Tu penses qu'on a beaucoup changé depuis ?*

Finn jeta un coup d'œil par la fenêtre, au cas où, mais il n'y avait aucun signe.

— Je crois bien. Enfin, Shaun est discret, mais il a toujours été renfermé. On a juste réussi à le faire un peu sortir de sa carapace. Dylan… Je n'arrive toujours pas à le cerner.

— *Qu'est-ce que tu veux dire ?*

— Je sais qu'il fréquente des filles, je dirais même qu'il doit être sorti avec toutes les nanas de notre classe de terminale, mais parfois… je sais pas. Tu vois, on savait tous qu'Aaron était hétéro, mais ce n'est pas pour autant qu'il nous posait sans arrêt des questions. Loin de là : Aaron agissait comme si ça ne le regardait pas. Dylan, par contre…

Dylan leur posait *des tas* de questions.

— *Je me suis dit qu'il était curieux.*

— Un peu comme Ben ?

Ben n'avait fait son coming out que quatre ans auparavant, tout au plus. Même si aucun d'eux n'avait été surpris par son annonce.

Finn rit.

— Ben se cherchait encore quand il nous a rejoints.

— *Je dirais plutôt « quand on l'a sauvé ».*

Ben semblait attirer les brutes. Au collège déjà, Finn se souvenait l'avoir vu fuir ses agresseurs pendant les récrés. Il leur suffisait de voir son visage de poupon pour que l'envie d'y enfoncer leurs poings les prenne, apparemment. Au lycée, Big Steve, le concierge, avait trouvé Ben en boule dans la pièce qui lui servait de bureau. Il en avait parlé à Levi, qui avait pris le jeune homme sous son aile.

— Tu t'es jamais demandé si Big Steve… ? voulut savoir Finn.

Le fait qu'il ait attiré l'attention de Levi, plutôt que celle d'un professeur, lui avait toujours paru étrange.

Ben était bien mieux loti avec nous qu'avec n'importe quel prof.

— *Pas à l'époque, mais des années plus tard, Seb m'a dit qu'il l'avait croisé dans un bar à Ogunquit. Apparemment, le mec de Big Steve était tout petit.*

— Ouah. Alors Steve aussi voulait protéger Ben.

Finn se sourit à lui-même.

— Pourquoi ça ne me surprend pas que ce soit Seb qui se soit justement trouvé par hasard dans ce bar ? D'entre nous tous, je crois bien que c'est celui qui s'est toujours assumé le plus.

Il éclata de rire.

— Tu te rappelles le jour où on a découvert qu'il avait des magazines gay dans son sac de gym ? Je ne comprends toujours pas comment il a pu avoir le courage de les amener à l'école.

— *Moi, ce que je veux savoir, c'est comment il se les est fournis ? Il ne l'a jamais dit.*

Finn entendit une voix assourdie au loin.

— *J'arrive tout de suite, mamie*, répondit Levi. *Désolé, Finn, je dois y aller. Tu me diras combien je te dois pour le bois, et ton temps, bien entendu, pour la chaise de mamie.*

— Je garderai le ticket pour le bois, mais pas

question que tu me paies la main-d'œuvre. On parle de mamie, là, après tout.

— *Oh, merci. À très vite, d'accord ?*

— OK. Va t'occuper de mamie.

Finn raccrocha et observa le ciel qui s'obscurcissait de l'autre côté de la fenêtre.

Et tu comptes faire quoi au juste ? Attendre toute la nuit pour voir si, par hasard, il repasse ?

La voix de sa raison emporta la bataille et il attrapa la télécommande.

Il était prêt à tout du moment que ça lui permette de résister à l'appel de la fenêtre.

Je me demande quelle voix il a ?

Ce n'était pas la première fois que Finn repensait au type de la plage, allongé sur son lit. D'après lui, il aurait une voix de velours, riche, profonde, qu'il pourrait écouter des heures durant.

Je me demande s'il parle quand il baise ?

Il n'en fallut pas plus pour que ses pensées dévient sur une voie bien plus charnelle, qui l'incita à récupérer le lubrifiant afin de se faire du bien. Ce n'était pas comme s'il espérait avoir un jour assez de courage pour lui parler, de toute façon. Ça, c'était bien moins dangereux. Finn pouvait dire tout ce qu'il voulait sans aucun risque que l'autre le rejette et le déçoive…

— *C'est sympa chez toi. Coquet.*

L'homme-fantasme étudiait le salon.

Finn ricana.

— *C'est une façon de dire que c'est petit ? Surtout que tu n'es pas venu là pour me parler de la déco, si ?*

— *J'ai laissé le chien chez moi pour quoi, d'après toi ?*

Ses yeux brillaient.

— *Je ne voulais qu'il y ait la moindre distraction.*

Son sourire s'élargit.

— *Alors, tu me montres où se trouve ton lit ?*

Finn saisit sa main et lui fit traverser la maison jusqu'à la chambre. Une fois sur place, il eut le souffle coupé quand l'homme-fantasme le projeta en arrière sur le matelas, où Finn rebondit avant de se retrouver coincé par son corps. Le visage de son compagnon était juste devant lui, ses yeux rivés aux siens, ses lèvres si fichtrement attirantes…

— *Embrasse-moi, lui commanda Finn en poussant sur son bassin.*

— *Rien d'autre ? répondit son vis-à-vis avec une lueur taquine dans le regard.*

Finn sourit à pleines dents.

— *Pour commencer. On a toute la nuit, non ?*

Puis il se mit à gémir lorsque son amant lui attrapa les poignets et les bloqua contre l'oreiller, au-dessus de sa tête.

— *On a tout le temps qu'on veut.*

Perdu dans son fantasme, Finn se masturbait, faisant son possible pour faire durer le plaisir, pour faire durer le rêve éveillé, car l'homme de la plage ne serait jamais rien d'autre qu'un rêve inaccessible.

Chapitre 4

Joel venait à peine de terminer son coup de fil avec un client que son portable recommençait déjà à vibrer. Cette fois, cependant, c'était Carrie.

— Salut, toi, dit-il en décrochant et en refermant le dossier sur la table en face de lui.

— *Je me doute que tu dois être en train de travailler, alors si tu n'as pas le temps de discuter, dis-le-moi.*

— Tu tombes à pic. Je viens de finir un autre appel. Que puis-je faire pour toi ?

Il savait que Carrie n'appelait pas pour parler du beau temps. Ce n'était pas son genre.

— *C'est au sujet du cadeau d'anniversaire de Nate.*

— Ne me dis pas qu'il l'a déjà emboutie.

Joel et Carrie venaient de lui acheter sa première voiture. Elle avait trois ou quatre ans, était en très bon état et suffisait amplement pour lui permettre de se balader.

— *Non, du tout, mais... j'ai comme qui dirait réussi à le convaincre qu'il devrait passer te voir.*

L'estomac de Joel se contracta.

— Écoute, ne l'oblige pas à venir s'il n'en a pas envie. Je ne suis de toute façon pas certain d'être très à l'aise à l'idée qu'il se tape tout seul le chemin depuis Augusta.

Si la circulation était fluide, cela lui prendrait un peu moins de deux heures, mais c'était déjà beaucoup pour un jeune homme qui n'était habitué qu'à des trajets bien plus courts.

— *Moi non plus, c'est pour ça que je lui ai suggéré que, pour cette fois, je pourrais l'accompagner et Laura aussi.*

— Comment il a encaissé ça ?

— *Je te laisse deviner. Qu'est-ce que tu fais ce samedi après-midi ?*

Joel se figea.

— Il a accepté ?

— *Il est ravi à l'idée que je l'accompagne, mais je crois que c'est parce que faire la route seul l'inquiétait un peu. Laura meurt d'envie de voir la maison, sans parler de Bramble. Et toi aussi, elle veut te voir.*

Il n'en fallait pas plus pour éclairer la journée de Joel. Jusqu'à ce que ses mots s'imprègnent en lui.

— Je remarque que tu n'en dis pas autant de Nate.

— *Je mentirais si je disais qu'il a sauté sur l'occasion, mais il est d'accord sur le fait qu'il est grand temps que vous vous voyiez tous les trois. Donc… j'ai pensé qu'on pourrait descendre samedi, emmener Bramble faire un tour sur la plage, dîner tous ensemble, et si Nate ne se sent pas de reprendre le volant en pleine nuit, je me chargerai de nous ramener à la maison.*

— Sans compter que tu aimes l'idée de leur montrer qu'on s'entend toujours très bien, malgré la finalisation du divorce.

Quand bien même ils ne s'étaient jamais disputés *avant* celui-ci. La séparation s'était faite sans bain de sang.

— *Je me suis dit que ça se passerait mieux si j'étais là.*

Elle marqua une pause.

— *Tu en penses quoi ?*

Joel soupira.

— Je *pense* que c'est un bon début. Je *pense* que c'est mieux que rien. Tu as des suggestions pour le dîner ? Quelque chose qu'ils préfèrent maintenant ?

— *Tiens-t'en à tes fameuses lasagnes et tout ira très bien. Tu veux que j'apporte quelque chose ?*

— Tu ramènes déjà les enfants. C'est plus qu'assez.

Sa gorge se noua.

— Nate est-il encore blessé par le divorce ? Est-ce qu'il t'en *parle* au moins ?

— *Nate ne dit pas grand-chose sur quoi que ce soit, mais il a pas mal de potes dont les parents sont divorcés. Il finira par s'y faire. Tout comme moi j'ai dû me faire à l'idée qu'un de mes poussins revienne nicher ici alors qu'il venait de prendre son envol.*

Nate était entré à la fac à l'automne dernier et s'était installé dans la résidence estudiantine. Quand Joel et Carrie leur avaient parlé du divorce, cependant, et que ce dernier avait quitté le domicile conjugal, Nate avait pris la décision de rentrer au bercail. Le trajet jusqu'à ses cours n'était pas long et de toute évidence il préférait les choses ainsi. Joel avait comme l'impression que son fils se sentait obligé d'être là pour sa mère, maintenant qu'elle était toute seule.

C'est un bon garçon.

— *OK, je te laisse retourner bosser. Je t'enverrai un texto quand on se mettra en route, histoire que tu aies une idée de notre heure d'arrivée.*

Elle gloussa.

— *Si je tremble comme une feuille à l'arrivée, tu sauras comment s'est passé le voyage.*

— Ça va aller, la rassura Joel avec confiance. Nate conduit bien.

— *Encore heureux. Il a passé suffisamment d'heures à tes côtés en dehors de ses cours de conduite, et tu as toujours été du genre prudent.*

Joel rigola.

— Mais pas toujours aussi rapide qu'il aurait aimé.

Il avait des souvenirs très distincts de passages sur l'autoroute au cours desquels le petit Nate lui criait depuis la banquette arrière : « Va plus vite, papa ! »

— *Je te préviens si les plans changent.*

Joel la remercia et raccrocha. Bramble interpréta très visiblement à sa manière le silence qui s'ensuivit. Il se leva de sa paillasse et s'approcha du bureau de Joel. Le chien s'assit à côté de la chaise, sa queue fouettant le sol.

Joel abandonna toute tentative de reprendre le travail.

— D'accord, tu as gagné, j'ai pigé.

Bramble avait décidé qu'il était l'heure d'aller se promener.

Dix minutes plus tard, Bramble décida aussi qu'ils passeraient par la caserne des pompiers, et Joel n'avait aucune intention de s'en plaindre. L'air était moins mordant, mais il était malgré cela heureux de s'être emmitouflé dans son écharpe épaisse. Il ne prêtait pas attention à la route, l'esprit tourné vers Nate. Joel était sûr que Carrie avait raison quand elle disait que Nate et Laura finiraient par accuser le coup, mais il détestait la barrière qui s'était dressée entre lui et ses enfants depuis qu'ils leur avaient fait part du divorce. Il imaginait bien que tous les gamins passaient par là, et bien qu'il n'y ait jamais eu aucune dispute entre Carrie et lui, sa propre culpabilité lui répétait que Nate avait tout à fait raison de lui en vouloir pour leur séparation.

Il prit à gauche sur Kings Highway et, au lieu des cris d'oiseaux dans les arbres, ce furent des coups de marteau tapés sur le bois qui l'accueillirent, accompagnés de rires et de bavardages. La pancarte à proximité du trottoir proclamait l'arrivée imminente d'un hôtel, et si l'interprétation de l'artiste lui rendait justice, la bâtisse s'accorderait très bien aux autres maisons qui bordaient la rue sur le front de mer.

Joel leva les yeux vers le bâtiment. Le squelette du projet était en place, une myriade de piquets et de poutres qui s'élevaient depuis les fondations. Il n'y avait pour l'instant pas de murs, et Joel eut pitié des pauvres gars qui devaient bosser là toute la journée à la merci de l'air marin. Puis il sourit lorsqu'il s'aperçut que l'un des ouvriers portait un short.

Il y en a toujours un...

Bramble le tira vers la plage, et Joel dut retenir la laisse de toutes ses forces avant qu'ils puissent traverser la rue. La Kings Highway n'était pas très fréquentée en règle générale, mais il était certain que cela changerait avec l'arrivée de l'été. Une fois qu'ils eurent emprunté l'un des nombreux sentiers rocailleux et eurent rejoints l'étendu de sable, Joel relâcha tout le mou de la laisse de Bramble et le chien partit renifler le rivage. Lui-même se mit en route vers l'extrémité nord de la plage d'un pas régulier et sourit en tombant sur un morceau de bois flotté. Il le ramassa et il n'en fallut pas plus pour rameuter Bramble à toute vitesse. Ils passèrent une demi-heure sur place, Joel jetant le gros bâton et Bramble courant après et le ramenant aux pieds de son humain. Joel n'aurait pas pu supporter plus de trente minutes de cet air vif.

— C'est l'heure de rentrer.

Il aurait pu jurer que la queue de Bramble s'affaissa. Joel raccourcit la longe et se rendit à l'un des chemins qui remontaient vers la rue. En jetant un dernier regard à l'hôtel, il découvrit qu'il faisait l'objet d'un examen minutieux. L'un des ouvriers s'était redressé et l'observait. D'instinct, Joel leva la main et le salua. Il était assez près pour remarquer le sourire de l'autre. Tandis que l'homme de main lui rendait son geste, de grosses voix se mirent à résonner dans tout le chantier.

Ils l'engueulent peut-être parce qu'il a arrêté de bosser.

Joel ne voulait pas être la raison des ennuis de ce pauvre homme. Il reprit sa route vers Belvidere Avenue, Bramble le tirant comme toujours.

Va falloir se remettre au boulot. Il avait au moins trois heures de coups de fil à passer. Bramble serait prêt pour une nouvelle promenade quand il en aurait terminé.

Seront-ils encore occupés, à ce moment-là ? Ce bref salut de la main avait été le premier contact de Joel avec un autre être humain depuis plusieurs jours. La seule personne à qui il parlait régulièrement, c'était la gentille dame de la supérette.

Il est peut-être temps que je recommence à me mêler aux autres.

Joel ne pensait pas être fait pour la vie en solitaire.

Le cœur de Joel s'emballa dès le moment où il entendit une voiture se garer devant chez lui. Il ne savait absolument pas à quoi s'attendre. Cela aurait pu être différent si Nate avait eu *envie* de lui rendre visite, mais Joel avait comme l'impression que Carrie lui avait forcé la main. Il décocha un regard d'avertissement à Bramble.

— Pas bouger.

Suite à quoi, il ouvrit la porte tout en laissant la moustiquaire en place.

Laura était déjà sortie de la voiture et courait vers la maison, ses longs cheveux bouclés détachés sous son chapeau brun à bords flottants.

Seigneur, comme elle ressemble à Carrie. Laura avait le teint de Carrie, alors que Nate avait hérité de celui de Joel. La jeune fille rayonna lorsqu'elle le vit.

— Papa !

Son regard descendit vers le pas de la porte, comme si elle s'attendait à y trouver Bramble.

Joel lâcha un petit rire.

— Il est à l'intérieur. Si j'ouvre la porte, il va se tirer comme une flèche.

Derrière elle, Nate et Carrie avançaient plus calmement vers eux. Le visage fermé de son fils n'aida en rien à apaiser l'appréhension de Joel. Celui-ci attendit qu'ils soient tous trois devant la porte-moustiquaire pour l'ouvrir et se décaler sur le côté, prêt à rattraper Bramble s'il essayait de se faire la belle.

Aussitôt que Laura fut entrée, le self-control de Bramble disparut et il se jeta sur elle. Laura se mit à genoux et gloussa lorsqu'il lui lécha le visage.

— Ça chatouille.

Elle enroula les bras autour de la masse grouillante de pattes et de fourrure couleur chocolat.

— Papa, il est super. Est-ce qu'on peut l'emmener faire une…

— Ne dis pas le mot ! s'écrièrent en chœur Joel et Carrie.

Laura rigola.

— Ne soyez pas ridicules. Il ne sait pas ce que ça veut dire.

— Ooh, qu'elle est chou, répondit Carrie avec un sourire de requin. C'est comme ça qu'on voit qu'on n'a jamais eu de chien, hein ?

Joel toussota.

— Et *moi*, j'ai le droit à un câlin ou ils sont tous pour Bramble ?

Laura écarquilla les yeux et relâcha instantanément Bramble pour se relever et se précipiter vers son père. Elle écarta les bras et l'enlaça.

— Bonjour, papa.

Celui-ci rit.

— Salut, ma puce. Tu peux enlever ton chapeau, maintenant.

Carrie gloussa.

— Bonne chance. Je crois qu'il fait partie d'elle désormais, tellement elle le porte souvent.

Laura relâcha Joel et retourna faire des papouilles à Bramble.

Nate observait l'intérieur du chalet et le manque

de « bonjour » de sa part transperça Joel aussi douloureusement qu'une lance.

— C'est bon de te voir, fiston.

Le jeune homme lui décocha un sourire qui disparut aussi vite qu'il était apparu.

— C'est pas super grand, ou c'est moi ?

— C'est suffisant pour ton père, le rassura Carrie. Et il y a même de la place pour vous pour dormir si vous avez envie de rester.

Laura redressa brusquement la tête pour les fixer.

— On a le droit de rester ?

Ses yeux chatoyaient.

— Pas aujourd'hui, mais bien sûr, vous pouvez venir passer un week-end.

Joel indiqua les canapés.

— Ils se déplient.

Laura leva les yeux au plafond.

— Génial. J'ai le droit de dormir à côté de mon frangin.

L'idée ne semblait pas enthousiasmer Nate.

— Il n'y a qu'une chambre ?

Joel tendit le doigt vers la mansarde.

— Mon lit se trouve de l'autre côté de ce mur.

Laura abandonna le sol en un clin d'œil et se précipita vers l'escalier.

— Je peux aller voir ?

— Comme si je pouvais t'en empêcher, rétorqua Joel avec un sourire.

Il était soulagé qu'elle ne se soit pas transformée en ado renfrognée, qu'elle ait au contraire gardé son exubérance naturelle et son amour pour la vie.

Nate, en revanche…

— C'est trop cool, décréta-t-elle depuis l'étage supérieur avant de redescendre les marches sans aucune délicatesse.

— Il y a un jardin ? demanda Nate.

— Oui, mais il ne casse pas des briques. Il n'y a qu'un carré de pelouse entouré d'arbres. Il y a une terrasse aussi, mais si tu y vas, fais attention. Je ne vais par là que quand Bramble est pressé et je ne m'éloigne jamais bien loin de la porte de derrière. Certaines des planches ne me disent rien qui vaille.

Joel jeta un coup d'œil à Carrie en quête de soutien et elle lui rendit un regard plein de compassion.

— Tu aurais du chocolat chaud ? demanda-t-elle.

Super idée. Joel acquiesça.

— Et du café pour ceux qui veulent.

— Je prendrai un café, claironna Nate.

Face au clignement d'yeux de son père, le jeune homme haussa les épaules.

— Oui, je bois du café maintenant.

— Seulement parce qu'il se prend pour *un grand*, intervint Laura. Eh bien, *moi*, je veux un chocolat chaud.

Elle fusilla son frère du regard.

— Tu comptes dire bonjour à Bramble, j'espère ?

Le cœur dans un étau, Joel les laissa seuls. Dans la cuisine, il ouvrit le réfrigérateur pour en sortir le lait. Carrie le rejoignit, le regard chaleureux.

Ça va aller, articula-t-elle.

Joel n'en était pas aussi sûr.

— Il est tellement silencieux, commenta Joel.

Il fixait le dos de Nate tandis que sa sœur et lui avançaient devant eux avec Bramble sur la plage. Le jeune homme n'avait presque pas ouvert la bouche depuis son arrivée. Laura, à l'inverse, essayait très clairement de rattraper le temps perdu.

— Ça, c'est parce que Laura ne le laisse pas en placer une, observa Carrie avant de se fendre d'un sourire. Il adore Bramble, par contre.

— Il faudrait un cœur de pierre pour ne pas adorer Bramble.

Joel se tut, les mains au fond des poches.

— Comment s'est passé le voyage ?

— Ça s'est bien passé. Nate a mis son portable en mode GPS et il n'a pas eu l'air nerveux du tout.

— Il a toujours été sûr de lui, depuis qu'il est gamin.

Nate n'était plus un gamin, pourtant. Ils reprirent une allure tranquille.

— Comment il s'en sort, en classe ?

— Je crois que ça va. Il adore ses cours. Et il me semble qu'il s'est fait des copains. Il a mentionné quelques noms au passage, principalement des filles, ajouta-t-elle avec un sourire.

Joel gloussa.

— Je ne t'envie pas.

— Qu'est-ce que tu veux dire ?

— C'est toi qui vas devoir l'épauler quand l'une de ces filles lui aura brisé le cœur.

Bien qu'une part de lui espérait que si une telle situation devait exister, Nate viendrait lui parler à lui aussi.

— Eh bien, j'espère qu'il va attendre encore un peu avant de tomber amoureux.

Plus loin, devant eux, Laura et Nate, qui avaient atteint l'extrémité de la plage et fait demi-tour, revenaient dans leur direction. Joel et Carrie tournèrent les talons et repartirent en sens inverse. Son ex-femme désigna l'hôtel d'un signe de tête.

— On dirait qu'ils avancent.

— Estime-toi heureuse que ce soit le week-end, répondit Joel. J'étais dans le coin l'autre jour quand une femme est passée devant. Je dirai seulement qu'ils ont été à la hauteur de tous les stéréotypes sur les ouvriers.

Carrie ricana.

— Et toi, l'un d'eux t'a déjà sifflé ?

Joel s'esclaffa.

— Un bâtisseur gay ? M'est avis que ses collègues le feraient pendre par les couilles à la poutre la plus proche. J'ai eu droit à un signe de la main, en revanche.

Derrière eux, les gloussements de Laura se faisaient plus audibles et leur mélodie lui remonta le moral.

— Je suis content que vous soyez venus.

Carrie glissa son bras dans le sien.

— Peut-être qu'ils viendront seuls, la prochaine fois, si Nate se sent de faire la route.

— Il doit pouvoir le faire. Je ne pense pas que ce soit *ça* le problème.

Quant à savoir si Nate aurait *envie* de lui rendre visite, Joel n'aurait su le dire.

Il frissonna et Carrie se colla à lui.

— Et si on rentrait tous au chalet, Laura pourrait t'aider à préparer les lasagnes ?

Joel sourit.

— Elle s'est mise à la cuisine, maintenant ?

— Elle a préparé des cookies, la semaine

dernière. Alors, certes, ils étaient déjà tout prêts dans une boîte, mais elle en était *si* fière. Je me dis qu'on devrait l'encourager. Du moment qu'elle ne se coupe pas un doigt. Elle pourrait peut-être s'occuper de touiller pendant que *toi* tu découpes.

— J'aime bien l'idée.

Nate et Laura les rattrapèrent ; Joel leur fit un sourire chaleureux.

— On va rentrer à la maison et commencer à préparer le repas.

Laura lâcha un cri de joie. Alors que Nate rallongeait la distance entre eux, Joel put entendre la réplique qu'il murmura, portée par la brise, et qui givra son cœur déjà meurtri :

— C'est *pas* la maison.

Finn avait attendu jusqu'à la dernière seconde possible avant de laver sa camionnette, mais la goutte d'eau qui fit déborder le vase vint d'un petit malin qui avait tracé les mots « lave-moi » dans la poussière. Il avait fallu deux seaux d'eau savonneuse pour débarrasser la carrosserie de sa couche de crasse. Il brancha le tuyau d'arrosage au robinet extérieur et rinça les dernières traces de mousse. Lorsqu'il coupa le jet, il entendit des voix en approche. En voyant un labrador chocolat apparaître dans son champ de vision, son cœur s'emballa, mais finit dans ses chaussettes à la découverte des quatre personnes qui suivaient le chien.

Eh ben, putain. Voilà qui répond à la *question.*

Son homme-fantasme avait une famille.

Tandis que le couple et leurs deux enfants passaient devant chez Finn, le père de famille tourna la tête vers lui et ce dernier soupira intérieurement. *Doux Jésus, qu'il est beau.* Des cheveux courts et bien soignés, des yeux bleus, une mâchoire forte… Finn n'avait pas répondu à Max, mais bon sang, l'homme-fantasme était *parfaitement* son genre.

Au moins, je ne me suis pas mis la honte en lui faisant du gringue. Tant pis.

Comme si ça aurait pu arriver.

Cela ne signifiait pas pour autant que Finn arrêterait de le chercher du regard. Dans un village aussi petit que Goose Rocks Beach, il devait savourer tous les beaux gosses qu'il arrivait à trouver. Et il fallait bien l'admettre : il éprouvait un frisson grisant à fantasmer qu'il embrassait un hétéro.

Un hétéro avec un super chien.

Je devrais peut-être adopter un chien, moi aussi.

Il pourrait au moins continuer à se taper le mec dans ses rêves. C'était déjà mieux que rien.

Mais à peine.

Chapitre 5

Mai

Le portable de Finn sonna alors qu'il venait de choisir des boîtes de clous. Il les empila en équilibre précaire avant de jeter un regard à l'écran. Sourcils froncés, il appuya pour décrocher.

— Bon Dieu, Ted, je ne suis parti que depuis une demi-heure. Je te manquais déjà ? J'ai les clous, c'est bon. Je reviens aussi vite que possible.

Les cinq boîtes reposaient contre son torse.

— *Je t'appelais pour vérifier combien de boîtes tu comptais prendre et pour te rappeler de garder le reçu.*

— Sans blague. Le vieil imbécile que je suis n'aurait jamais pensé à ça. Et j'en ai pris cinq. Ça devrait nous suffire en attendant la prochaine livraison.

Au loin, il entendit le cri de Lewis, suivi d'un « Putain de nom de Dieu ! ».

Finn rigola.

— Qu'est-ce qu'il a fait, cette fois ? Il s'est encore tapé dans le pouce ?

— *Mais pour l'amour du Ciel, mon gars, encore un ?* gronda Ted. *Il a explosé son énième marteau.*

— Hallucinant. Passe-lui le tél.

Finn se mit à arpenter avec précaution les allées en direction des marteaux, en faisant de son mieux pour ne pas faire tomber ses clous.

— *Dis, Finn ? Comme tu es déjà à la quincaillerie, tu pourrais me rapporter un nouvel arrache-clou ?* lui demanda Lewis.

— Pas de problème, je t'en prends un. Mais tu me permets de te donner un conseil ? Dépense ce qu'il faut pour t'en choisir un bon. Si tu continues à t'acheter ces trucs de merde à moins de cinq balles, faut pas t'étonner qu'ils pètent tous. Pour l'amour de Dieu, investis dans un Estwing ou un Vaughan. Un outil qui tiendra la route.

Lewis souffla dans le combiné.

— *OK. Choisis-en un et ramène tes miches. Je vais devoir utiliser ma bite pour enfoncer les clous jusqu'à ton retour.*

L'espace d'une seconde, Finn ne trouva aucune réponse humoristique, mais elle finit par venir :

— Oh, toutes mes excuses. Je n'avais pas réalisé qu'on utilisait des clous riquiquis pour ce chantier. Je ferais mieux d'aller échanger ceux que j'ai pris.

Tout sourire, il renchérit :

— Tu vas te servir de ta bite ? Alors ils seront plus droits que quand tu te sers d'un marteau. Et quand tu en auras un de plié, tu pourras au moins le retirer avec ton trou de balle. Je reviens dès que possible.

Il raccrocha sous les bafouillages de Lewis à l'autre bout du fil. Jaugeant l'étagère, il choisit un marteau digne de ce nom, puis repartit vers les caisses. Heureusement que la quincaillerie de Kennebunk n'était qu'à quinze, vingt minutes du chantier. Et encore, s'il avait dû se taper la route, c'était uniquement parce que la personne chargée de la livraison de matériel ce matin-là avait oublié les clous. Ce *quelqu'un* allait se faire botter le train par le patron quand il l'apprendrait.

Il reprit Dyke Road en sens inverse, puis tourna à gauche sur Kings Highway, direction la place de parking où il avait déjà garé sa camionnette plus tôt dans la journée. Elle était encore libre. Tandis qu'il éteignait le moteur, il aperçut une silhouette familière qui traversait la rue en face de lui, un chien tout aussi familier la tirant en avant.

L'homme de ses fantasmes était là, plus près que Finn ne l'avait jamais vu.

Dis quelque chose, sois gentil. Quelle importance que la partie logique de son cerveau lui crie « mais il est hétéro ! » ? Toutes pensées de cet acabit s'évaporèrent dès lors que le chien se jeta en avant, arrachant la laisse de la main de l'homme-fantasme. Le labrador débitula sur la plage vers les deux retrievers qui jouaient près de leur maître à l'autre bout.

— Bramble ! s'écria l'humain en se lançant à sa poursuite. Bramble, reviens ici.

Finn se précipita hors de sa camionnette et à ses trousses.

— Ne courez pas après. Arrêtez. *Stop.*

L'homme-fantasme se retourna vers lui avec une incrédulité visible.

— Mais il est en train de s'enfuir.

Finn hocha la tête.

— Et si vous lui courez après, il croira que c'est un jeu. Couchez-vous sur le sable.

L'autre écarquilla les yeux.

— Je vous demande pardon ?

— Couchez-vous sur le sable, sur le ventre. Faites-moi confiance. Il croira que vous êtes blessé et il reviendra pour vérifier.

L'homme-fantasme observa l'extrémité de la plage d'où son chien ne montrait aucune envie de faire demi-tour alors qu'il aboyait sur les deux retrievers.

— Très bien, bougonna-t-il.

Il se mit à genoux, puis s'allongea sur la plage, la tête sur les bras.

Le labrador le remarqua en quelques secondes et revint à toute vitesse. Il renifla l'homme-fantasme et poussa son bras avec sa truffe. Finn profita de la distraction du chien pour le contourner et attraper son collier. Le propriétaire se redressa et fit de même, leurs mains se touchant.

L'homme-fantasme saisit le bout de la longe.

— C'est bon, je le tiens.

Il se releva aussitôt et frotta le sable qui maculait son jean et son manteau, puis posa un regard reconnaissant sur Finn.

— Merci. Je n'aurais jamais pensé à ça. Vous savez clairement y faire avec les chiens.

— On en a toujours eu, quand j'étais gamin.

Finn désigna le labrador d'un signe de la tête.

— Il est beaucoup plus discipliné, d'habitude.

Comme l'homme-fantasme clignait des paupières, surpris, Finn lui décocha un sourire gêné.

— Vous passez souvent devant chez moi. J'habite sur Wildwood.

L'autre lui lança un regard interrogateur.

— Vous ne seriez pas l'ouvrier qui m'a fait signe l'autre jour ? De là-haut ? demanda-t-il en désignant l'hôtel.

Merde. La main dans le sac.

— Ah, si, c'était bien moi.

De derrière lui s'éleva la voix tonitruante de

Max.

— Finn ! Tu les fabriques toi-même, ces clous ?

Le maître du chien sourit.

— Vous vous appelez donc Finn. Merci encore, Finn. Je vous présente Bramble.

Finn ne put s'en empêcher :

— Et le papa de Bramble, il a un nom ?

L'intéressé rigola.

— Oups. Moi, c'est Joel.

Lorsqu'un second beuglement leur parvint à l'intention de Finn, Joel se fendit d'un large sourire.

— Vous êtes visiblement très demandé. Bon, eh bien, la prochaine fois que vous me verrez, faites-moi signe. Je saurais que c'est vous.

Il tendit la main et Finn la serra. Joel avait la poigne ferme.

— Et moi, je vais retourner promener Bramble, mais cette fois, je tiendrai la laisse bien plus fort.

Ses yeux scintillaient d'humour.

Bon sang, qu'il était canon.

Des huées depuis l'autre côté de la route mirent un terme aux observations de Fin, qui s'empressa de retourner à sa camionnette pour y récupérer les clous et le marteau. Lorsqu'il eut traversé la route, Lewis l'attendait, bras croisés.

— Je t'en prie, ne nous laisse pas te déranger si tu as mieux à faire, genre draguer.

— Je ne *draguais* pas. Je lui prêtais main-forte.

L'unique réponse de Lewis fut un haussement de sourcils. Puis, son collègue lui décocha un regard noir.

— Hé, faut qu'on cause. Plus jamais tu dis du mal de ma bite, compris ?

Finn fit la moue.

— Ooh, j'ai fait mal à son petit cœur ? J'imagine

que c'est pas trop dur, de toute façon, vu qu'elle doit déjà avoir un sacré complexe d'infériorité.

Il lui tendit le marteau et le ticket de caisse.

— Tu donneras ça à Jon la prochaine fois qu'il passera. Il n'aura qu'à l'ajouter à mon salaire. Il risque de te dire que tu dois rembourser ton marteau toi-même, par contre.

Lewis donna un coup pour tester l'outil, qu'il frappa contre la paume.

— Ouais, pas mal. Faut croire que le prix fait vraiment la différence.

Finn jeta un coup d'œil vers la plage, où Joel se baladait tranquillement en jouant au bâton avec Bramble dont il avait allongé la laisse au maximum.

— Si ça, c'était pas un coup de chance, commenta Lewis. T'aurais pas pu tomber mieux si tu l'avais voulu. Alors, maintenant que tu l'as vu de près, tu le trouves aussi beau gosse que dans tes rêves les plus fous ?

Finn ne se tourna pas vers lui, gardant les yeux rivés sur Joel.

— Il est encore mieux. Malheureusement, il est maqué.

— Qu'est-ce que tu en sais ?

— Samedi dernier, il est passé devant chez moi avec sa femme et ses enfants.

— Ah bah, putain. T'auras plus de chance la prochaine fois.

Finn continua de les observer tandis que Joel se baissait pour caresser Bramble. Un chien fantastique et son maître trop canon, qui n'était absolument *pas* libre. Lewis avait bien résumé :

Ah bah, putain.

Joel referma la porte d'entrée derrière lui avant de détacher la laisse de Bramble.

— Il a fallu que tu te fasses la malle, hein ? Tu n'as pas pu t'empêcher d'aller causer à tes potos.

Bramble l'observait de ses prunelles brunes, sa queue fouettant le sol, et Joel comprit qu'il avait perdu d'avance. Jamais il ne pourrait rester fâché bien longtemps contre son chien. Il lui caressa les oreilles.

— Ne me refais plus ça, d'accord ?

Le petit *ouaf* de Bramble aurait pu être une confirmation, mais Joel aurait parié cher que c'était plutôt une remarque du genre « de quoi tu te plains, au juste ? T'as rencontré un beau gosse, au moins, non ? ».

Il ne pouvait pas le nier : Finn était canon, de sa mèche de cheveux balayée sur le côté à ses yeux vert-de-gris, de la même couleur que l'océan pendant une tempête, en passant par sa barbe hirsute et sa moustache naissante. Sans parler de sa carrure ; son gros manteau avait beau dissimuler sa vraie stature, il était évident que Finn n'était pas un gringalet capable de se faire emporter par une brise trop raide.

Joel n'était même pas étonné que le mot « raide » lui ait traversé l'esprit. Et maintenant qu'il savait où vivait Finn, il comptait garder l'œil ouvert lorsqu'il y passerait avec Bramble.

On se calme, mon gars. Tu ne sais rien à son

sujet en dehors du fait qu'il est sexy.

Il se rendit à la cuisine où il alluma la cafetière. Son boulot l'attendait d'ores et déjà sur la table. Pendant que le café gouttait, il balaya son intérieur du regard. Au bout de presque un mois, il commençait à se sentir chez lui au chalet. *Dommage que ce soit une location.* L'appartement où il avait emménagé à Augusta en janvier n'était qu'une solution provisoire et ça se sentait, de quoi combler le vide en attendant qu'il trouve un logement plus permanent. Joel savait au fond de lui qu'il ne pourrait plus vivre en ville. Le chant de la côte était bien trop puissant. Les hivers du Maine ne lui faisaient pas peur : ils avaient emménagé à Augusta quand Nate n'avait que deux ans, il savait donc parfaitement à quoi s'attendre du climat. Il était bien entendu possible qu'il change d'avis une fois qu'il serait pris au piège par quarante-cinq centimètres de neige, mais rien n'était moins sûr.

Je pourrais me poser ici. Joel aimait le village et la plage. Tous les commerces dont il avait besoin se trouvaient à proximité, et pour ceux qui ne l'étaient pas, il y avait toujours Portland ou Kennebunk. Il avait choisi ce chalet parce qu'il aimait la zone, et il ne lui avait pas fallu longtemps pour s'acclimater. Certes, l'habitation n'était pas parfaite. La déco était un véritable méli-mélo de styles, le mobilier formait un mélange éclectique et certaines parties avaient besoin d'une importante remise à neuf ou à niveau. Pourtant, le chalet avait fait son œuvre : Joel avait eu un avant-goût de la vie sur la côte, au point de ne plus vraiment vouloir chercher ailleurs.

Je devrais peut-être vérifier s'il y a des propriétés à vendre dans le coin.

Ses réflexions prirent fin lorsque Bramble alla s'asseoir devant la porte de derrière et se mit à geindre.

Joel secoua la tête.

— Tu étais censé faire ça sur la plage.

Il ouvrit la porte et Bramble se précipita dans le jardin. Le labrador ne risquait pas de s'enfuir, l'arrière étant clôturé. Au-delà, il n'y avait que des arbres. Joel resta sur la terrasse en attendant que le chien fasse ses besoins. Il laissa son regard dériver sur le mur extérieur du chalet où un mouvement attira son attention. Une sorte de papillon s'était posé là, les ailes battant. De sa position, Joel ne pouvait voir de quelle espèce il s'agissait, mais ses marques l'intriguèrent. Il fit un pas dans sa direction pour voir jusqu'où il pourrait l'approcher, mais le bois céda et son pied disparut sous la terrasse.

— Seigneur !

Il avait ressenti une douleur très brève, mais heureusement, la terrasse n'était pas bien haute et sa jambe ne s'était enfoncée que de quelque soixante centimètres. En faisant attention aux échardes, Joel se libéra des planches brisées. Bramble s'approcha au trot pour le renifler et Joel l'attrapa par le collier.

— C'est bon. Plus question que tu viennes par ici. Tu vas finir avec des échardes plein la truffe ou les pattes, sans parler de ton derrière.

Il ramena le labrador à l'intérieur et referma la porte.

Joel se massa la cheville, mais la douleur était déjà passée. Il s'approcha de la table, attrapa son portable et fit défiler ses contacts jusqu'à trouver M. Reed, le propriétaire. Lorsque celui-ci eut décroché, Joel lui raconta ce qui venait de se passer.

Monsieur Reed soupira.

— *On dirait que je vais devoir ajouter une nouvelle terrasse à ma liste. Tout ça m'épuise tellement.*

— Je suis navré, mais ce n'est pas de ma faute, protesta Joel.

— *Oh, je ne disais pas le contraire. C'est simplement que la liste des choses à faire dans ce chalet semble sans fin. Pour commencer, je dois constamment remplacer le mobilier. Vous voyez le fauteuil, celui avec les voiliers ? Je l'ai trouvé chez Goodwill. L'un des locateurs précédents avait renversé du vin rouge sur le précédent. Depuis le jour où j'ai reçu l'acte de propriété, je me suis lancé dans une quête perpétuelle de mobilier de seconde main bon marché, parce qu'acheter du neuf n'est tout bonnement pas faisable. Les gens ne font plus attention à rien, de nos jours.*

Joel aurait voulu rétorquer qu'il n'était pas de ce genre-là, mais M. Reed continua sur sa lancée :

— *Je sais que la maison a besoin d'une remise à niveau. J'avais l'intention de m'en occuper l'hiver dernier, mais des problèmes de famille m'ont obligé à reporter. Et vu comment je me sens en ce moment ? J'ai sérieusement envie d'arrêter toutes ces histoires de bailleur.*

Il émit un petit rire.

— *Excusez-moi. Je crois qu'on est entré dans le domaine du « trop d'infos privées ». Vous n'avez pas envie d'entendre mes problèmes.*

Le cœur de Joel battait la chamade.

— Si vous êtes sérieux, je suis prêt à vous racheter le chalet.

Un silence s'ensuivit pendant quelques minutes.

— *Je vous demande pardon ?*

Joel ne se laissa pas le temps d'y réfléchir trop.

— Eh bien, on dirait que vous en avez assez de gérer ça. Alors… je vous le rachète. Le prix devrait bien sûr être fixé en fonction de son état réel actuel et du montant qu'il me faudra dépenser pour les travaux nécessaires.

Je n'arrive pas à croire que j'y songe vraiment. Tout ce qu'il savait, c'était qu'il en mourait d'envie.

Joel se laissa encourager par le fait que la réponse de M. Reed ne fut pas un refus immédiat de vendre. Au contraire, il y avait un intérêt évident dans la voix du propriétaire :

— *Vous avez envie de vous mettre à louer des biens ?*

Joel avisa l'intérieur de l'adorable chalet.

— Non, je veux vivre dedans. Qu'en dites-vous ?

Il ne se souvenait pas avoir jamais agi aussi vite, sur un simple coup de tête, mais il sentait qu'il était sur la bonne voie.

— *Vous n'avez pas causé à ma femme dans mon dos, j'espère ?*

Avant que Joel ait pu demander de quoi il voulait parler, M. Reed gloussa.

— *Pas plus tard que la semaine dernière, elle me disait que je ferais mieux de m'en débarrasser. Vous ne trouvez pas ça bizarre ?*

— Vous allez y réfléchir, alors ?

Une autre pause.

— *Laissez-moi faire mes comptes et je vous rappellerai. Si on s'entend sur un prix, ce sera marché conclu. Ma femme va être ravie.*

Il ricana.

— *Du moment qu'elle ne se fait pas des idées de croisière avec les profits. Moi aussi, j'ai quelques idées.*

Dieu du Ciel. La poitrine de Joel était toute légère, et il était affublé d'un énorme sourire que seul Bramble pouvait voir.

— J'attends de vos nouvelles, alors.

Joel le remercia et raccrocha. Il s'assit à la table de la cuisine, et Bramble s'approcha pour poser la truffe sur son genou. Joel caressa sa tête soyeuse.

— Coucou, mon grand, dit-il d'une voix douce. On pourrait bien se créer notre petit nid douillet ici, après tout.

Un foyer où Nate et Laura auront plaisir à venir nous voir quand ils voudront.

C'était grisant, cette conviction que toutes les pièces du puzzle de sa vie étaient en train de s'aligner, qu'il pouvait enfin vivre comme il l'avait rêvé lorsqu'il avait dix-sept ans et qu'il essayait de cacher au reste du monde qu'il avait un petit ami.

Et c'était bien ça, la dernière pièce du puzzle : quelqu'un avec qui partager sa vie.

Quelqu'un à aimer.

Chapitre 6

Joel avait déjà traversé la moitié de Dyke Road lorsqu'il se rendit compte qu'il avait besoin de parler à quelqu'un des événements de la matinée. Il avait fallu deux jours à M. Reed pour le rappeler, mais sa réponse avait de loin compensé l'attente. Joel vibrait littéralement depuis leur échange téléphonique, et il n'existait qu'une seule personne capable de comprendre et de partager son excitation. Il afficha le numéro de Carrie et lança l'appel.

— *Salut, comment tu vas ?* demanda-t-elle avant de marquer une pause. *Tu es dehors ? J'entends le vent.*

— Je vais au magasin. Je n'avais plus de pain. Écoute, j'ai du lourd. Je vais acheter une maison.

La demande d'emprunt lui avait pris la seconde moitié de la matinée, mais la paperasse était déjà postée.

Carrie eut l'air ravi :

— *Sérieux ? C'est génial. Où ça ?*

— Mills Road. Un petit coin du nom de Littorine.

Un silence.

— *Comment tu pourrais l'acheter ? Je pensais que c'était une location.*

— C'est le cas, mais le proprio a décidé de vendre, et j'ai envie de la prendre.

— *Tu as bien réfléchi ?*

Joel rit sous cape.

— Crois-moi, je n'ai pensé à presque rien d'autre au cours des trois derniers jours. Il m'en a proposé un bon prix, j'ai fait les calculs, et je peux me permettre le crédit immobilier. J'aime vraiment cet endroit, Carrie. Je m'y sens bien. On s'est même mis d'accord que je l'achèterais en l'état, donc j'ai déjà le mobilier. Ça fait déjà une migraine en moins.

— *Qu'est-ce qui a été l'élément déclencheur ? Je pensais que tu devais seulement rester là un moment tout en cherchant ailleurs.*

— Je pensais aussi, jusqu'à ce que mon pied traverse le plancher de la terrasse arrière.

— *C'est une blague ? Tu vas bien ?*

L'inquiétude dans sa voix lui mit du baume au cœur.

— Ça va, oui. Même pas une égratignure. Mais quand j'ai appelé le proprio pour lui en parler, j'ai commencé à envisager autre chose. J'ai déjà calculé les paiements mensuels, ce matin. Et je sais que c'est prématuré, parce que je ne suis pas encore propriétaire, mais la première chose à faire, c'est prévoir quelques réparations. En commençant par la terrasse.

— *Si tu veux vraiment acheter, ne la répare pas. Autant profiter d'une toute nouvelle terrasse, non ? Démonte l'ancienne et construis-en une neuve.*

L'idée lui plaisait.

— Dans ce cas, je ferais mieux de chercher de l'aide.

Il s'arrêta devant le supermarché.

— Je te tiens au courant dès que j'en sais plus, conclut-il.

— *Joel ? Je suis ravie pour toi. Je suis heureuse*

de te voir aller de l'avant.

— Moi aussi. Je ne m'attendais pas à ce que ça se fasse si vite.

Ils raccrochèrent et Joel entra dans le magasin. L'hôtesse, qui était d'ordinaire derrière la caisse, était occupée à ranger des boîtes de conserve sur les étagères. Elle lui sourit en le voyant entrer.

— Bonjour, bonjour. Où est donc votre magnifique pépère ?

— À la maison. Mais vous allez nous voir bien plus souvent.

Son effervescence ne s'était absolument pas dissipée.

— J'achète une maison ici.

Elle lui décocha un grand sourire.

— Félicitations.

Il la remercia et se rendit au rayon boulangerie, où il avisa les pains. Sur le mur derrière les étagères se trouvait un panneau d'affichage couvert de prospectus, d'annonces, de récompenses en échange d'informations sur des chats perdus et de cartes de visite. Il se planta devant et remarqua qu'il y en avait pour nombres de services tels que la plomberie, l'électricité, le nettoyage de piscines… ainsi qu'une carte sur laquelle une silhouette sciait un morceau de bois.

Aha ! Joel y regarda de plus près. Au bas de la carte, en lettres blanches, étaient écrits les mots « Finn Anderson, charpentier » suivis d'un numéro de téléphone. *Finn ?* C'était forcément lui. Joel prit une photo de la carte avec son portable. Il acheta son pain, puis retourna chez lui en toute hâte. Une fois rentré, il afficha la photo sur son écran et nota le numéro à la main. Lorsqu'il l'appela, la voix qui lui répondit appartenait très clairement au même homme qui l'avait aidé sur la plage. Et maintenant qu'il y pensait, le timbre de Finn était tout aussi canon que son physique.

— *Finn Anderson à l'appareil.*

Joel se racla la gorge.

— Bonjour. Ici Joel Hall. Nous nous sommes rencontrés sur la plage il y a deux, trois jours, quand vous m'avez aidé à…

— *Oh. Oui, je me souviens. Mais… comment avez-vous eu mon numéro ?*

— Je l'ai trouvé sur votre carte de visite, à la supérette. C'est pour ça que je vous appelle. Je vais acheter une propriété et j'aurais besoin d'y effectuer quelques travaux. Comme on s'est déjà croisé…

Joel se tut.

— Enfin, si vous pensez pouvoir m'intercaler dans vos horaires. Le chantier de l'hôtel doit déjà vous occuper pas mal.

Finn éclata de rire.

— *C'est à ça que servent les soirées et les week-ends. Souhaiteriez-vous que je passe jeter un œil, pour savoir dans quoi je mets les pieds ?*

Joel sourit pour lui-même.

— Ce serait génial. J'habitue au 350 Mills Road. Quand pourriez-vous venir ?

— *Je pourrais passer tout à l'heure, après le travail. Je termine généralement vers seize heures. Ça vous conviendrait ?*

— Après seize heures, ce serait parfait. À tout à l'heure.

Pour bien faire, Finn devait voir la maison en journée. Son pouls s'affolant, Joel raccrocha et posa le téléphone. *C'est vraiment en train d'arriver.* Il savait d'ores et déjà que Finn était un homme bien. *Voyons si c'est aussi un bon charpentier.* Il se ravisa.

On l'a engagé pour construire un hôtel, c'est qu'il doit forcément *être doué.*

Il savait que l'accélération de son rythme cardiaque n'avait rien à voir avec la perspective d'une nouvelle terrasse et *tout* à voir avec le beau gosse qui viendrait prochainement évaluer l'étendue des travaux.

Finn quitta la route, remonta l'allée qui menait chez Joel et coupa le moteur. Mills Road était bordée d'arbres, les maisons lovées de-ci de-là. Celle de Joel était pittoresque, mais un seul regard au porche suffit à lui montrer tout ce dont elle manquait. Il attrapa son carnet de notes sur le siège passager, vérifia qu'il avait un stylo dans sa poche, puis sortit de la camionnette. La porte d'entrée s'ouvrit avant qu'il l'ait atteinte, et Joel apparut derrière la moustiquaire.

— Puisque vous avez grandi entouré de chien, j'imagine que vous n'avez rien contre les flaques de bave ?

Finn rit.

— Oooh, ce n'est qu'un chiot. Et un peu de bave, ça n'a jamais tué personne.

Joel ouvrit l'écran de protection, Finn s'empressa d'entrer. Bramble fut sur lui en un instant, la queue fouettant l'air, les yeux brillants et sa posture tout entière lui demandant « caresse-moi ! ». Finn se baissa et admira sa fourrure lustrée en le papouillant.

— Il est magnifique.

— C'est mon premier chien. J'ai beaucoup de chance, je crois.

Finn se redressa pour jeter un œil alentour.

— Vous en avez déjà fait l'acquisition ?

— Pour l'instant, je ne suis que locataire, mais la demande de prêt est en cours en ce moment même.

Finn arqua les sourcils.

— J'ai dû la rater quand je cherchais à louer. Votre chalet est bien mieux que le mien.

— Vous louez aussi ?

— C'est pour le mieux. Je vais là où je trouve du travail, mais ces dernières années, j'ai surtout bossé sur la côte, principalement sur des maisons.

Il appréciait la maison de Joel. Les fenêtres d'ici laissaient entrer plus de lumière que chez lui, où il se sentait claustrophobe à cause du manque de clarté.

— Vous n'avez jamais pensé à construire votre propre maison ?

Finn le dévisagea, si bien que Joel fronça les sourcils.

— J'ai dit quelque chose qu'il ne fallait pas ?

— Non, du tout. C'est juste que… c'est mon rêve depuis que je suis devenu charpentier. Économiser autant que possible et acheter soit un terrain, soit une maison que je pourrais démolir pour en construire une nouvelle à sa place.

— Quel genre de maison ?

Finn sourit.

— Avec beaucoup de vitres, pour laisser entrer la lumière. Pouvoir regarder l'océan. Écouter les vagues.

— *Ça*, c'est bien dit, affirma Joel, un éclat dans les yeux. C'est l'idée que je me fais du paradis.

Finn avait déjà *son* idée du paradis devant son nez et le spectacle se faisait plus merveilleux à la seconde.

On se concentre, mon gars. Sur le boulot.

— Ouais, ça fait rêver, hein ? Sauf que les terrains de ce genre ne sont pas donnés. J'aurais peut-être assez quand j'aurais l'âge de la retraite.

Finn se fendit d'un rire narquois.

— Plus que quarante et un ans et…

Il se mit à compter sur ses doigts.

— … quatre mois à attendre. Ceci dit, je me vois mal trimer encore de la sorte quand j'aurai soixante ans passés.

— Ça doit être très physique, observa Joel.

Il étudia Finn de la tête aux pieds.

— Mais, clairement, ça vous aide à garder la forme.

Pantois, Finn se retint pourtant de le montrer. *Monsieur l'hétéro-marié vient-il vraiment de me reluquer ?* Il rejeta cette notion ; ce n'était qu'un fantasme qu'il prenait pour la réalité et il le traita comme tel. *On se concentre, tu te souviens ?* Il balaya à nouveau l'espace des yeux en hochant la tête.

— C'est vraiment sympa, ici.

Il sourit de toutes ses dents et demanda :

— Montrez-moi ces travaux dont vous me parliez.

Joel lui fit signe de le suivre.

— Par ici.

Il le mena à la porte de derrière, s'arrêtant sur le perron. Joel sourit.

— Non, Bramble, tu n'iras *pas* dehors. Tu as déjà fait tes besoins, de toute façon.

Finn adora la façon dont le labrador se coucha en donnant la très nette impression qu'il boudait, la gueule posée sur ses pattes avant. Le charpentier suivit Joel par la porte-moustiquaire et sut, dès qu'il posa le pied sur la terrasse, où le futur propriétaire s'était enfoncé : celui-ci avait couvert le trou d'une planche. La surface n'était pas fort large, juste assez pour deux petites chaises et, dans un coin, une seule et unique marche escarpée menant au jardin.

Finn la descendit et s'approcha de la clôture du fond. Faisant demi-tour, il observa l'arrière du chalet pour se faire idée de ce qu'il pouvait y changer.

— Du coup… je dois réparer la terrasse ou en faire une nouvelle ?

Il savait déjà ce que lui-même aurait préféré.

Joel, qui s'était couvert d'un épais manteau, le rejoignit en rigolant.

— On dirait mon ex-femme. Elle dit que je ferais mieux d'en faire construire une toute neuve.

Son *ex*-femme ? Finn mourait d'envie de demander s'il s'agissait de celle avec qui il l'avait vue l'autre jour, mais ce n'était pas ses oignons.

— Je suis du même avis qu'elle.

Il ouvrit son bloc-notes, récupéra le stylo dans sa poche et se mit à dessiner à la hâte.

— Actuellement, la terrasse est plus basse que le pas de la porte, mais on pourrait la remonter. Une terrasse ne devrait pas être à plus de cinq centimètres en dessous du bas de la porte qui donne dessus. Et vous avez suffisamment d'espace ici dehors pour l'agrandir.

— L'agrandir comment ?

— Assez pour y poser une table et quatre chaises. En été, vous pourriez dîner dehors le soir. Je mettrais une rambarde tout autour et un escalier pour descendre dans le jardin. Si vous voulez aller au bout des choses, on pourrait en couvrir la moitié avec une pergola.

Son stylo dansait sur le papier.

— Vraiment ?

Finn marqua une pause avant de reprendre :

— Je ne sais pas si c'est votre truc, le jardinage, mais vous pourriez faire pousser des fleurs parfumées comme du chèvrefeuille ou du jasmin qui s'enrouleraient autour des poteaux et cacheraient les poutres. Ce serait absolument superbe pendant l'été. En outre, vous pourrez y accrocher des guirlandes de lumière.

Il le voyait déjà dans sa tête.

— Quelque chose dans ce genre ? dit-il en montrant son croquis à Joel.

Ce dernier jeta un œil au carnet.

— C'est magnifique.

Finn sourit.

— Merci. Je trouve que ça aide mes clients à visualiser ce que je leur propose. *Mais...*

Joel gloussa.

— Je me disais bien qu'il y aurait un « mais » là-dedans. J'imagine que c'est là que le prix intervient.

Finn rit à son tour.

— Ça, j'y viendrai dans une minute. Ce que j'*allais* dire... c'est que je dois pouvoir terminer ce que je vous ai montré d'ici l'été, mais que pour y arriver, j'aurais besoin de votre aide, si vous êtes manuel. Si vous ne l'êtes pas, je trouverai quelqu'un qui l'est.

— De quel genre d'aide parle-t-on, au juste ?

— Je ne vous demande pas d'aider à l'installation. Mais avant de commencer le chantier...

Il décocha à Joel un regard spéculateur.

— ... Si on part du principe que je suis engagé.

Joel éclata de rire.

— Continuez sur votre lancée. Tout va bien pour l'instant. Disons que je n'ai pas l'intention d'appeler quelqu'un d'autre, à moins que votre prix ne me fasse tourner de l'œil et pleurer mon portefeuille.

Finn se retint de frapper l'air du poing.

— Dans ce cas… Avant de commencer, il va falloir démanteler l'ancienne terrasse, dégager les débris et les poteaux de soutiens, niveler le sol… et creuser des trous pour les nouveaux poteaux.

Il décocha un sourire bref à Joel.

— Ce sont *ces* tâches qui vous incomberaient.

Joel ne sembla pas choqué par l'idée.

— Je peux creuser.

Finn croisa son regard.

— On parle de trous très profonds, là, d'au moins quatre-vingt-dix centimètres, car ils doivent arriver en dessous de la ligne de gel. Après quoi, on les remplit de béton pour soutenir les nouveaux poteaux. J'ignore si votre travail vous permet de dégager assez de temps pour vous en occuper, c'est pour ça que j'ai précisé pouvoir trouver de l'aide ailleurs au besoin.

Il savait que certains de ses collègues de l'hôtel seraient disposés à lui prêter main-forte.

Le sourire confiant de Joel donna sa réponse à Finn avant même qu'il ait prononcé le moindre mot.

— Je suis conseiller financier. Mon bureau se trouve à Augusta, et j'y passe un jour ou deux sur la semaine tout au plus. Le reste du temps, je bosse de chez moi, ou j'ai des rendez-vous avec mes clients. Donc oui, je peux aider. Je ne sais juste pas si je serais assez bon pour creuser…

— Je m'occuperai des mesures et je vous montrerai où les poteaux devront aller. Une fois le béton séché, je m'occuperai du reste.

Bramble apparut de l'autre côté de la porte-moustiquaire, et Finn sourit.

— En voilà un qui pourrait me tenir compagnie pendant que je bosse, blagua-t-il.

— Je ne suis pas certain que ce soit une bonne idée. Il vous rendrait chèvre.

Pas autant que toi *si tu m'assistais.* Finn était déchiré entre son envie de voir Joel plus souvent et son espoir qu'il ne serait pas là pour le distraire.

— Pour en revenir au désassemblage… renchérit-il, toutes dents dehors. Vous voulez la méthode douce ou la manière forte ?

— Développez les deux.

Finn pencha la tête d'un côté.

— Vous avez déjà manié une tronçonneuse ?

— Non, répondit Joel, les yeux ronds comme des soucoupes.

— Je pose la question parce que c'est la méthode la plus rapide : hop, hop, hop, fini. Mais certaines personnes ne sont pas à l'aise avec les tronçonneuses. La seconde façon, c'est la Sawzall, la scie sabre ou scie sauteuse pour les non-initiés, ou une Skil. On découpe la terrasse en plusieurs sections, plus on la découpe encore en parties facilement transportables jusqu'à la déchetterie. Quant à la troisième manière ? Vous dégotez un tournevis et vous la démontez vis par vis, planche par planche.

Joel le dévisagea.

— Merde alors. Pas question d'y aller vis par vis. Oubliez ça. Je ne suis pas ravi de l'option tronçonneuse, mais je pense pouvoir me servir de la Sawzall… sauf que je n'en ai pas.

— J'en ai deux, lui répondit Finn. Je peux vous en prêter une. Assurez-vous juste d'avoir des gants et des lunettes de protection.

Il referma son bloc-notes.

— Donc… le projet vous convient ?

Joel rayonnait.

— J'en suis ravi. Bien entendu, j'ai dit ça avant de savoir combien tout ça va me coûter. Je dois comprendre que vous avez déjà construit des terrasses ?

Finn hocha la tête.

— Je sais ce que je fais.

— Je n'en doute pas. Vous m'avez l'air très compétent.

Il eut de nouveau droit à ce regard de pied en cape, sauf que Finn en était certain à présent, Joel venait de le reluquer.

Pourtant, la petite voix insistait : *Il est hétéro, tu te souviens ? Avec une femme et des gosses ?*

Une *ex*-femme. *Ne l'oublie pas.*

De telles pensées ne le mèneraient nulle part. Il s'éclaircit la voix.

— Bien. Si vous la construisiez vous-même, ça vous reviendrait *en moyenne* à vingt-cinq dollars par mètre carré, uniquement pour les matériaux. Le prix final dépendra des matériaux utilisés, de la taille, de l'installation…

— À quelle taille vous pensiez ?

Finn se frotta le menton.

— Pourquoi pas trois mètres cinquante sur trois mètres cinquante ? Ça ne sert à rien de la faire trop grande, et au vu de l'espace ici, ça ne n'empiétera pas sur le jardin. Sinon, on peut aussi la faire tenir sur toute la largeur de la maison et la faire partir moins loin. Dans ce cas, vous pourriez y mettre du mobilier, un canapé, un repose-pied, des fauteuils…

Il se fendit d'un grand sourire.

— Ce qu'on appelle un salon de jardin, de nos jours.

En voyant les yeux de Joel s'écarquiller, Finn sut qu'il avait visé juste.

— Quels sont les choix en termes de matériaux ?

— Il y a le bois traité sous pression, le bois massif, le composite…

Joel fixait la maison et Finn put presque entendre les rouages de ses méninges.

— Si vous deviez mettre un prix dessus ? Je vous demande le maximum que j'aurais à payer, selon vous. Pour savoir combien je dois économiser.

Finn fit quelques calculs mentaux rapides.

— Sept mille, max.

Il était conscient que certaines sociétés auraient facturé jusqu'à dix ou quinze mille dollars pour une installation de la sorte, mais Finn n'était pas cupide. Il savait aussi qu'il ferait un job d'enfer dont Joel serait très fier.

Ce dernier ne grimaça même pas.

— Marché conclu.

Finn se réjouit.

— Vous voulez que je commence quand ?

— Étant donné que vous ne pourrez rien faire tant que je n'aurais pas terminé les préparatifs, la question ne devrait-elle pas être de savoir quand *moi* je peux commencer ? contra Joel avec un grand sourire.

Finn éclata de rire.

— Bien vu.

Oui, ce type lui plaisait vraiment. Déterminé, marrant, clairement intelligent… et d'un âge parfait. *Bon sang.*

— On pourra en reparler quand toute la paperasse sera signée. Mais l'idée d'avoir terminé à temps pour l'été me plaît.

— Et vous êtes sûr que préparer le terrain ne

vous posera pas de problème ? Je pourrais m'en occuper, mais on est limité aux soirées et aux week-ends où je serai disponible. Ça nous fera gagner du temps sur le long terme.

Joel acquiesça.

— Je mettrai mes enfants à contribution un de ces quatre.

Ses traits se contractèrent un moment et quelque chose assombrit ses yeux bleus. Quelque chose qui ressemblait affreusement à du chagrin.

Qu'est-ce qui te fait mal, Joel ?

Aussi rapidement que cette pensée lui était venue, une autre suivit sur ses traces : *Ne t'en mêle pas. Ce ne sont pas tes affaires.*

Finn remit le stylo dans sa poche.

— Pour l'utilisation de la Sawzall…

— Je sais que je ne m'en suis jamais servie, mais ça ne doit pas être bien compliqué, si ?

Finn se mordit la lèvre. *La vérité sort de la bouche des enfants…*

— Je vous montrerai comment ça marche quand je vous la déposerai. Mais si vous arrivez à enrôler vos enfants, ne les laissez pas jouer avec ? Même s'ils ont l'air de jeunes gens raisonnables, ajouta-t-il avec un sourire.

Joel cligna des yeux, sourcils froncés.

— Comment vous…

Son front se lissa en même temps qu'une lueur emplissait ses yeux.

— Vous les avez vus quand on est passé devant vous. Le jour où vous nettoyiez votre camionnette.

Le fait que Joel s'en souvienne ne fit qu'ajouter de l'huile sur le feu qui brûlait en Finn.

On dirait bien que je n'étais pas le seul à mater.

— Je ne vais pas vous retenir plus longtemps,

déclara soudain Joel. Vous devez avoir envie de rentrer dîner. Je vous appelle dès que tout est réglé.

Il lui tendit la main, que Fin serra.

— Merci d'être venu. Vous avez décuplé mon enthousiasme pour ce projet. J'ai hâte de commencer.

Tout autant que Finn, même si ses raisons étaient différentes.

Joel lui montra la grille sur le côté de la maison et le raccompagna jusqu'à sa camionnette. Il resta dans l'allée pendant que Finn regagnait la route en marche arrière, les yeux rivés aux rétroviseurs. Il salua Joel de la main une dernière fois avant de s'éloigner.

Cet homme était un mystère, une énigme que Finn avait bien l'intention de résoudre, quoi que son cerveau puisse lui dire.

Je veux en apprendre davantage à son sujet.

Peut-être aurait-il tout le loisir de satisfaire sa curiosité lorsqu'il commencerait à installer sa terrasse.

Chapitre 7

Joel se servit un verre de whiskey et s'assit dans son rocking-chair. Couché sur sa paillasse, Bramble leva la tête et jeta un regard dans sa direction, puis la rabaissa et ferma les yeux. Observant le salon, Joel y plaçait mentalement son mobilier. Il avait dû mettre beaucoup de choses en stockage lorsqu'il avait déménagé, et maintenant qu'il avait enfin son chez-lui, il était temps de les récupérer. Carrie gardait sa collection de vinyles, sans parler du tourne-disque qui avait appartenu à son père. Joel ne pensait pas pouvoir un jour s'en séparer : son père le lui avait donné lorsqu'il était entré à la fac. Nate l'avait taquiné à son sujet et lui avait proposé de convertir tous ses vinyles en fichiers digitaux. Joel avait accepté en sachant qu'une fois la tâche accomplie, il continuerait à écouter ses morceaux préférés dans leur format d'origine.

Il possédait également des gravures, qu'il avait acquises au fil des ans. Pour l'instant, elles étaient enveloppées dans des draps dans le garage de Carrie. Joel calcula l'espace qu'il lui resterait : suffisamment pour en disposer quelques-unes.

Il attrapa son portable du haut de la bibliothèque et fit défiler sa liste de contacts jusqu'à Carrie.

— Salut, je te dérange ?

— *Du tout. Ta fille va me rendre dingue.*

— J'ai remarqué que c'est toujours *ma* fille quand elle est intenable, mais la *tienne* quand elle a de super notes en classe, la taquina-t-il. Qu'est-ce qu'elle a encore fait ?

— *Elle voulait de l'aide pour son devoir de sciences. Tu sais, ce pour quoi je n'ai jamais été douée, et c'est pour ça que je te l'envoyais à chaque fois ?*

Carrie poussa un soupir.

— *Ça te dérange si je dis que tu me manques, là, tout de suite ?*

— Toi, c'est ce matin que tu m'as manqué, confessa-t-il.

— *Ah bon ?*

— Ouais. Tu as toujours été plus douée que moi pour la cuisson des œufs.

Elle éclata de rire.

— *Je te remercie. Qu'est-ce que je peux faire pour toi ?*

— Je pensais récupérer quelques affaires que j'ai stockées, maintenant que j'ai un toit qui m'appartient.

Même s'il n'en était pas le propriétaire depuis bien longtemps, une semaine, en fait, mais il avait besoin d'y poser ses marques.

— *Ooh, j'aime ce que j'entends. Surtout si ça signifie que je vais retrouver plus d'espace. Je mettrai ce que je peux dans la voiture pour quand je viens ce week-end.*

— Hé, pas si vite, intervint-il en riant. Tu veux bien me laisser au moins repeindre les murs avant de tout ramener ?

— *S'il le faut,* répondit Carrie avec une réticence distinctement feinte. *Dis-moi ce que tu veux.*

— En vrai, une visite ce week-end ne serait pas

une mauvaise idée. Je suis en train de démonter la vieille terrasse et je me demandais si les enfants seraient d'accord pour aider ?

— *Tu veux que je leur demande ?*

— Vas-y.

Il sirota son whiskey en attendant, conscient des échanges assourdis à l'autre bout du fil. Il était quasi certain que Laura serait partante… Nate, en revanche, était une autre paire de manches. Joel s'était attendu à une réaction de sa part lorsqu'il avait appris que son père allait acheter le chalet, mais il n'en avait rien été.

C'est comme s'il se fichait pas mal de ma vie. Ce qui le blessait. D'autant qu'il n'arrivait pas à trouver comment remédier à la situation. La seule solution semblait de se montrer patient et d'espérer que Nate vire sa cuti.

— *OK. Laura a poussé un cri perçant et est à présent en train de sauter partout, donc je te remercie. Nate a dit qu'il viendrait.*

Joel n'eut pas le courage de demander les mots exacts que leur fils avait employés.

— Tu pourrais leur donner tes gants de jardinage en même temps ? Je ne voudrais pas qu'ils s'enfoncent des échardes en portant les vieilles planches.

— *Je verrai si je trouve trois paires.*

— Trois ?

— *Évidemment. Moi aussi, j'en aurai besoin,* répliqua-t-elle avant de marquer une pause. *Sauf si tu ne veux pas que je rapplique.*

— Comme si ça pouvait me déranger ! Si tu es sûre de toi…

— *Laisse-moi te proposer un deal plus alléchant : pendant que les enfants et toi démonterez la terrasse, je m'occuperai du repas. Je peux préparer un ragoût qu'on n'aura plus qu'à passer au four. Tu en dis quoi ?*

— Que tu es géniale.

Son cœur se serra et il ajouta :

— Je suis désolé.

— *Pour quoi ?*

— J'aurais dû être honnête avec toi dès le début.

Il ne la méritait pas.

Dans le silence qui s'ensuivit, Joel put percevoir le murmure des voix de ses enfants : les éclats de rire de Laura, le timbre plus grave de Nate…

— *Oh, mon cœur,* lui dit Carrie, dont le doux soupir remplit ses oreilles. *J'étais contente quand tu m'as enfin tout raconté. Ça m'a permis de voir la situation sous un angle tout à fait différent. Je comprends pourquoi tu m'as demandé de sortir avec toi ce tout premier soir, il y a des lustres. Tu ne pouvais pas être toi-même, alors tu as dû créer un personnage capable de s'intégrer au reste du monde. Et même si je suis triste que nous n'ayons pas eu le genre d'union que j'avais espéré, je n'oublierai jamais que ça nous a offert les deux êtres les plus merveilleux sur Terre qui sont actuellement en train de se disputer pour savoir à qui c'est le tour de remplir le lave-vaisselle.*

Il ricana.

— C'est vrai qu'ils sont merveilleux. Et j'ai hâte de les voir samedi. Si tu calcules bien, tu pourrais même croiser Finn. C'est lui qui va s'occuper des travaux dans le jardin… du moins, quand il ne sera pas occupé à l'hôtel.

— *C'est l'un des ouvriers ? Pourquoi ai-je soudain l'image d'un grand baraqué dont le jean tombe à moitié sur ses fesses, avec un rot qui ferait peur à un gosse et des gros doigts boudinés ?*

Joel éclata de rire.

— Je suis ravi de te signaler qu'il ne ressemble absolument pas à ça. Il va passer samedi pour me prêter quelques outils… et s'assurer que je sais les utiliser sans mettre ma personne en danger.

— *Eh bien, bonne chance.*

— Qu'est-ce que ça veut dire, ça ?

— L'un *de nous a des troubles électromécaniques, et ce n'est pas moi.*

— Hé ! rétorqua-t-il avec une indignation factice.

— *Ose me dire que j'ai tort.*

— Je vais te raccrocher au nez.

Carrie rit aux éclats.

— *Tu vois ? Tu sais que j'ai raison.*

Ils en rirent de concert.

— *Bon, je ferais mieux d'aller voir si Laura a enfin compris les principes de base de l'ADN. Quand elle m'a donné le sujet de son devoir, elle m'a dit qu'elle pensait que ce serait facile, vu que tout le monde savait de quoi il en retourne après avoir regardé* Jurassic Park.

Joel poussa un grognement.

— Pour te citer : eh bien, « bonne chance ».

Ils se dirent au revoir et raccrochèrent. Joel secoua la tête.

— *Jurassic Park.*

Il sourit. Si Finn était encore là à l'arrivée de Carrie, elle verrait à quel point elle avait fait fausse route.

Puis, une autre pensée lui vint. Maintenant que Carrie avait Eric, elle pourrait bien décider que Finn était exactement ce dont Joel avait besoin.

Je t'en prie, Carrie, ne décide pas de jouer les entremetteuses. Après tout, il n'avait aucune idée des préférences de Finn, et s'il n'était pas gay, Joel en mourrait de honte.

Le portable de Finn vibra alors qu'il allait attraper un bloc de fromage dans l'allée charcuterie du supermarché de Goose Rocks. Il sourit en voyant le nom de Seb.

— Salut. Comment se fait-il que tu ne sois pas en train de corriger des copies ?

Seb lâcha un rire nasal.

— *Parce qu'il se fait qu'il est déjà dix-huit heures et que je viens seulement de rentrer. Réunion du personnel. La journée a été longue. T'es où, toi ?*

— Je fais des courses.

Finn lâcha le fromage dans son panier. Les muffins au chocolat lui faisaient de l'œil.

— Et je suis en train de me demander si c'est raisonnable d'acheter un ou deux muffins au chocolat.

— *Prends-en deux. Vu comment tu dépenses tes calories.*

Finn ricana.

— Serait-on jaloux ?

Seb faisait depuis toujours attention à sa ligne. Finn choisit deux pâtisseries et les ajouta à ses achats.

— Vas-y, dis-moi pourquoi tu m'appelles.

— *J'ai besoin d'une raison ?*

Finn éclata si fort de rire que tous les autres clients se tournèrent vers lui.

— Tu as toujours une raison. Crache le morceau.

— *Hé, je voulais juste de tes nouvelles, c'est tout. Tu sais, voir s'il y a du nouveau dans ta vie…*

— Tu dois vraiment te faire chier. Ou alors, tu procrastines parce qu'il y a quelque chose que tu n'as *vraiment* pas envie de faire.

Un ange passa.

— *Mon gars, tu me connais trop bien.*

— Après toutes ces années ? Tu m'étonnes. Allez, raconte.

— *Je dois me préparer pour demain. Il y aura un inspecteur.*

Finn était de tout cœur avec lui.

— J'avais oublié. Tu as demandé l'accréditation professionnelle, c'est ça ? Comment ça se passe ?

— *Je ne t'ai pas appelé pour causer de mon boulot. Parlons d'autre chose. Tu t'es envoyé en l'air récemment ?*

Finn se figea au milieu du rayon fruits et légumes.

— Tu n'as pas entendu quand je t'ai dit que j'étais au supermarché ?

— *Tu t'es transformée en prude ? Tu bosses dans le bâtiment ; je doute que tu aies ta langue dans ta poche quand tes potes de chantier et toi taillez une bavette.*

— Certes, mais il n'y a personne pour nous entendre.

Finn se dirigea vers la caisse, déposa son panier et aida l'hôtesse à remplir les sacs en papier.

— Tu peux attendre une minute, le temps que je retourne à la camionnette ?

— *Je peux, oui. Ce n'est pas comme si j'avais mieux à faire.*

— Au contraire, tu as des cours à préparer, je te

rappelle. À tout de suite.

Finn remit le portable dans sa poche, paya ses courses et porta les sacs jusqu'à son pick-up garé devant le bâtiment entouré de bardeaux de cèdre. Il se déchargea des achats sur le siège passager, monta derrière le volant et appuya sur la touche d'appel.

— OK, *là* on peut causer. Par contre, je n'ai rien à te raconter, je ne voulais juste pas que tout le monde sache pour le désert sexuel qu'est ma vie.

— *Encore ? Bon Dieu, t'es* vraiment *trop tatillon.*

— N'importe quoi, protesta Finn. Tu sais très bien que je suis trop angoissé pour faire le premier pas.

Seb se mura dans le silence pendant un temps, si bien que Finn vérifia son écran pour s'assurer que la ligne n'avait pas été coupée. Son ami d'enfance finit par lâcher un petit soupir.

— *Tu sais c'est quoi ton problème ?*

— Éclaire-moi. Je sens que tu en meurs d'envie.

— *Tu offres ton cœur trop facilement. Tu rencontres un mec, tu as un rencard, tu le baises, et pour toi c'est bon, t'es casé. Tu te donnes à cent cinquante pour cent. Sauf que les mecs que tu choisis n'ont pas envie de ça. Eux, ils y voient quelques semaines, voire un mois, de parties de jambes en l'air féroces, puis ils ont envie de passer à autre chose. Vous vous séparez, lui trouve sa prochaine conquête pendant que toi tu te retrouves avec un cœur en miettes. Ça te démolit, et ça te prend une éternité de trouver assez de courage pour recommencer à sortir, parce que malgré tes bravades quand tu es entouré de potes, tu n'en restes pas moins un grand timide. Et quand enfin tu te relances ? Bam. Retour à zéro instantané.*

Finn déglutit.

— Je vois que toi aussi tu me connais bien.

Il lui était douloureux de constater que Seb était aussi lucide, mais d'un autre côté, c'était bon à savoir.

— *Uniquement parce qu'on se dit absolument tout ce qui se passe dans nos vies. Combien de mecs tu as eus depuis ton tout premier, celui que tu as rencontré à Millbury pendant ta formation ? Deux ?*

— Trois ?

— *Mm-hmm. Ça fait donc trois petits copains en quoi, huit ans ? Sans qu'aucun d'eux tienne sur la durée, je me trompe ?*

— Non. Mais avant que tu ajoutes quoi que ce soit... je ne suis pas toi, Seb. Les plans d'un soir, c'est pas mon truc. Je ne peux pas être aussi détaché.

Finn n'avait pas envie d'une histoire uniquement basée sur le sexe, il voulait la totale.

— *T'es-tu jamais dit,* avança Seb d'une voix si basse qu'elle ne lui ressemblait plus du tout, *que je donne dans les plans cul parce que c'est tout ce que j'arrive à trouver ? Ça te surprendra peut-être d'apprendre qu'on n'est pas si différents l'un de l'autre.*

En cet instant, Finn le vit *pour de vrai*, et son cœur se serra.

— Je suis désolé.

— *Je sais comment vous me voyez tous. Seb, l'insouciant facile qui se moque de tout, la salope de service, le...*

— Je n'ai jamais pensé ça de toi, et je ne crois pas que ce soit le cas des autres non plus, le corrigea Finn en élevant la voix. Je sais que j'ai dit que tu allais finir par avoir couché avec toute la population masculine du Maine, mais c'était juste une blague. *Et* c'est uniquement basé sur ce qui sort de *ta* bouche, alors est-ce que tu peux vraiment me le reprocher ?

Seb soupira.

— *Tu n'as pas tort. Bref, maintenant, tu sais. C'est un genre que je me donne. Et pour ce que ça vaut, j'espère que tu trouveras un homme digne de ton cœur, parce que lui aura trouvé un chic type.*

— Merci.

Finn se jura sur-le-champ de ne plus jamais taquiner Seb au sujet de sa vie sexuelle.

— *Donc, y a vraiment rien de neuf dans ta vie ?*

Finn marqua une pause, les yeux rivés à la façade grise du supermarché.

— Eh bien…

— *Ah, dans le mille. Crache le morceau.*

— Il y a ce type…

Seb se marra.

— *N'est-ce pas toujours le cas. Qui est-ce ? Comment l'as-tu rencontré ?*

— Ouah, vas-y mollo.

Finn lui raconta les semaines à observer Joel de loin, comment ils avaient fini par se rencontrer, sans oublier le fait qu'il aurait pu jurer avoir vu Joel le mater quand ils prévoyaient les travaux de la terrasse.

— *Donc il est divorcé ?*

— On dirait bien. La rupture a l'air de s'être plutôt bien passée, à en juger par leur relation quand ils sont passés devant chez moi. Ils avaient l'air… heureux. Détendus. Mais ce n'est pas comme si j'avais l'intention de faire du gringue à un hétéro, alors je ne sais même pas pourquoi je te parle de lui.

— *Tu me parles de lui parce qu'il t'intéresse et qu'il n'y a rien de mal là-dedans*, répondit Seb avec un petit rire. *Ça te donne matière à fantasmer pendant ces longues nuits glaciales, j'ai pas raison ?*

Finn s'esclaffa.

— Je confirme, tu me connais *trop* bien.

— *Ça ne t'est pas venu à l'esprit qu'il pourrait être bi ? Ça expliquerait pourquoi il te matait, si c'est vraiment ce qu'il faisait.*

Depuis ce jour-là, Finn en était venu à la conclusion qu'il avait imaginé ces regards intéressés.

— Tu sais quoi ? Je ne vais même pas y penser. Pourquoi me torturer de la sorte ? Je vais aller chez lui, faire mon boulot et rentrer à la maison.

— *Attends, tu vas chez lui ?*

Finn lâcha un grognement d'exaspération.

— Tu n'as pas entendu la partie où je te disais que je vais lui construire une nouvelle terrasse ? J'y vais ce samedi pour lui montrer comment utiliser la scie, comme ça il pourra démonter la vieille structure.

— *D'accord. Donc, tu vas lui construire une terrasse. Et entre deux, tu vas aller dans son jardin, jouer avec son chien, l'observer de tout près…*

Seb caqueta.

— *Évite d'attraper la trique pendant que tu y seras.*

— OK, on arrête là. Va préparer ton plan de leçon, M. l'Instituteur. Fini de tergiverser.

— *Tu peux te montrer vraiment monstrueux, tu le savais, ça ?*

— Ouaip. Mais tu sais que je t'aime.

Seb ne répondit rien pendant quelques secondes.

— *Je t'aime aussi, mec. Toi et le reste de notre petite bande. Tu seras là à la fête d'anniversaire de Mamie ? J'ai dit à Levi que j'en serai. Les cours terminent la semaine d'avant.*

— J'y serai, oui. Par contre, je pense qu'on devrait se prévoir un truc pour se retrouver ensemble, rien que nous. Histoire de pouvoir bavarder.

— *Ça me dit. Vous pouvez tous dormir à la*

maison. Bon, certains d'entre vous devront dormir par terre, sauf si on se fait un camping dans le jardin.

Il gloussa.

— *Je sais à quel point tu aimes le camping.*

— Neuneu.

— *Ouah, quelle retenue. Moi qui pensais que ça mériterait au moins un « sale garce ».*

Finn rigola.

— Tu as du boulot. À bientôt ?

— *Sans faute. Amuse-toi bien avec Joel, samedi.*

Il raccrocha avant que Finn ait pu répondre.

Ce dernier ne savait pas trop quel amusement il pouvait espérer tirer d'un tutoriel sur l'emploi d'outils électriques, mais au moins aurait-il l'occasion de passer un peu de temps avec l'intéressé.

Et Bramble. N'oublie pas Bramble. Ce chien était adorable. Finn soupira. *De qui je me moque ? Ils le sont tous les deux.*

Joel était drôle, beau… et inaccessible. Une vraie torture…

Chapitre 8

Joel balaya la maison du regard une dernière fois pour s'assurer que tout était en place. Carrie devait arriver d'une minute à l'autre, et son cœur battait la chamade. Ces cinq derniers mois avaient été difficiles. Il savait ce qu'il voulait : que ses enfants se sentent suffisamment à l'aise chez lui pour lui rendre visite quand l'envie leur prenait, mais cela dépendrait de la volonté de Nate à faire le trajet.

On est encore loin du compte.

Il comprenait les peurs de Carrie qu'en ne leur avouant pas tout, il s'engageait sur une corde raide. « Si tu attends trop longtemps, avait-elle dit, ils risquent de penser que tu ne leur faisais pas assez confiance. » Toutefois, Nate n'arrivait même pas à gérer le divorce, alors leur révéler qu'il était gay ne pourrait qu'aggraver la situation.

Bramble se leva de sa paillasse et courut vers l'entrée, la queue brassant l'air. Avec un petit gémissement, il gratta la porte.

— Ils sont arrivés, mon grand ? demanda Joel en jetant un œil par la fenêtre.

En effet, la voiture de Nate était garée dans l'allée et Laura avançait déjà vers le chalet. Joel venait à peine de la laisser entrer qu'elle se jeta vers l'arrière de la maison, Bramble à ses trousses.

Joel rigola.

— Tu vas quelque part ? N'ai-je pas au moins le droit à un « Bonjour, papa » ?

— Bonne chance, intervint Carrie en franchissant le perron avant Nate. Elle ne parle plus que de pulvériser ta terrasse depuis qu'on est montés dans la voiture. J'ignorais qu'on avait élevé une fille aussi destructrice.

Elle embrassa Joel sur la joue. Nate lui adressa un hochement de tête.

— Salut, papa.

Joel ouvrit la bouche pour lui demander si la route avait été bonne, mais un geignement de Laura l'interrompit :

— Je veux voir ce que je dois démolir.

— Tu ne vas rien démolir du tout, la corrigea Joel. *Ton* boulot à toi, c'est de dégager les trucs qui nous gênent et de t'assurer que ton père a toujours à boire à portée de main.

Il désigna une bouteille d'eau en plastique sur la table de la cuisine.

— Tu la vois ? Si tu remarques qu'elle est bientôt vide, tu la remplis. Et assure-toi de toujours porter tes gants quand tu bougeras des morceaux de bois.

Laura leva les yeux au plafond.

— T'es presque pire que maman, bougonna-t-elle avant de jeter un œil à la table. Hé, c'est quoi, ça ?

Elle prit le croquis que Finn avait fait de la terrasse potentielle ; Joel l'avait laissé là pour le leur montrer.

— C'est justement ce qui va être construit à la place.

— Je peux voir ?

Carrie s'approcha, main tendue. Laura le lui tendit.

— C'est l'idée que Finn m'a proposée.

Son ex-femme acquiesça son approbation.

— Je pense que ça va être magnifique. J'ai hâte de voir ça.

Elle jeta un regard par-dessus son épaule à Nate, qui était resté planté dans le salon.

— Viens voir. Tu vas trouver ça intéressant.

Joel l'espérait, en tout cas. Pourtant, avant que Nate ait pu bouger, Laura s'interposa :

— Bon, on peut aller dans le jardin maintenant ?

Joel éclata de rire.

— D'ac.

Il les guida à la porte de derrière, qu'il déverrouilla. Bramble se faufila dans l'espace en un clin d'œil et Laura partit à sa poursuite en gloussant. Nate s'avança sur la terrasse et étudia le trou.

— C'est là que ton pied s'est enfoncé ?

Joel acquiesça.

— Les planches commencent à moisir. Je crois que la corniche au-dessus fuite. La pluie a dû tomber et faire pourrir le bois.

Il pencha la tête au son d'un moteur en approche.

— Ça doit être Finn.

Joel descendit de la terrasse et fit le tour de la maison jusqu'au portail. Finn approchait de son coffre.

— Quel timing !

Il ouvrit le rabat et sortit deux énormes caisses à outils.

— Vous allez pouvoir m'aider à porter.

Ses yeux tombèrent sur la voiture de Nate.

— Oh, j'arrive au mauvais moment ? Votre SMS disait de passer quand j'avais le temps.

— Carrie, mon ex, et les enfants sont là. Venez, je vais vous présenter.

Joel attrapa l'une des caisses et grimaça.

— Vous avez mis des briques dedans ?

Finn ricana.

— Vous n'avez pas l'habitude des outils électriques, je vois ? Passez devant. Je reviendrai chercher le reste.

— Ça veut dire qu'il y en a d'autres ? s'exclama Joel en feignant d'être choqué.

Finn sourit de toutes ses dents en guise de réponse. Il franchit la grille à la suite de Joel. Ce dernier fit les présentations et, après avoir posé sa boîte à outils, Finn serra la main de Carrie.

Elle avisa les machines avec un air narquois.

— C'est donc vous qui allez apprendre à Joel à manier une scie sauteuse ? demanda-t-elle, une lueur taquine dans le regard. Faites gaffe. Faites *très* gaffe.

Joel la fusilla du regard.

Nate observait les caisses à outils avec un intérêt évident.

— Vous vous servez de beaucoup d'outils ?

— De tout ce qui peut me faciliter la vie, oui, répondit Finn. Quand j'étais encore en formation, l'un de nos instructeurs nous a raconté l'histoire tout entière de la charpenterie, qui remonte au temps de l'Égypte et de la Grèce antiques, avec une escale brève au Moyen-Âge et pendant la révolution industrielle. Il nous a dit qu'à une époque, il devait prendre ses mesures avec un fil et du scotch. De nos jours, bien sûr, on ne parle plus que de lasers et de GPS.

Finn s'accroupit à côté de sa boîte et la tapota.

— Les outils électriques sont nos amis.

— Je veux devenir architecte, dit Nate, donc les yeux brillaient.

— Ah, ouais ? C'est super. Tu vas à la fac ?

demanda Finn, tout sourire.

Nate bomba le torse.

— J'étudie l'architecture à l'UMA.

Les yeux de Finn s'arrondirent.

— Bien joué. Ton portfolio a dû réussir à les impressionner.

— Faut croire, répondit Nate avec un sourire timide. Vous avez toujours voulu être charpentier ?

— J'espère que toutes ses questions ne vous dérangent pas ? s'empressa d'intervenir Joel.

Non pas que Finn ait l'air dérangé, mais Joel ne le connaissait pas plus que ça, au final.

— Pas du tout, le rassura Finn. La passion des outils électriques, on l'a dans le sang, j'ai pas raison ?

Carrie éclata de rire.

— Ça doit venir de *mon* ADN, parce que je ne suis pas certaine que Joel ait ça dans le sien.

Elle lui décocha un sourire mièvre.

— Je crois que le terme politiquement correct est « troubles électromécaniques ».

Nate poussa un petit rire. Joel lâcha un soupir exagéré.

— Vas-y, remue le couteau dans la plaie.

Il ne pouvait pas le nier.

Finn se remit sur pied ; il regardait Carrie avec une lueur espiègle dans les yeux.

— Eh bien, j'étais venu pour lui montrer comment se servir des outils, mais c'est peut-être à *vous* que je devrais faire le tuto.

Nata gloussa de bon cœur. Carrie sourit.

— Qui sait, il s'est peut-être amélioré avec l'âge ? dit-elle.

Joel toussa.

— Je suis là, tu l'as oublié ? Et si tu laissais Finn faire ce pour quoi il est venu ?

— Ça doit être le signal pour me dire qu'il est temps que j'aille préparer le café, répondit Carrie sur un ton diplomate avant de jeter un regard aux enfants. Vous voulez bien faire rentrer Bramble ? Votre père ne doit pas vouloir qu'il reste dehors avec les clous et tout le reste.

Laura attrapa le chien par son collier et le tira vers la porte, qu'elle referma derrière eux après avoir lancé un sourire compatissant à Joel.

— Je peux pas aider ? demanda Nate.

Joel plissa les yeux dans sa direction.

— Ce que tu veux *vraiment*, c'est rester pour regarder ton père se ridiculiser, avoue ?

Nate rigola.

— C'est toi qui l'as dit, pas moi.

Finn plongea la main dans l'une des boîtes à outils et y récupéra un pied-de-biche.

— Tiens. Fais-toi plaisir. Et si ton père est d'accord, je te laisserai faire quelques découpes aussi.

Nate rayonnait.

— Génial.

Il se tourna vers Joel.

— Tu es d'accord, hein ?

Comme si Joel comptait jouer les rabat-joie.

— Oui. Mais laisse-moi d'abord prendre mes marques, tu veux ?

Finn se racla la gorge.

— Puis-je avoir toute votre attention, s'il vous plaît ?

Il ouvrit l'autre caisse à outils et en sortit tout le contenu.

— Bon, ça, c'est une Sawzall. Elle peut couper dans à peu près n'importe quoi. J'ai choisi la lame parce qu'elle peut traverser le bois et les clous.

Du bout du doigt, il tapota celle-ci.

— La règle de base, en gros, c'est que moins il y a de dents par centimètre, plus les découpes sont rapides et grossières.

— Si c'est mon père qui les fait, elles seront grossières, c'est sûr, contribua Nate.

Joel fit mine de le fusiller du regard.

— J'ai changé d'avis. Tu n'as pas plutôt un chien à papouiller ou autre chose à faire ?

— C'est beaucoup plus marrant ici, répondit Nate, tout sourire.

— Lâchez le morceau, *papa*, intervint Finn en ricanant. J'ai besoin de toute votre attention.

Joel avisa la scie.

— Vous ne devriez pas la brancher ?

Finn se mordit la lèvre.

— Euh, Joel ? C'est une sans fil.

Il tapota la base trapue sous la poignée.

— C'est une batterie super robuste, dit-il avant de tendre la scie à Joel. Vous voulez la tenir ?

— Pas vraiment.

Finn rigola.

— Bon, une main sur la poignée, l'autre vient ici, reprit-il en indiquant la partie noire et incurvée derrière la lame.

Joel accepta la scie.

— Elle est plus lourde que je ne m'y attendais.

— Et elle a un sacré recul. Vous allez devoir la tenir fort des deux mains, et appliquer une certaine pression pour en garder le contrôle.

Finn indiqua la rambarde qui faisait le tour de la terrasse.

— Je vais vous faire découper la base de cette balustrade. Utilisez la semelle – c'est la partie protectrice ici – pour la stabiliser. Ça atténue les vibrations.

Joel tourna l'outil sur le flanc, la lame posée à même la terrasse, la semelle ajustée contre le bord. Finn hocha la tête, approbateur.

— Voilà, vous êtes prêt. Lancez-vous.

À la seconde où il l'enclencha, Joel comprit ce que Finn avait voulu dire au sujet des vibrations. Il fit glisser la lame le long de la base en bois et elle s'y enfonça comme dans du beurre. Joel sourit à pleines dents.

— Hé, j'ai réussi.

— En effet. Facile, non ? Maintenant, je vais vous montrer comment faire une coupe plongeante.

Finn étudia la dégaine de Joel.

— Je vérifiais juste que vous ne portiez rien d'ample. Il ne faudrait pas que vos vêtements se retrouvent pris par la lame.

Il indiqua le centre de la terrasse.

— Vous allez diriger le bout de la lame là, mais dans un angle. Faites bien attention en vous enfonçant, parce qu'il n'y a pas de protection là. Ne tirez pas la lame vers vous.

— J'ai compris comment faire, je crois.

Du moins en avait-il une petite idée, mais avec Nate planté là, Joel n'avait pas l'intention d'avouer que l'outil l'intimidait.

— Tant mieux, mais je vais rester encore un peu pour vous regarder faire, lui dit Finn. Jusqu'à ce que je vous sente plus à l'aise avec la scie, en tout cas.

Secrètement ravi, Joel ne répondit rien. Il n'avait pas envie de gâcher l'après-midi entier de Finn, mais il espérait qu'il resterait plus longtemps.

— Allez, papa ! hurla Laura. Finn a presque fini sa partie.

Joel ignorait comment ils en étaient arrivés là, mais le démantèlement de la terrasse avait fini par se transformer en course contre la montre. Son boulot à lui consistait en la découpe des planches avec la Sawzall, que Finn taillait ensuite en plus petits morceaux avec sa Skil, que les enfants allaient alors déposer dans la camionnette de ce dernier.

Le seul problème étant que Finn bossait bien plus rapidement que Joel.

— Ouais, Joel, confirma Finn avec un grand sourire. Donne-moi autre chose à scier.

Joel le transperça du regard.

— Tu ne devrais même pas être là. Non que ça me dérange, mais ça va un peu à l'encontre de ce qu'on avait prévu, non ? J'étais censé m'en occuper pour que tu puisses commencer ta partie, je me trompe ? Et pourtant, te voilà…

Finn éclata de rire.

— Certes, je suis resté un peu plus longtemps que prévu.

Carrie s'esclaffa.

— Tu es arrivé il y a trois heures. Le dîner sera prêt d'ici quarante minutes.

Elle jeta un regard à Joel.

— Il y en aura bien assez pour tout le monde. Je

me suis dit que vous seriez affamés après tout ce boulot, donc j'en ai fait en quantité.

Joel comprenait ce qu'elle attendait de lui.

— Et si tu restais manger ? suggéra-t-il à Finn.

Ce dernier se figea.

— Oh, je ne voudrais pas m'imposer.

— Ce n'est pas le cas, et comme Carrie l'a dit, elle a cuisiné pour un régiment.

— D'accord, mais cuisiné quoi ?

— Un ragoût de bœuf, répondit Joel.

— OK, mais est-ce qu'elle est douée ? demanda Finn dans un murmure factice.

Carrie poussa un cri de surprise tout aussi feint.

— Maman est un vrai cordon bleu, intervint Nate. C'est l'un de nos plats préférés.

— Après, si tu es attendu quelque part, on comprendra.

Même si Joel n'avait pas envie de le voir partir. Il avait passé un très bon après-midi. Les enfants s'étaient mis à l'ouvrage avec eux, Carrie s'était assurée qu'ils restent hydratés et la terrasse était presque entièrement démontée. Nate et Carrie avaient assuré ensemble le retrait des poteaux de soutien. Il ne leur restait plus qu'à enlever le dernier bout de terrasse et à niveler le terrain. Ils avaient bien travaillé.

Finn se frotta le menton.

— J'ai un poulet ding qui m'attend à la maison.

Joel fronça les sourcils.

— C'est quoi ce plat ?

Le charpentier se fendit d'un grand sourire.

— Je plonge le couteau à travers l'emballage en plastique, je fourre le tout dans le micro-ondes et quand ça fait *ding*, c'est prêt.

Joel éclata de rire.

— Eh bien, si tu préfères ça au ragoût de bœuf de Carrie…

Finn leva les yeux au ciel.

— Je crois que tu connais déjà la réponse.

— Sauf qu'il n'y a que quatre chaises, fit remarquer Laura.

— Je garde un tabouret dans la salle de bains, expliqua Joel. Quelqu'un pourra s'en servir.

— Vous pourriez me parler des chantiers sur lesquels vous avez travaillé ? demanda Nate à Finn. J'adorerais en apprendre plus.

— Hé, si tu veux emmener Bramble faire sa promenade après le dîner, lui dit Joel, et que tu arrives à persuader Finn de t'accompagner, il pourra te montrer où il bosse en ce moment. C'est lui qui construit l'hôtel en bord de mer.

Les yeux de Nate étaient ronds comme des soucoupes.

— Un hôtel ?

Finn rit.

— Je ne suis pas tout seul pour le construire, mais oui, tu pourrais trouver ça intéressant.

— C'est sur la rue en face ? Ouais, j'adorerais en savoir davantage.

Au moins Nate s'était-il montré plus loquace au cours de cette visite, même si la plupart du temps, c'était à Finn qu'il s'était adressé. L'estomac de Joel se noua.

J'aimerais que tu me parles à moi, fiston.

Finn se frotta la bouche avec une serviette et repoussa l'assiette vide en face de lui.

— Mes compliments au chef. C'était délicieux.

Carrie ne blaguait pas : elle en avait cuisiné pour une petite armée. Joel allait pouvoir se nourrir des restes pendant quelques jours au moins.

— Ravie que ça t'ait plu, répondit Carrie avant de jeter un œil à la casserole. Il y en a encore, si tu en reveux.

— Ma ceinture me serre déjà suffisamment avec les deux premières portions.

Le repas s'était bien passé. Nate lui avait posé beaucoup de questions, auxquelles Finn était plus qu'heureux de répondre. Joel s'était fait quelque peu discret, mais c'était parce que Laura et Nate avaient monopolisé tout le temps de parole.

Là où Finn n'arrivait pas à se décider, c'était sur la relation entre Carrie et Joel. Ceux deux-là s'entendaient comme larrons en foire. À l'aise l'un avec l'autre, ils se vannaient comme Finn le faisait avec ses amis d'enfance.

Mais évidemment *qu'ils sont à l'aise ensemble. Combien de temps sont-ils restés mariés ? Ils se connaissent super bien.*

Finn les observait en se frottant le menton ou en se grattant la joue. Ses parents avaient divorcé quand il avait sept ans et Finn se rappelait très bien l'ambiance, les tensions…

Un éclair de génie le frappa. *C'est pour ça que je suis perdu. Ils ne se comportent pas comme un ancien couple.* Certes, tous les divorces ne finissaient pas de la même manière, mais quand même… il ne pouvait s'empêcher de se demander ce qui avait bien pu causer leur séparation.

Il n'y avait d'ailleurs plus aucun signe des regards intéressés de Joel lors de leur dernière rencontre.

J'avais raison. Je me suis fait des films. Merde, alors.

Seb avait vu juste sur un point : Finn pourrait au moins continuer à profiter de Joel dans ses rêves. Car il ne pouvait espérer obtenir mieux que ça.

Chapitre 9

Finn jeta son sac à l'arrière de sa camionnette. Il était prêt à prendre une douche chaude et une bière fraîche. Ça faisait même trois heures qu'il l'était.

— On y est presque, déclara Ted en déverrouillant sa voiture, garée derrière celle de Finn.

— Où ça, presque ?

Ted se fendit d'un sourire.

— Au week-end, bien sûr.

Finn secoua la tête.

— On n'est que mercredi, au cas où tu ne l'aurais pas remarqué. C'est littéralement le milieu de la semaine.

— Y a pas de mal à avoir de l'espoir, si ? T'as quelque chose de prévu, toi ?

Finn leva les yeux au ciel.

— Ouais, la lessive, les courses, le ménage…

Ted se mordit la lèvre.

— Ouah. T'as vraiment une vie trépidante.

Il grimpa derrière le volant et fit un signe de la main à Finn en s'engageant sur la route. Finn monta dans sa camionnette et fixa des yeux l'océan.

Je me demande comment il s'en sort.

Joel n'était jamais bien loin de ses pensées depuis que Finn lui avait prêté sa tarière manuelle le samedi précédent. Il lui avait donné des instructions d'emploi, avait dit au revoir à Carrie et aux enfants, puis avait souhaité bonne chance à Joel.

Le regard que ce dernier lui avait lancé alors qu'il remontait dans sa camionnette avait fait comprendre à Finn que Joel allait en avoir bien besoin.

Je devrais peut-être voir où ça en est...

Ce n'était qu'une excuse, et il en était conscient. Cela n'allait pas l'empêcher pour autant de faire un saut sur place... *Tu ne sais même pas s'il est chez lui.*

Finn sortit son portable et tapa un bref SMS : *Tu es chez toi ?*

La réponse de Joel arriva une minute plus tard : *Je viens de rentrer.*

Voilà qui réglait l'une des questions. *Ça dérange si je passe ?*

Non.

En moins de cinq minutes, Finn arrivait dans l'allée devant chez Joel. La porte s'ouvrit alors qu'il coupait le moteur et Joel apparut sur le porche.

— Je n'ai même pas encore eu le temps de me changer, se plaignit celui-ci. Je ne m'attendais pas à ce que tu sois là si vite.

Oooh mazette. Joel dans un costard, c'était un spectacle délicieux sur de *nombreux* points. De qui se moquait-il ? Finn était prêt à parier que Joel serait toujours autant à croquer même s'il portait un *sac en toile.* Il fit de son mieux pour ne pas le dévisager tandis qu'il descendait de son véhicule et s'approchait de la maison.

— Je faisais juste un petit arrêt avant de rentrer prendre une douche bien méritée, alors si j'étais toi je ne m'approcherais pas trop.

— Tu n'arrives pas à rester à l'écart, hein ? Ou

c'est parce que tu as peur que je ne fasse pas ce que je suis censé faire ? demanda Joel en souriant. Je suis digne de confiance.

— D'accord, Môssieur Digne-de-confiance, lui répondit Finn, toutes dents dehors. Montrez-moi ce que vous avez déjà accompli jusque-là.

Le sourire de Joel fléchit.

— Oh, euh, à ce sujet… J'ai eu plus de mal que prévu. J'ai passé plus de temps sur la route que d'habitude, cette semaine.

Finn leva une main pour couper Joel dans son élan.

— Et si tu me montrais tout simplement ce que tu as réussi à faire ?

Joel lui désigna le portail latéral.

— Vas-y, passe par là. Je te rejoins à la porte de derrière.

Finn franchit la grille, passa le coin de la maison… et se figea. *Il a vraiment dû avoir plus de mal.*

Il n'avait creusé qu'un seul trou.

Joel apparut à la porte. Il avait posé une caisse robuste dessous en guise de marche.

— Je sais, c'est carrément nul.

Finn se frotta le visage d'une main.

— Tu penses pouvoir terminer les huit autres d'ici à ce que je sois prêt à commencer les travaux ?

Il jeta un œil à la tarière manuelle abandonnée à même le sol près du trou.

— Tu as réussi à t'y faire ?

— J'ai fait comme tu m'as dit. Je l'ai plongée dans le sol comme si je transperçais un poisson. Tu as oublié de mentionner *un* détail, en revanche.

— Ah bon, lequel ?

— Que c'est un travail de merde. Ça n'a aidé en

rien que la terre soit sèche, poudreuse et parfaitement compacte. Ça l'a rendue encore plus difficile à percer. Pourquoi je ne pouvais pas mouiller la terre ? En plus, comme si ce n'était pas déjà assez compliqué, j'ai eu beaucoup moins de temps ces derniers jours.

Joel se fendit d'un rictus.

— Écoute-moi donc déblatérer toutes ces excuses bidon.

Finn s'empressa de le rassurer.

— Bon, écoute. Je n'ai pas prévu de commencer avant une semaine et demie. Je te propose de passer samedi voir comment tu t'en sors ? Les matériaux seront livrés la semaine prochaine.

— OK, ça me donne une date fixe. Je peux me débrouiller avec une deadline.

— Alors, je te laisse y retourner, répondit Finn avec un sourire qu'il espérait rassurant. Hé, au moins tu as déjà commencé. Imagine la gêne si j'étais arrivé et que tu n'avais rien fait du tout.

Joel leva les yeux au ciel.

— J'en ai fait un.

— C'est un de plus que samedi dernier. Et regarde *tout* ce qu'on a accompli ce jour-là ?

Finn indiqua le sol à ses pieds.

— Il y avait une terrasse à cet endroit, tu te souviens ?

Joel se mordit la lèvre.

— Tu es toujours aussi optimiste que ça ?

— Ça marche pour moi, répondit Finn, tout sourire.

Il le salua et retourna à sa camionnette. En remontant derrière le volant, Finn sortit son portable de sa poche et fit défiler sa liste de contacts.

— Arnie ? Je vais avoir besoin de t'emprunter quelque chose, si tu veux bien.

Finn avait l'impression que Joel allait avoir besoin d'un coup de main.

— Alors, tu as accompli quoi pendant ces deux derniers jours ? s'enquit Finn tandis que Joel lui ouvrait le portail latéral.

Pas de trois-pièce, cette fois, mais un jean délavé qui lui seyait les cuisses comme une seconde peau. Joel portait en plus un tee-shirt noir sous une chemise à carreaux rouge ouverte, l'image même d'un résident du Maine.

— Ne pose même pas la question.

Ils contournèrent le chalet et Joel lui indiqua du doigt :

— Ce n'est pas *si* mal. Là où il n'y avait qu'un trou, il y en a maintenant deux.

Finn observa le sol.

— Tu n'auras jamais fini d'ici le week-end prochain, avoue ?

Ce qui ne l'inquiétait guère, puisqu'il avait amené son arme secrète.

— Hé, c'est pas comme si j'avais le choix ! Pas question que ce ne soit pas prêt quand tu arriveras. Je me débrouillerai.

Joel s'exprimait avec sincérité, mais Finn savait que même avec la meilleure volonté du monde, les chances qu'il puisse creuser les sept derniers trous étaient minimes. D'un doigt, il lui fit signe de s'approcher.

— Suis-moi.

Il rebroussa chemin et emmena Joel à sa camionnette.

— Je t'ai amené quelque chose pour t'aider à accélérer la cadence.

Joel fixa l'énorme outil que lui montrait Finn.

— Qu'est-ce que c'est ? On dirait une perceuse géante.

— C'est ce qu'on appelle un foret, et il va falloir qu'on s'y mette à deux pour le transporter jusqu'au jardin *et* pour s'en servir.

De sa poche de poitrine, Finn retira des protections auditives orange.

— Tu vas en avoir besoin. Ça fait un sacré boucan.

Il en tendit une paire à Joel, qui les fourra dans sa poche de jean.

Ils soulevèrent le foret du coffre et le transportèrent entre eux jusqu'au jardin.

— Comment ça marche ? demanda Joel.

— Moteur à essence, expliqua Finn. Tu vas avoir besoin de gants.

— Carrie m'en a laissé une paire.

Finn éclata de rire.

— Ton ex est géniale.

Ils posèrent l'instrument par terre, là où Finn avait marqué l'emplacement des neufs trous.

— Bon. Ce petit bijou va s'occuper de tes trous en un rien de temps, même si la terre est pourrie.

Son ton taquin passa loin au-dessus de la tête de Joel. Ce dernier fronçait les sourcils.

— Ce n'est pas normal.

Finn se frotta la nuque.

— Développe ?

— Ce n'était pas ce dont on avait convenu. Tu as déjà fait tout le boulot samedi, et là tu reviens m'aider une nouvelle fois… J'ai l'impression de profiter de toi.

Finn ne pouvait lui avouer les avantages qu'il en retirait : l'occasion de passer plus de temps avec Joel.

— Écoute, en temps normal, tu aurais dû payer la location d'un tel engin. Mais j'ai un pote qui était très heureux de me le prêter. C'est plus rapide qu'avec une tarière manuelle, mais ça demande la présence de deux personnes.

Finn se fendit d'un grand sourire.

— Tu peux me faire confiance sur ce point. J'étais sur un chantier, un jour, où un type a essayé de s'en servir seul. Il s'est couché vers le milieu et l'a allumé. Le truc l'a fait tourner comme une toupie avant de le jeter par terre.

— Comment on fait, alors ?

Finn retira sa veste et sa chemise.

— Laisse-moi récupérer mes gants dans la voiture pendant que tu vas chercher ceux de Carrie.

— Donne, dit Joel en tendant la main pour récupérer les vêtements. Je vais les mettre à l'intérieur.

Finn les lui remit, puis retourna à sa camionnette. Il récupéra les gants qu'il avait jetés sur le siège passager. Le temps qu'il retourne au jardin, Joel avait lui aussi enlevé sa chemise, ne gardant que son tee-shirt. Voyant Finn se mordre la lèvre, Joel lui lança un adorable sourire penaud.

— Comme tu l'as fait en premier… j'ai cru comprendre qu'on allait suer.

— Et pas qu'un peu.

L'un en face de l'autre, ils soulevèrent le foret et

se redressèrent. Finn tenait fermement les poignées.

— Bon, je t'explique. Quand je l'aurai allumé, on posera la pointe au centre de là où on veut faire un trou. Dès que ça creuse, par contre, tu vas devoir garder la pression stable en continuant à pousser vers le bas. Sinon, ça va juste tourner dans le vide. Et prie pour qu'on ne tombe pas sur une brique ou autre chose.

— Pourquoi ? Il se passerait quoi ?

Finn ricana.

— Ça nous éjecterait dans deux directions opposées.

Il croisa le regard de Joel.

— T'es prêt ?

— Autant que faire se peut.

Joel serra les poignées.

— Attends, tu as mis tes bouchons d'oreilles ?

— Attends, répondit Joel avant de sortir les protections orange de sa poche.

Il les inséra prudemment pendant que Finn faisait de même.

Finn tira sur le cordon et le foret prit vie dans un cri de cent décibels. Il hocha la tête vers Joel et ils mirent l'appareil en place. Joel avait les yeux rivés sur les bras de Finn, imitant ses gestes, et la perceuse s'enfonça de quinze centimètres dans le sol.

Le grand sourire de fierté qui inonda le visage de Joel réchauffa le cœur de Finn. Ils répétèrent les mêmes gestes en poussant fort sur les poignées, la perceuse s'enfonçant davantage à chaque fois, jusqu'à ce que Finn juge la profondeur suffisante. Il leur avait fallu environ huit minutes pour creuser ce premier trou, mais Joel ne montrait aucun signe de vouloir s'arrêter là.

Quel mec. Finn adorait son attitude.

Malgré la température oscillant entre dix et treize degrés, ce qui était sans doute le jour le plus chaud de ce mois de mai pour le moment, le tee-shirt de Finn lui collait à la peau, sa transpiration détrempant le coton. C'en était pareil pour Joel, et Finn devait faire de gros efforts pour ne pas le dévisager. *Seigneur, s'il était habillé en blanc, je verrais au travers à l'heure qu'il est.*

Une pensée bien appétissante que celle-là.

Les tétons de Joel pointaient sous le tissu, et l'élasticité du vêtement mettait en évidence la carrure de son porteur. Finn ne pouvait s'empêcher d'admirer la courbe de ses biceps, la fermeté de ses épaules, la façon dont ses abdos se contractaient quand il se tendait pour garder le contrôle sur le foret.

Une heure plus tard, ils avaient fait sept trous d'environ quatre-vingt-dix centimètres de profondeur et le tee-shirt de Finn dégoulinait. Il éteignit l'appareil, qu'ils reposèrent par terre.

Joel poussa un soupir.

— Pfiou. Pas besoin d'aller à la salle de sports. Ça m'a refait les bras, là.

Il jeta un œil à Finn.

— Pas étonnant que les tiens soient aussi canons.

Finn contracta les biceps avec un grand sourire. Puis, la pièce tomba. *Ça prouve que je ne suis pas le seul à laisser mes yeux se balader.*

— Aide-moi à le ramener à la voiture.

Ils rapportèrent le foret jusqu'à la camionnette, où Joel s'étendit pour la poser dans le coffre.

— Je ne sais pas toi, mais ça m'a ouvert l'appétit.

L'estomac de Finn gronda, le faisant éclater de rire.

— Faut remplacer toutes ces calories qu'on a dépensées, hein ?

— Je comptais me préparer des sandwichs au poulet. J'ai du rab, si tu veux rester manger. C'est le moins que je puisse faire, après tout ce que tu as encore faire aujourd'hui.

— Hé, on les a creusés à deux, ces trous, lui rappela Finn. Et même si l'idée d'un sandwich au poulet me fait saliver, il n'est pas question que j'aille souiller ta cuisine dans l'état où je suis.

Il désigna son tee-shirt détrempé.

Joel leva les yeux au ciel.

— J'ai une douche, tu sais. Et tu as une chemise de remplacement, je te rappelle. Comme si j'allais t'empêcher de te laver. Sans toi, j'aurais encore sept trous à creuser.

— T'es sûr ?

Finn n'était pas contre le fait de passer plus de temps avec Joel, mais il ne voulait pas paraître *trop* enthousiaste.

— Laisse-moi juste prendre la mienne en premier, après ça, elle est toute à toi. Il y a toute l'eau chaude nécessaire.

Finn jeta un œil aux trous fraîchement creusés.

— Faisons comme ça. Pendant que tu prends ta douche, je m'occupe de commencer à déplacer la terre qu'on vient de déloger.

Joel sourit de toutes ses dents.

— Ça t'arrive de rester tranquille cinq minutes ?

Puis il rentra dans la maison ; Finn attrapa la pelle posée contre le mur et commença à retirer l'excédent de terre. Lorsque Joel cria « C'est libre ! », le sol était nivelé et neuf trous parfaits étaient prêts à être remplis de béton. Finn reposa la pelle où il l'avait trouvée et passa sur la boîte inversée pour entrer dans le chalet. Il retira immédiatement ses bottes, qu'il laissa sur le tapis à côté de celles de Joel.

Le maître des lieux sortit de la salle de bains vêtu d'un tee-shirt propre, les cheveux encore humides.

— Je t'ai préparé des serviettes propres et une nouvelle brique de savon, n'hésite pas à utiliser mon shampooing.

Finn huma une bouffée de son parfum, qui alla se loger directement dans son entrejambe. *Qui n'aime pas l'odeur d'un homme propre ?* Même s'il aimait aussi un peu de sueur, en fonction des circonstances. Il se précipita dans la salle de bains pour éviter d'en mettre plein la vue à Joel. Une fois sous le jet d'eau chaude, il se lava à toute vitesse. Le moment était mal choisi pour prendre son temps. En sortant de la baignoire, il remarqua que Joel avait mis sa chemise pendre derrière la porte.

— Le déjeuner est servi ! beugla ce dernier.

Finn se rhabilla aussi vite que possible et au sortir de la salle de bains fut accueilli par deux assiettes de sandwichs énormes, un bol de chips et deux grands verres de jus. Joel était déjà assis et Finn le rejoignit.

— Merci. Ça a l'air super.

— C'est le moins que je puisse faire. Ce matin, un regard par la fenêtre a suffi à me déprimer. J'ai vraiment cru que je n'allais pas m'en sortir.

Joel sourit.

— Apporter le foret, c'était un coup de génie. Je trouve qu'on fait une sacrée équipe.

— Tu avais raison, par contre, quand tu as dit ça mercredi.

— Dis quoi ? demanda Joel, sourcils froncés.

— C'est un travail de merde, répondit Finn en ricanant.

Ils rirent de bon cœur. Finn s'attaqua à son assiette avec enthousiasme, toute discussion oubliée pour un temps, Joel sombra dans le silence tandis qu'il dévorait son sandwich. Bramble développa un intérêt soudain pour leur déjeuner, jusqu'à ce que Joel lui ordonne d'une voix ferme de retourner se coucher. Le regard d'abattement dans les yeux du labrador amadoua le cœur de Finn.

— Ne te laisse pas avoir.

Finn fronça les sourcils.

— Je te demande pardon ?

Joel inclina la tête vers le salon.

— C'est de la comédie. Ce chien est pourri gâté.

Finn sourit.

— Il est super doué, quand même.

— Hmm, hmm. Je crois qu'il s'entraîne devant la glace.

Sa faim rassasiée, Finn s'octroya un moment pour étudier l'homme en face de lui. Il ne remarqua qu'à cet instant que Joel faisait de même.

— Désolé, je te dévisageais, c'est malpoli.

Finn sourit.

— J'ai quelque chose sur le visage ?

Ceci expliquerait cela.

Joel rit.

— En vrai ? Oui. Un peu de mayo…

Tendant la main, il passa le pouce sur la commissure des lèvres de Finn avant de se frotter avec une serviette.

— Voilà, tout propre.

Finn le fixa et Joel rougit.

— Je ne pouvais pas te laisser partir d'ici couvert de mayonnaise.

Ce geste tout simple et pourtant si intime avait galvanisé Finn. Joel était maître dans l'art de lui retourner le cerveau. Finn fut soudain incapable de retenir sa curiosité plus longtemps.

— Je peux te poser une question personnelle ?

Joel se raidit.

— O…K.

— C'est à propos de Carrie et toi.

Joel cilla.

— À quel sujet ?

Le cœur de Finn s'emballait.

— Je comprends pas, c'est tout. Enfin, je veux dire, je vous ai observé tous les deux, le week-end dernier et…

Il déglutit.

— Vous avez l'air de vous entendre tellement bien. Qu'est-ce qui s'est passé pour que vous en veniez au divorce ?

Joel redressa le menton.

— On n'était pas faits l'un pour l'autre, c'est tout.

Finn le regarda dans les yeux.

— Vous êtes restés mariés combien de temps ?

— Vingt ans.

Ce qui expliquait leur aisance l'un envers l'autre, mais quelque chose ne collait quand même pas.

— Et vous êtes séparés depuis combien de temps ?

Joel reposa sa serviette avec un soupir.

— On a convenu de divorcer en décembre dernier. J'ai déménagé en janvier, et les papiers ont été finalisés le mois dernier.

Voilà qui collait encore *moins*.

Ce n'était pas dans la nature de Finn de se montrer aussi direct, mais il n'arrivait plus à penser à autre chose depuis qu'il avait rencontré Carrie et été témoin de leurs interactions.

— OK, si tu trouves que je dépasse les bornes, je t'en prie, n'hésite pas à me dire d'aller me faire voir, mais…

Les yeux de Joel s'illuminèrent un bref instant, puis toute trace d'humour disparut et son regard se fit quelque peu malheureux.

— Tu vas passer pas mal de temps dans les parages à t'occuper de la nouvelle terrasse, et tu as déjà prouvé que tu étais un chic type, alors je crois que je peux te dire la vérité.

Il suffit d'un regard à Finn dans les yeux bleus de Joel pour savoir que ce dernier était mort de trouille à l'idée de ce qu'il s'apprêtait à lui dire.

Qu'est-ce qui pourrait bien être si grave ?

Chapitre 10

Mais par où je commence, bordel ?

— C'est Carrie qui a demandé le divorce, avoua Joel. Même si ça n'a pas été une grande surprise. On savait tous les deux que ça nous pendait au nez.

— Ça se passait si mal que ça entre vous ?

— Pas du tout. Il n'y avait aucune rancœur. Elle m'a demandé de m'asseoir et m'a dit qu'il était évident, à ses yeux du moins, qu'on s'était éloignés l'un de l'autre. On était plus deux colocs qu'un couple marié. Et elle n'avait pas tort.

Le soulagement qui avait accompagné cette conversation… À entendre ces mots, il s'était senti si léger qu'il en avait eu honte, mais Joel s'était vite rendu compte que Carrie ressentait la même chose.

— Je trouve que c'est génial, cette aisance que vous avez et qui vous a permis d'être honnête l'un envers l'autre, dit Finn d'une voix chaleureuse. Quand je vous écoute papoter et vous vanner, ça me rappelle mes amis et moi. Et je te parle des gens dont je suis le plus proche au monde, là.

Joel lui enviait cette proximité. Des quelques amis qu'il avait, il ne pouvait dire la même chose d'aucun d'eux. *Heureusement que j'ai Carrie.*

— C'est pour ça que je me considère comme chanceux. J'ai perdu ma femme, mais j'ai gagné une amie. Cela dit, ça aurait pu tourner autrement.

L'art de mettre les pieds dans le plat.

— Que veux-tu dire par là ?

Joel l'avisa. Il appréciait Finn, mais en même temps, comment aurait-il pu en être autrement ? *Jusqu'où je peux aller dans mes aveux ?*

Il n'y avait qu'une seule réponse à cette question, s'il désirait mériter la confiance et l'amitié de Finn. Et Dieu lui en était témoin, il en mourait d'envie.

— Je te ressers du jus ?

Sans attendre l'accord de Finn, Joel se leva et s'approcha du réfrigérateur, le cœur en émoi. Il ne faisait que retarder l'échéance, il en était conscient, mais lutter contre son trac s'avérait plus difficile que prévu.

— Non merci.

Joel se servit un autre verre avant de rejoindre Finn. Il prit une grande inspiration.

— Tu te doutes que ça ne s'arrête pas là ?

Finn se retint de sourire.

— J'ai cru comprendre.

— Pour moi, accepter le divorce a été un point de départ, continua Joel en souriant. Ça sonne bizarre, tu ne trouves pas ? Le divorce, c'est un point final, non ? Mais que Carrie se montre aussi honnête envers moi vis-à-vis de ce qu'elle ressentait, ça m'a poussé à faire de même. Il n'y avait plus de raison pour que je lui cache la vérité, à ce moment-là.

Il tressaillit en se remémorant la peur qui l'avait subjugué jusqu'au moment où les yeux de Carrie s'étaient mis à couler. Ce n'étaient pas des larmes de tristesse, mais de soulagement, car il se sentait enfin prêt à se libérer.

— La vérité ? répéta Finn, qui s'était figé.

— Je crois que c'est en partie parce que je lui ai

tout dit que notre relation est telle qu'elle est aujourd'hui. On ne se cache plus rien, à présent, alors qu'un secret se tenait entre nous depuis le jour de notre rencontre, *mon* secret.

Finn continua de la regarder sans rien dire.

— Carrie a dit qu'on s'était éloignés l'un de l'autre, mais au fond de moi, j'en connaissais la raison. Je sais que tout était ma faute.

Elle, bien entendu, l'avait nié en bloc, mais Joel n'accepterait jamais de le voir autrement.

— Ça ne peut pas être *si* terrible que ça, protesta Finn. Je ne crois pas que vous seriez si proches à présent si tu lui avais avoué quelque chose d'affreux, quelque chose qui aurait pu causer votre rupture.

Joel avait tourné autour du pot suffisamment longtemps.

— Lui faire mon coming out a été la chose la plus difficile de toute ma vie, déclara-t-il, le cœur affolé.

Finn déglutit.

— Quand tu dis « coming out »…

Joel hocha la tête. Il redressa le menton pour croiser le regard interrogateur de Finn.

— J'ai toujours su que j'étais gay, répondit-il.

Il s'attendait à une réaction, un grognement de surprise, des yeux ronds, n'importe quoi, mais Finn ne broncha pas d'un cil. Joel leva les deux mains, paumes vers son vis-à-vis.

— Je sais que beaucoup de monde dira que je dois être bi, pas gay. Et techniquement ? Ils auraient raison. Oui, j'ai couché avec Carrie. Mais c'est la *seule* femme avait qui j'ai jamais couché. Le truc, c'est que moi, je ne me suis jamais identifié en tant que bi. D'aussi loin que je me souvienne, j'ai toujours été plus attiré par les garçons que par les filles. Et ça remonte à l'école primaire, déjà.

Finn sembla retenir sa respiration, mais ne dit rien. L'absence de dégoût chez lui encouragea Joel à poursuivre :

— Quand j'étais plus jeune…

Ses joues prirent feu au souvenir de ses exploits de jeunesse.

— Il t'arrivait de passer la nuit chez tes copains quand tu étais gamin ?

Au hochement de tête de Finn, il reprit :

— Moi aussi. Sauf qu'on ne passait pas la soirée à lire des BD ou à regarder la télé. Je cherchais tout le temps à convaincre mon – ou mes – potes à jouer au docteur.

Joel sourit.

— Et parfois, ça marchait.

Finn fit des yeux ronds.

— Mon Dieu. Tu devais être un sacré loustic quand tu étais gamin.

Joel le dévisagea.

— Si *un seul détail* de ce que je faisais chez eux était tombé dans l'oreille de mes parents… J'ai grandi dans un État très conservateur.

— Ceci explique cela.

Face au regard perplexe de Joel, Finn sourit et s'expliqua :

— Tu ne parles pas comme un citoyen originaire du Maine.

Joel éclata de rire.

— C'est sûr. Je suis né dans l'Idaho. Carrie et moi avons emménagé dans le Maine quand Nate était encore en bas âge. Ma famille était conservatrice à l'extrême, mais je ne te parle même pas de religion là. Pendant toute mon enfance *et* mon adolescence, j'ai entendu des maximes du genre « il faut se marier et avoir des enfants ». Tu ne peux *pas* imaginer la pression que ça met. Imagine-moi à dix-sept ans, au beau milieu des années 90, avec le désir ardent d'être moi-même dans un endroit où la plupart des gens étaient certains que « gay » était synonyme de « séropositif ».

Joel soupira.

— Tout en essayant tout aussi ardemment de garder secret le fait que pendant toutes mes années lycée, j'avais un petit copain.

Finn but une gorgée du reste de son jus.

— Ouah. Ça a dû demander pas mal de boulot.

Joel acquiesça.

— On est même allé à la fac ensemble. Il s'appelait David. On passait tout notre temps à deux. Mais il n'était pas question qu'on s'avoue publiquement.

— Pourquoi donc ? Je ne peux probablement pas comprendre ce que tu as dû subir… mais quand même, une fois à la fac…

— Ça n'avait aucune importance. David et moi savions que le coming out n'était pas une option. On aurait perdu nos amis et nos familles. La seule manière pour nous de vivre notre amour ouvertement aurait été de quitter l'Idaho. Et ce n'était envisageable ni pour lui ni pour moi. Donc… on a trouvé un commun accord.

Finn laissa échapper un long soupir.

— Vous êtes sorti avec des filles.

— Chacun de notre côté. Carrie a été ma toute première copine. On était ensemble depuis trois mois quand elle m'a demandé de l'épouser de but en blanc.

Cela fit sourire Finn.

— Elle n'est pas du genre à y aller avec le dos de la cuillère, je vois ?

— Pas quand il s'agit de ce qu'elle veut, répondit Joel avec un petit rire. J'espère que je n'en dis pas trop, mais à l'époque, on n'avait pas encore couché ensemble. C'est *probablement* le bon moment aussi pour préciser que David et moi avions cessé de coucher ensemble depuis que nous avions pris notre décision. Je n'aimais pas l'idée d'avoir une relation avec quelqu'un tout en sachant que je la ou le trompais. David n'en était pas ravi, mais il a accepté mon choix. Donc… Carrie m'a demandé en mariage, j'ai dit oui, et trois mois plus tard, nous voilà mariés, puisque nous ne pouvions pas trouver de raison d'attendre plus longtemps.

— Et c'est là que tu as commencé à vivre dans le mensonge.

Joel hocha la tête.

— Le mensonge n'était pas total. Je continuais à lire des romans gay dès que j'en avais l'occasion. Je regardais des pornos aussi, mais oui, en grande partie, je cachais une énorme part de moi-même.

Finn prit une inspiration nasale.

— Je comprends mieux pourquoi vous avez divorcé. Ça devait mettre un sacré frein à votre relation.

Joel haussa les épaules.

— J'ai fait ce que tant d'autres gays ont dû faire. On restait dans le placard, on se mariait et on avait des enfants, parce que c'est ce que le monde attendait de nous. Sortir de l'ombre était bien trop risqué, alors on se taisait.

— Comment l'a pris Carrie ?

— Mieux que je ne le méritais. Ça nous a rapprochés, je ne sais trop comment.

L'estomac de Joel se contracta à ce souvenir.

— Elle m'a dit que j'avais sa bénédiction pour

me trouver quelqu'un.

Finn se redressa.

— Hé… maintenant que tu as fait ton coming out… David et toi pourriez…

— Non, on ne pourrait *pas*, l'interrompit Joel d'une voix ferme. Il s'est marié lui aussi.

Il marqua une pause.

— Même si lui aussi a divorcé.

Finn lui décocha un grand sourire.

— Ça m'a tout l'air d'une occasion en or.

La remarque fit déferler une vague de chaleur dans la poitrine de Joel. Il avait espéré que Finn encaisserait ses révélations, mais un tel niveau d'acceptation lui coupait le souffle.

— Ça pourrait, oui : dans les livres. Dans la vraie vie, en revanche ? David a divorcé parce que sa femme a découvert qu'il la trompait avec un mec.

— Alors que toi, tu n'as jamais fait ça, déclara Finn en le regardant droit dans les yeux.

— Non, monsieur, jamais de la vie. J'ai pris mes vœux très au sérieux.

Finn pencha la tête sur le côté.

— Les enfants sont au courant ? Que tu es gay, j'entends ?

Joel secoua la tête.

— Quand on leur a annoncé le divorce, Nate a très mal réagi. Il n'a pas essayé de polémiquer ni quoi que ce soit, mais il s'est… renfermé sur lui-même. Il n'en parle pas. Il *ne* parle *pas*, point barre.

Un sourire étira la bouche de Joel.

— Je crois que *tu* as eu droit à plus de mots en un week-end que moi ces six derniers mois.

— Et Laura ?

— Laura est une enfant géniale. Au fond de moi, je pense que si je le lui dis, elle arrivera à s'y faire.

Mais je ne suis pas certain d'être prêt à prendre un tel risque, ajouta Joel avant de déglutir. Pour Nate, c'est moi qui suis responsable du divorce.

Finn plissa les yeux.

— Il te l'a dit ?

— Non, mais je crois qu'il s'est fait cette idée dans sa tête, que j'ai dû faire quelque chose pour qu'on se sépare et que Carrie porte le chapeau pour me protéger. Alors si je lui dis « Devine quoi ? Je suis gay », ça ne ferait qu'aggraver la situation.

— Tu ne peux pas te taire indéfiniment, lui fit remarquer Finn, sans jamais détourner les yeux. Tu as sans doute raison : garder un si grand secret a fini par détériorer votre mariage de l'intérieur. Mais quand je vous vois, Carrie et toi, je me dis… que tu as eu raison de lui dire. Et peut-être que tout raconter aux enfants ne serait pas aussi catastrophique que tu le penses.

Joel écarta sa chaise, se leva de table et s'approcha de la porte de derrière. Son regard se perdit dans les arbres et leurs branches qu'une petite brise faisait frémir.

— J'en avais tellement assez de me cacher. Ici, je peux être celui que j'ai toujours été destiné à devenir : un homo qui s'assume. Mais je n'y suis pas encore. Peut-être que j'arriverai à leur dire quand je me sentirai bien dans ma propre peau.

Dans le silence qui s'ensuivit, Joel se retourna pour regarder Finn et ne put manquer son froncement de sourcils.

— Tu penses que j'ai tort. Tu penses que je devrais le leur dire.

Finn prit une profonde inspiration.

— Les non-dits ne sèment que la misère. Et je parle par expérience. Mes parents ont vécu un divorce horrible, mais ils ne m'ont jamais rien caché. Ils ont toujours insisté sur le fait que la vérité, c'était le plus sacré. Certains de mes amis n'ont pas eu cette chance. Mais c'est ta vie, Joel, tempéra-t-il en levant les mains. Tu dois la vivre à ta manière.

Son visage s'illumina et il reprit :

— Je trouve que tu es non seulement génial, mais extrêmement courageux.

— Merci, dit Joel qui pouvait enfin respirer un peu plus facilement.

— Pour quoi ? Les compliments ? Je le pense sincèrement.

— Non, pour être resté là à m'écouter. Sans me juger.

Finn se mordit la lèvre.

— Je suis bien mal placé pour juger. Tu veux savoir pourquoi je te trouve extrêmement courageux ? Parce que tu viens de révéler quelque chose d'aussi personnel à quelqu'un que tu ne connais que depuis peu de temps.

Joel retourna à sa place.

— Je te fais confiance, dit-il simplement. Je sais qu'on ne se connaît pas depuis bien longtemps, mais il y a quelque chose chez toi…

Finn sourit.

— C'est l'histoire des deux gouttes d'eau, non ?

Joel le fixa.

— Je ne comprends pas.

— OK, laisse-moi en essayer une autre : qui se ressemble s'assemble.

Le cœur de Joel s'emballa et quelque chose se mit à papillonner dans son ventre. *Impossible*.

Finn l'observait, ses yeux couleur tempête rivés aux siens.

— L'un de mes amis a l'habitude de dire que la

famille, ça se choisit, ce n'est pas forcément là où on est né. Ce sont les gens dont on *choisit* de s'entourer. Ceux qu'on invite dans son intimité, ceux qui nous acceptent, nous soutiennent, nous aiment.

Ses yeux brillaient quand il ajouta :

— En d'autres mots, comme le disaient les Sister Sledge : *We are family.*

Il se mordit la lèvre.

— Je ne sais pas chanter, je tenais à m'en excuser.

Nom de Dieu.

— Tu es gay.

Finn hocha la tête.

— Bienvenue dans la famille.

Chapitre 11

Finn avait le tournis. *Quelles étaient les chances ?* Puis, une pensée le frappa. *Donc, peut-être bien qu'il me matait, ces fois-là, en vrai.* Il sourit sous cape. *Je ne me faisais pas de films.* Il repoussa aussitôt cette hypothèse. *Et peut-être que tu as les chevilles trop enflées.* S'imaginer que Joel puisse être attiré par lui, cela exsudait l'arrogance.

Ce dernier semblait avoir été choqué par l'aveu de Finn au point d'en perdre l'usage de la parole. Ou alors, il n'avait plus rien à ajouter.

— Merci de m'avoir accordé ta confiance, finit par dire Finn. Ça me touche beaucoup. Et à entendre ton histoire... je crois que j'ai eu une enfance plus facile que la tienne.

— De nos jours, on ne fait plus un aussi grand cas des coming out... ou du moins, c'est l'image que ça donne, réfléchit Joel. À chaque fois que j'allume la télé ou que je regarde mon portable, une nouvelle célébrité est en train de faire son coming out, sans que ça choque personne.

Il se pencha en avant et prit son verre à deux mains, coudes sur la table.

— J'imagine que nos histoires doivent être diamétralement opposées.

— Pas autant que tu sembles le croire, répondit

Finn avec un sourire narquois. En dehors des soirées pyjama. Encore que… maintenant que j'y pense.

— Qu'est-ce que tu entends par là ?

— Tu m'as fait penser à l'un de mes amis, Seb. Tu sais, je ne crois pas l'avoir vu sous cet angle avant ça, mais…

Il gloussa.

— Ce sale petit cochon.

Comment j'ai pu louper ça ?

— Tu comptes me dire que tu ne l'avais pas vu sous cet angle un jour ? demanda Joel avec un sourire.

— Quand j'avais treize ou quatorze ans, deux de mes amis venaient dormir à la maison très souvent. L'un d'eux s'appelait Seb. Moi, j'étais un vrai gentleman : je laissais toujours l'un d'eux dormir dans mon lit et les autres occupaient les sacs de couchage par terre. Eh bien, un soir, Seb est arrivé sans son sac de couchage et a demandé s'il pouvait dormir avec moi. J'ai dit oui, bien entendu.

Joel se fendit d'un grand sourire.

— Je suppose que Seb s'est avéré gay au final ?

Il pencha la tête d'un côté.

— A-t-il essayé quelque chose ce soir-là ?

— Je crois que je l'aurais remarqué si ça avait été le cas, répondit Finn avec un gloussement. Quoique… OK, le sac de couchage n'était pas fort large donc on était un peu comprimés, mais… quand je me suis réveillé, il avait son bras autour de moi. Je ne m'en suis même pas aperçu, à l'époque.

— Il faudra que je le rencontre un de ces quatre. Il m'a l'air aussi fourbe que moi au même âge.

Joel but une goutte de jus.

— Donc, tu avais un ami gay. La sécurité par le nombre, j'imagine ?

— En fait, au lycée, on était trois, même. On

s'appelait les trois Mousgaytaires. Comme je l'ai dit, qui se ressemble s'assemble. On s'est trouvés et on est restés soudés.

— C'est super. Ce sont d'eux que tu parlais tout à l'heure ?

Finn acquiesça.

— En tout premier, il y a eu Levi et Seb. Puis Noah, Ben, Shaun, Dylan et Aaron qui s'est en quelque sorte greffé au groupe, répondit-il avec un sourire. C'est ma famille.

Joel cilla, perplexe.

— Ils ne peuvent quand même pas *tous* être gay. Les probabilités que huit ados gay se lient d'amitié doivent être microscopiques.

— Je suis d'accord. Je dirais que quatre d'entre nous sommes gay, mais ne le prends par pour argent comptant.

Il n'était certain de rien en ce qui concernait Dylan et Shaun, aucun n'eux n'ayant proféré ses préférences à haute voix.

— Et l'un de ces quatre-là n'a fait son coming out que récemment. D'après lui, il a mis plus longtemps que les autres à se découvrir.

— Je t'envie. Je n'ai jamais eu d'amis proches quand j'étais gosse.

Le cœur de Finn se serra de compassion.

— Je peux comprendre. Tu devais te cacher. Faire attention à tout ce que tu disais. Mais la vie est différente maintenant. C'est comme tu l'as dit : tu vas pouvoir vivre comme *toi* tu l'entends. Tu es libre de rencontrer des mecs, de te faire des amis…

Finn sourit de toutes ses dents.

— Tu m'as bien rencontré moi, après tout.

Les yeux de Joel étincelaient.

— Tu veux bien être mon ami ? demanda-t-il

avant de lever les yeux au plafond. J'ai l'impression d'avoir de nouveau six ans.

Finn éclata de rire.

— Je nous vois bien devenir amis, c'est certain. Je sais que je vais bosser pour toi, mais je crois qu'on a dépassé le stade « employeur/employé », pas toi ?

Le sourire de Joel brillait autant que son regard.

— Si, moi aussi.

Il était beau quand il était heureux.

— Encore merci pour tout ce que tu as fait aujourd'hui.

Finn sourit.

— Tu parles du foret ?

— Oui, mais aussi de la conversation. Tu n'as *pas* idée de l'importance que j'y accordais.

Savoir qu'il avait pu apporter un soupçon de bonheur à Joel donnait à Finn l'impression d'avoir touché le jackpot.

— Tu as une toute nouvelle vie qui t'attend. Ça doit être super grisant.

— Grisant… et flippant comme pas deux.

Finn savait qu'il parlait de ses enfants. Bien qu'il aurait adoré passer le reste de la journée à papoter avec Joel, il avait du boulot à la maison, sans parler du foret qui attendait dans sa camionnette.

— Merci pour le déjeuner, mais il faut vraiment que j'aille rendre le foret. Son proprio est en train de se construire sa propre maison en ce moment même.

— C'est ton rêve aussi, ça.

Finn sourit.

— Tu t'en souviens. Ouais. Un jour, peut-être. En attendant, j'ai pas mal de corvées pour m'occuper le reste du week-end. Et le week-end *prochain*, tu auras tout le loisir de me regarder couler du béton.

— Comme j'ai trop hâte ! Je ne suis pas sûr de

pouvoir survivre à un tel engouement.

Il désigna le tee-shirt de Finn, qu'il avait posé sur le dossier de l'une des chaises.

— N'oublie pas d'emporter ton linge sale.

— Encore merci pour le prêt de ta douche.

— Y a pas de quoi. Oh, et tant qu'on y est ? L'autre jour, quand tu m'as dit de ne pas trop m'approcher ?

Joel se fendit d'un grand sourire.

— Ton odeur ne m'a pas dérangé le moins du monde.

Il n'y avait plus aucun doute possible quant à l'éclat dans les yeux de Joel.

Eh bien, eh bien, M. Hall, vous me faites du gringue.

Finn toussa.

— Je ferais mieux d'y aller.

Il attrapa sa veste et le tee-shirt avant que Joel le raccompagne à la porte. Quand Bramble quitta sa paillasse et se rapprocha, Finn lui fit quelques caresses. Son « Brave toutou » lui valut un remuement de queue.

— Je ferai en sorte de te chercher du regard, la prochaine fois que j'emmènerai Bramble sur la plage. Passe une bonne semaine.

Ils se dirent au revoir, puis Finn se rendit à sa voiture. Il alluma le moteur et quitta l'allée avec un dernier regard en direction de Joel dans le rétroviseur.

Eh bien, qu'est-ce que tu dis de ça ?

Finn ne comptait pas mettre la main sur Joel, car ce ne serait pas professionnel du tout, mais il ne pouvait nier que quelque chose avait changé.

Ça ne coûte rien de rêver, pas vrai ?

Joel sourit en voyant le nom de Carrie s'afficher sur l'écran.

— Salut, dit-il dès qu'il eut décroché. J'ai des trous.

Carrie ricana.

— *Tu n'aurais pas envie de reformuler ta phrase ? Ou au moins de me fournir plus d'information ?*

Il éclata de rire.

— Finn est passé aujourd'hui, et il a ramené un outil super pratique. Tous les trous sont creusés et prêts à accueillir le béton.

— *Il les a tous faits ?*

— Non, *il* ne les a pas faits : *on* les a faits. Il n'aurait pas pu y arriver sans moi.

Il savait qu'il avait parlé d'un ton orgueilleux, mais il s'en fichait pas mal.

— *Je vois ça d'ici. On va bientôt t'engager comme expert dans une émission déco.*

— Tu peux te moquer, mais tu aurais dû me voir.

Elle rigola.

— *Donc, samedi prochain, c'est le jour du béton ?*

— Oui. Finn dit qu'il faudra le laisser sécher et qu'après on pourra mettre les bouchées doubles.

Il y eut une pause.

— *Nate et Laura voudraient passer te voir le*

week-end prochain… tous seuls.

Le cœur de Joel redoubla de cadence.

— Vraiment ? Nate est d'accord avec ça ?

— *Ouais, il est content de prendre le volant. Mais je ne les laisserai venir que si tu m'assures qu'ils ne seront pas gênants.*

Joel rit.

— Je t'assure qu'ils ne seront pas gênants. C'est Finn qui va faire tout le boulot.

— *Il y a un dernier petit détail, par contre. Laura a demandé s'ils pouvaient dormir chez toi.*

Son cœur se serra.

— Et Nate est d'accord avec ça aussi ?

— *D'après ce qu'il dit.*

Une nouvelle pause.

— *Le plus important, c'est est-ce que* toi *tu es* d'accord ?

— Pourquoi je ne le serais pas ? Ce sera génial. Je penserai à prendre du popcorn et des sodas pour qu'on se fasse un film.

Il se rendit soudain compte qu'il allait devoir acheter bien plus que ça : il avait besoin de plus de literies.

— *Hé, vas-y mollo avec le soda. Laura est assez hyperactive comme ça. Tu ne voudrais pas la voir sauter au plafond.*

Il ricana.

— Elle n'a pas besoin de sodas pour sauter partout.

— *Pas faux,* confirma Carrie avant de s'éclaircir la voix. *Donc… Finn… Ce n'est vraiment pas comme ça que je l'imaginais.*

Joel se souvint de la description hâtive qu'elle avait faite de lui.

— Tu l'as dit.

— *Je dirais même plus qu'il est sacrément mignon.*

Son ton se fit taquin.

— *Il te plaît ? Et toi, tu lui plais ?*

Eh merde.

— Je t'arrête tout de suite. Tu ne sais rien de lui. Est-ce que tu m'as déjà vu essayer de te maquer avec d'autres mecs, moi ?

Un silence de plomb résonna depuis l'autre bout du fil.

— *Qu'est-ce que tu me caches ?*

Meeerde.

— Qu'est-ce qui te fait croire que je te cache quelque chose ?

— *Je te* connais, *voilà pourquoi.*

Avoir quelqu'un qui le connaisse de la sorte s'avérait autant une bénédiction qu'une malédiction.

— On a beaucoup parlé aujourd'hui. Il m'a posé des questions à notre sujet. Il voulait savoir comment on pouvait s'entendre aussi bien malgré le divorce. Et... je lui ai parlé de mon passé.

— *Ouah, ça a dû te demander beaucoup de courage. C'était la première personne à qui tu en parlais depuis moi, non ?*

— Ouais.

Joel n'arrivait toujours pas à croire qu'il avait trouvé la force de le faire.

— *Je suis fière de toi. Et donc ?*

— Et donc quoi ?

— *Comment il a réagi ?*

Elle ne comptait pas le laisser tranquille.

— Il s'avère que... Finn est gay.

Un ricanement enchanté lui emplit les oreilles.

— *OK. J'adore les revirements de ce genre.*

— Ce revirement ne mènera à rien. Il est gay,

c'est tout.

Joel leva les yeux au ciel. *Je savais qu'elle réagirait comme ça.*

— *Oui, il est gay. Il est aussi mignon, drôle et super canon.*

Elle n'a pas tort, là. Même s'il ne le lui avouerait jamais.

— *Il est libre ? Ou il a un petit ami caché quelque part ?*

— J'en sais rien. Il ne me l'a pas dit et je n'ai pas demandé.

— *Et pourquoi pas ? Si c'était* moi *qui avais vécu cette situation…*

Le rythme cardiaque de Joel s'emballa.

— Oh. Il est gay, et alors ? Ça ne veut pas dire que je l'intéresse pour autant.

— *Oh, mais au contraire.*

Il pouvait entendre son sourire à sa voix.

— Au contraire quoi ?

— *Tu l'intéresses.*

— Et tu te bases sur quoi, au juste ? Ton intuition féminine ?

— *Non, sur quelque chose de bien plus tangible. Je l'ai observé pendant qu'il te montrait comment utiliser la scie.*

— Et moi qui croyais que tu étais occupée à faire le café.

Et qu'a-t-elle bien pu voir pour lui faire croire que je lui plais ?

— *Je sais faire plusieurs choses à la fois. Crois-moi, il t'apprécie.*

— Moi aussi, je l'apprécie. C'est un chouette gars.

— *Tu sais ce que je veux dire.*

Quelque chose prit son envol dans l'estomac de

Joel.

— Non. Non. Je ne m'engagerai pas sur ce terrain glissant. Si je commence à penser à ça, je vais interpréter tous ses faits et gestes.

— *C'est quoi, l'adage, encore ? « L'espoir fait vivre. » Donc, je vais continuer à espérer et il n'y a rien que tu puisses faire pour m'en empêcher.*

— Très bien. Fais comme tu veux. De mon côté, je compte vivre dans le monde réel.

— *Joel,* l'interpella Carrie d'une voix adoucie. *Il n'y a rien de mal à avouer que tu l'aimes bien, d'accord ? Ou que tu aimerais qu'il ressorte quelque chose de cette rencontre. Je comprends que ça t'angoisse. Dieu m'en est témoin, je sais ce que tu ressens.*

Elle lâcha un petit rire désabusé.

— *Regarde-nous. On est redevenus des ados.*

— Tout va bien avec Eric ?

— *Tout va mieux que bien. Il m'a… il m'a proposé de partir en week-end avec lui.*

Joel rigola.

— Je comprends maintenant pourquoi les enfants viennent dormir ici. Il leur fallait une baby-sitter.

— *Absolument pas. D'ailleurs, Laura me l'avait déjà demandé avant même qu'Eric m'en parle.*

— Mm-hmm.

— *Je t'assure.*

— Et donc ? Tu vas y aller ? Avec lui ?

— *Oui. Je ne sais pas du tout où il m'emmène, seulement que c'est pour une nuit. C'est normal si je t'avoue que j'ai le trac ?*

Joel rit sous cape.

— Bienvenue au club. Mon conseil : prends le temps d'aller t'acheter de nouveaux sous-vêtements cette semaine. Quelque chose qui lui en mettra plein la vue.

— Je le ferai, mais uniquement si tu me promets de ne pas rejeter d'emblée la possibilité d'un rencard avec Finn. Et avant de me répéter qu'il n'est pas intéressé, laisse-moi te dire quelque chose. La façon dont il te regardait pendant que tu sciais ce premier poteau ? C'était trop adorable.

Joel aurait aimé le voir de ses propres yeux.

— Et Joel ? Peut-être que c'est toi qui ferais mieux d'aller t'acheter de nouveaux sous-vêtements. Tu sais, juste au cas où…

— Tu veux bien arrêter ?

Comme s'il n'avait pas su qu'elle saisirait la perche qu'il lui avait tendue.

— Dis aux enfants que j'ai hâte de les voir. Et passe un bon week-end.

Joel raccrocha lorsqu'ils se furent dit au revoir.

A-t-elle raison à propos de Finn ?

En dépit de ses refus véhéments de tenter quoi que ce soit envers lui, Joel savait que Carrie avait raison au sujet de l'espoir.

Elle venait de raviver en lui la flamme.

Finn était allongé dans son lit, les doigts noués derrière la tête tandis qu'il fixait le plafond.

Joel est gay.

Voilà qui ouvrait une dimension tout autre à

l'imagination de Finn.

Apparemment, ça fait vingt ans qu'il n'a pas couché avec un mec. Mais le sexe, c'était comme le vélo, non ? Malgré cela, l'idée de faire redécouvrir à Joel les plaisirs de la chair emplissait la tête Finn de délicieuses images. D'autant que celui-ci avait à présent une idée plus concrète du corps divin qui se cachait sous les vêtements de son fantasme.

Les yeux fermés, il fit glisser sa main le long de son ventre et attrapa son membre rigide sans aucune hâte. Réflexion faite, Finn récupéra le lubrifiant dans la table de chevet, ainsi que la petite serviette suspendue à la poignée du tiroir.

Il allait en avoir besoin.

— *Tu veux faire quoi ?*

Joel en eut le souffle coupé.

— *La totale ?*

Tandis qu'il caressait d'un doigt unique le torse de Joel, Finn laissa échapper un petit rire oisif et remarqua les frémissements qui secouèrent le corps de son amant quand il atteignit son sexe.

— *Tu ne voudrais pas réduire le champ des possibilités ? Par où veux-tu commencer, déjà ?*

Pupilles dilatées, Joel ouvrit les lèvres.

— *Par ta queue qui s'enfonce dans mon cul ?*

Finn y voyait là un bon départ.

— *Retourne-toi.*

Joel se mit sur le ventre, bassin redressé, et Finn glissa les mains sous lui pour détacher son jean. Il attrapa les bords fermement et prit son temps pour le lui retirer et révéler ses fesses magnifiques.

Joel se tordit le cou pour le fixer d'un regard entendu.

— *Ne me fais pas attendre. Ça fait trop longtemps.*

La petite note plaintive dans sa voix se répercuta aussitôt dans l'érection de Finn. Il lui enleva complètement son pantalon, puis s'agenouilla entre ses jambes et le fit écarter les genoux au maximum.

— *Putain, oui, murmura Joel.*

Finn jeta un œil à sa fente velue avant d'y plonger goulûment, titillant son petit trou serré de sa langue tout en maintenant ses globes en place à deux mains. Joel remonta les hanches et Finn redoubla d'efforts, embrassant, léchant et pénétrant Joel jusqu'à ce que celui-ci soit en mouvements perpétuels et que son propre membre commence à mouiller sans plus s'arrêter.

— *Tu es prêt ?*

Quand Joel tourna la tête, il avait les joues rosies.

— *Mets-la-moi.*

Finn s'enduisit le sexe de gel avec les doigts, puis posa son gland à l'entrée de Joel.

— *Inspire, bébé.*

Il avança doucement et grogna comme le corps de Joel l'accueillait et qu'il se retrouvait enfin en lui.

— *Putain, t'es serré.*

Joel retint son souffle.

— *Tu t'attendais à quoi ? T'es le premier en vingt ans à rentrer là-dedans.*

Un gémissement lui fut aussitôt arraché, car Finn venait de s'enfoncer davantage.

— *Oh, Seigneur, tu vas me défoncer.*

Finn agita les hanches pour se soulager contre le drap en coton et prit de la vitesse alors que, dans son esprit, Joel jouait du bassin en contretemps. La friction du tissu était absolument parfaite, si bien que Finn sentit l'orgasme approcher bien trop tôt. Il tira la serviette sous son corps pour ne pas rater le premier jet et se raidit à l'arrivée de sa jouissance. Tenant son érection au niveau de la base, il se répandit en tremblant. Une fois vidé, il s'essuya et frissonna de plus belle lorsque la serviette frotta sur son gland sensibilisé.

Le pénis ramolli contre sa cuisse, il se laissa retomber sur le dos.

Ouah. Ce fantasme-là devait remporter la palme du plus excitant. Il ressentit une pointe de culpabilité de s'être masturbé en songeant à Joel. *Il veut qu'on soit amis, tu te souviens ?*

Finn pouvait être son ami.

Le seul problème, c'était qu'il voulait être bien plus que ça.

Chapitre 12

C'était au moins la troisième fois ce matin-là que Finn observait la plage en quête du moindre signe de Joel. Il avait tenté de rester discret, mais deux de ses collègues l'avaient repéré, ce qui avait résulté en son lot de taquineries. Finn leur avait rétorqué qu'ils ne se gênaient pas, *eux*, pour mater tout ce qui passait, alors pourquoi devrait-il s'en empêcher, bordel ? Non pas que leurs boutades le mettent mal à l'aise ; c'était plutôt qu'il regrettait de leur avoir servi des munitions sur un plateau.

Et puis soudain, Joel apparut, et aussitôt, la journée de Finn s'annonça bien meilleure. Il portait une veste en cuir brun et un jean, son écharpe bien ajustée sous son menton. Bramble semblait pressé de commencer sa course matinale : il tirait sur la longe de toutes ses forces, mais Joel la tenait d'une poigne ferme. Une fois qu'ils furent arrivés sur le sable, il la décrocha et Bramble décampa, se jetant sur les vagues qui happaient la côte et reniflant tout ce qu'il trouvait.

Qu'est-ce que je ne donnerais pas pour être là-bas, à me balader avec eux…

À cet instant précis, Joel leva la tête vers l'hôtel et mit ses doigts en visière. Finn sut quand Joel posa les yeux sur lui, car celui-ci lui fit un salut de la main.

Finn le lui retourna et ne se rendit compte que trop tard que l'échange n'était pas passé inaperçu.

— *Oh.* On se fait *coucou*, maintenant, hein ? lâcha Tim avec une satisfaction évidente.

Finn enroba sa réponse d'autant de nonchalance que possible :

— Va te faire mettre.

Pas assez, apparemment.

— On a touché une corde sensible, les gars. Voyons voir ça.

Max se fraya un chemin à travers les planches jusqu'au rebord et avisa la route en contrebas.

— C'est lui ? Le type sur la plage ?

Finn ne répondit pas, ce qui ne suffit pas à déstabiliser Max.

— Alors, il est comment au pieu ?

Un grand sourire aux lèvres, Finn rétorqua :

— Pourquoi ? Tu comptes l'ajouter à ta liste de conquêtes potentielles ? Je lui demanderai s'il peut t'intercaler dans son agenda cette semaine.

Max lui rendit la pareille.

— La question c'est : est-ce qu'il s'est déjà *intercalé* en toi ?

Finn lui fit un doigt d'honneur.

— Il m'a engagé pour faire quelques travaux, c'est tout.

Ted ricana.

— C'est comme *ça* qu'on dit, de nos jours ? Ça me fait penser, tiens, la petite chaudasse que j'ai vue ce week-end m'a filé son 06, faut que je l'appelle pour voir si elle a besoin que je lui fasse quelques « travaux ».

Il eut un geste obscène avec les doigts qui provoqua l'hilarité chez les autres.

— C'est pour lui que tu m'as emprunté le foret ?

demanda Arnie avant de sourire à pleines dents. Je parie qu'il a apprécié le coup de perceuse.

Finn se contenta de les envoyer balader d'un geste et se remit au boulot. Il savait qu'il ne leur faudrait pas longtemps pour trouver de quoi occuper autrement leurs esprits mal tournés. De fait, le sujet passa à la dernière conquête de Max, et Finn décrocha. Il n'avait pas envie d'entendre parler des soi-disant prouesses de son collègue. À l'heure du déjeuner, il s'assit sur sa caisse à outils comme toujours et se servit un café dans le bouchon de sa Thermos.

Lewis vint poser ses fesses à côté de lui.

— C'est pas des conneries, tu vas bosser pour lui ? Pour Monsieur J'aime-les-chiens ?

— Ouaip. Je vais lui construire une nouvelle terrasse. Et il s'appelle Joel.

Les yeux de Lewis s'illuminèrent.

— Joel, hein ? C'est chaleureux. Mais bref, bosser pour lui, ça doit t'ouvrir un éventail de possibilités. Tu pourrais peut-être l'attirer vers le côté obscur. Tu vois, le convaincre que changer de bord serait de bon ton. S'il y a quelqu'un qui soit moins difficile à entretenir qu'une nana, c'est bien *toi*.

Finn jeta un regard par-dessus son épaule pour s'assurer que les autres ne pouvaient pas l'entendre.

— Il est déjà de mon bord, dit-il à voix basse.

Lewis fit les yeux ronds.

— Tu rigoles. Sérieux ?

Il se releva et balaya la côte du regard.

— Il est toujours là, tu sais, dit-il en décochant un sourire machiavélique à Finn. Tu pourrais l'inviter à venir, genre, partager une tasse de café.

Finn était certain que la plupart des habitants de Goose Rocks Beach avaient entendu son rire nasal.

— Mais bien sûr.

— Allez, pourquoi pas ? Je suis certain que les autres *adoreraient* le rencontrer.

Il se tourna derechef vers la plage.

— Ne regarde pas, mais il nous observe, là, annonça-t-il, son sourire diabolique toujours en évidence. Tu veux que je te roule un patin ? Pour le rendre jaloux ?

Finn renâcla.

— T'es pas mon genre. Et désolé de te décevoir, mais il ne se passe rien entre nous.

Lewis se pencha tout près.

— Pour l'instant. Il ne se passe rien *pour l'instant*. Laisse faire le temps.

Il tapota son épaule avant de partir rejoindre les autres.

Finn but une gorgée, les yeux rivés sur la silhouette longiligne qui courait en rond avec Bramble sur la plage.

Seigneur, il espérait tellement que Lewis ait raison.

Finn venait de terminer son dîner quand le téléphone sonna. Il sourit en voyant le nom de Seb.

— Tu m'appelles de l'école, ou ils t'ont enfin laissé sortir ?

— *Mais c'est qu'il est drôle. Je n'ai pas élu*

domicile là-bas, pour ta gouverne.

Seb gloussa.

— *Même si j'en ai l'impression, parfois.*

Un soupir fit grésiller la ligne à l'oreille de Finn.

— *Vivement les grandes vacances !*

— J'imagine que cette période pour toi, c'est comme quand on était gosses : des semaines et des semaines de liberté !

— *Tu l'as dit. Mais je ne t'appelais pas pour parler de mes vacances d'été caliente – et crois-moi, elles le seront –, je voulais savoir comment ça se passe avec Môssieur le Divorcé. Enfin, s'il est bel et bien divorcé.*

Finn éclata de rire.

— Et pourquoi voudrais-tu savoir ce genre de choses ?

Comme s'il n'en avait pas pleinement conscience.

— *Bah voyons. Je veux savoir s'il y a des chances que lui et toi finissiez dans de beaux draps. Parce que s'il y a bien un mec qui a besoin de se faire tirer, c'est toi. Et puis qu'est-ce que ça peut faire s'il est hétéro ? Il peut très bien être curieux aussi.*

Seb se fendit d'un ricanement de sorcière.

— *Je m'y connais, poussin. Il y en a un qui...*

— Avant que tu ne t'oublies dans un souvenir classé X, il faut que je te donne les derniers scoops, l'interrompit Finn avant de marquer une pause. Il n'est *pas* hétéro.

— *Il est... nom de Dieu !*

Seb lâcha un cri de joie pure.

— *On dirait que tu as déballé ton cadeau d'anniv à l'avance, cette année... et je parie que ce n'est pas la seule chose qui va vite se déballer. Après tout ce temps, tu vas exploser comme un feu d'artifice.*

Finn avait depuis longtemps cessé d'être choqué par ce qui sortait de la bouche sans filtre de son ami. Avant qu'il ait pu répondre quoi que ce soit, néanmoins, Seb reprit :

— *Tu le kiffes, avoue ?*

— Ce que je pense n'a aucune espèce d'importance. Il cherche à se faire des amis, rien de plus.

— *C'est* lui *qui t'a dit ça ? Et je te signale que tu n'as pas répondu à ma question. Ne va pas t'imaginer que je n'ai pas remarqué.*

Finn se passa les doigts dans les cheveux.

— Non, il n'a pas dit ça, et évidemment que je le kiffe. C'est un mec super.

— *Mm-hmm. Un mec super que tu as cru voir te mater.*

Finn leva les yeux au plafond.

— Tu veux bien m'écouter ? Je ne l'intéresse pas.

— *Alors, il doit être aveugle. Merde quoi, même moi je sais que t'es trop canon alors que t'es pas du tout mon genre.*

Seb se tut avant d'enchaîner :

— Hé, c'est à moi que tu parles, là. Tu sais que tu peux être honnête avec moi, quand même ?

Finn déglutit.

— Je t'assure, c'est un mec en or. Il est malin, sexy, drôle…

— *Sexy, hein ? Enfin, on fait des progrès.*

— Mais il est aussi resté marié pendant vingt ans, et il commence seulement à vivre son homosexualité ouvertement. Il a tout un tas de nouvelles découvertes qui l'attendent.

— *Moi, tout ce que j'entends, c'est qu'il aurait*

besoin d'un guide.

Une autre pause.

— *Blagues à part... si tu as envie de lui, pour l'amour du Ciel, dis-le-lui. Parce que tu ne sauras jamais autrement s'il peut devenir plus qu'un fantasme. C'est le cas, non ?*

— C'est le fantasme le plus chaud de ma vie, se confessa Finn dont le rythme cardiaque venait de s'accélérer.

— *Alors, jette-toi à l'eau. Le pire qu'il puisse dire, c'est non, et même si un râteau ça pique pendant un temps, ça ne va pas te tuer.*

Seb gloussa.

— *Bon Dieu, je parle comme un instit.*

— Un très *bon* instit, renchérit Finn avant de soupirer. Merci, Seb.

— *Pour quoi ?*

— M'avoir écouté. D'être là pour moi.

— *Toujours. On se dit à la fête de Mamie, sauf si on se voit avant.*

Ils raccrochèrent, et Finn reposa le portable sur la table. *Comme je l'adore, ce Seb.* Un grand sourire étira ses lèvres lorsque le téléphone se remit à vibrer. *Qu'est-ce qu'il a oublié de me dire ?* Toutefois, lorsqu'il vit le nom, une vague de chaleur le parcourut.

C'était Joel.

Finn appuya sur le bouton *Accepter.*

— Tu diras encore que c'est *moi* qui n'arrive pas à couper le cordon.

La tentation de passer chez Joel après le boulot était énorme, mais Finn y avait résisté. Il aurait pu prétendre vouloir vérifier la livraison des matériaux, mais même à lui l'excuse semblait quelque peu bidon.

— *Je te dérange ?*

Doux Jésus, non. Je pourrais t'écouter parler pendant des heures si on m'en donnait l'occasion.

— Non, je viens de manger. La livraison est bien arrivée ?

— *Oui, ce matin. Je crois que j'ai agacé le chauffeur.*

Finn gloussa.

— Qu'est-ce que tu as fait ?

— *Hé, j'ai fait exactement comme tu m'as dit, j'ai vérifié chaque ligne de la liste que tu m'as donnée. Il aurait voulu tout poser là et se tirer, mais j'ai refusé de signer le bon de livraison tant que je n'avais pas fini.*

— Tant pis pour lui. Tu étais dans ton droit. J'imagine qu'il ne manquait rien ?

— *Non, il y avait tout. Et* tout *est posé devant la maison, d'ailleurs, ce qui ne me plaît pas trop. N'importe qui pourrait passer par là et emporter ce qui lui chante.*

— À moins que ce quelqu'un soit justement à la recherche de planches et de béton gratuits, j'en doute.

Finn sourit de toutes ses dents. *Voilà de quoi illuminer le reste de ma journée.*

— Écoute, si vraiment ça t'inquiète, je peux venir et tout déplacer à l'arrière.

— *Tu n'es pas obligé de faire ça*, riposta Joel, mais ses protestations manquaient de vigueur.

— Ça ne me dérange pas. Je comptais me poser devant la télé. Laisse-moi récupérer mes gants et j'arrive très vite.

Il raccrocha avant que Joel ait pu saisir l'occasion de protester une nouvelle fois.

Lorsqu'il se garda dans l'allée de chez Joel, ce dernier était en train de porter tant bien que mal un sac de ciment vers le portail latéral.

— Hé ! l'interpella Finn en descendant de sa camionnette. Arrête ça. Je vais t'aider.

Joel se tourna vers lui avec un sourcil redressé.

— Serais-tu en train de sous-entendre que je ne suis pas assez musclé pour ce genre de choses ? rétorqua-t-il, bien que ses lèvres tressaillissent. Jolie façon de m'émasculer, y a pas à dire.

— Je ne sous-entends rien. Ça fait partie de mon travail, j'ai l'habitude. Toi, tu pourrais… te luxer quelque chose. Et je ne voudrais pas voir ça.

Finn mit ses gants et s'approcha de Joel d'une démarche de commando.

— Ouvre la grille avant, au moins.

Joel s'exécuta, puis revint auprès de son sac.

— C'est pas léger, ces trucs.

— Sans blague.

Finn en désigna extrémité.

— Tu prends ce bout-là. Mais plie les genoux pour soulever, compris ?

Joel s'esclaffa.

— Oui, chef.

À eux deux, ils sortirent victorieux de la lutte contre les sacs, puis vint le tour du match contre les planches. Joel s'essuya le front alors qu'ils venaient de déposer la dernière dans le jardin, puis retourna auprès de la pile de matériaux presque toujours aussi imposante.

— Je n'avais pas la moindre idée qu'une terrasse demanderait autant de choses.

Finn rit.

— C'est nécessaire si tu veux qu'elle tienne plus de cinq minutes. Mais tu n'as pas besoin de penser à quoi que ce soit de tout ça, toi. *Ton* job, c'est de rester à côté de la porte à me sourire et à m'encourager pendant que je bosse, et de temps en temps me demander si je veux un café ou autre chose.

Et t'assurer que j'ai toujours un beau spectacle sous les yeux.

— Ça, je peux faire, affirma Joel avec assurance et les yeux pétillants. Ne serait-ce pas là ta façon de me dire « reste hors de mes pattes pendant que je bosse » ? Ça t'arrive de tomber sur des clients qui s'imaginent pouvoir faire un meilleur taf que toi ?

Finn renâcla.

— Et pas qu'un. Que Dieu me protège des bricoleurs du dimanche qui veulent me faire la leçon sur comment utiliser une scie parce que je « ne m'y prends pas comme il faut », répondit-il en mimant des guillemets.

Joel rigola.

— Je ne suis pas l'un d'eux.

Une fois tout le matériel dissimulé derrière la clôture de Joel, Finn retira ses gants.

— Voilà. T'es content ?

— En extase, rétorqua Joel avant d'incliner la tête vers la maison. Je te sers un café, ou quelque chose de plus corsé ? C'est le moins que je puisse faire, il me semble.

Finn n'eut pas à peser le pour et le contre plus d'une nanoseconde.

— Allez, pourquoi pas ? Par contre, je vais devoir dire non à l'option numéro deux. Je dois reprendre la route.

Joel découvrit ses dents.

— Je ne comptais pas t'enivrer jusqu'à plus soif. Une bière, tu dois pouvoir encaisser ça, quand même ? En plus, ce n'est pas comme si tu habitais à l'autre bout du monde, hein.

Finn ne pouvait refuser une bière.

— D'ac, j'en suis.

Il rangea ses gants dans la camionnette, puis entra dans le chalet. Bramble débloula à ses pieds en un clin d'œil, et Finn caressa sa tête soyeuse et ses oreilles toutes douces.

— Salut, mon grand.

Joel était déjà à la table de la cuisine, où deux bières en bouteilles les attendaient.

— Tel quel ou tu préfères boire au verre ?

Finn rit.

— Les verres, c'est pour les mecs un peu plus délicats que moi.

Il attrapa la bouteille et observa l'étiquette.

— Une blonde, ça te va ? s'enquit Joel. Si pas, j'ai de la stout douce ou une Belge au froment.

— Une blonde, ça me va, même si je préfère les blanches. Par contre, je ne me souviens pas avoir déjà vu cette marque.

Joel tapota la bouteille avec son index.

— Je l'achète dans une microbrasserie à Portland. Ce qui me rappelle d'ailleurs que je suis bientôt à court. Faudra que j'en reprenne la prochaine fois que j'y passe.

Finn arqua un sourcil.

— Je dois avouer que c'est une toute nouvelle expérience pour moi. D'habitude, je me contente d'une Budweiser.

— Eh bien, il n'y a rien de mal à tester des choses. Tu m'en donneras des nouvelles. Quelque chose me dit que ça va te plaire.

Ils se rendirent au salon, où Joel prit place dans le rocking-chair tandis que Finn s'asseyait dans le fauteuil. Bramble les suivit et choisit de s'installer aux pieds de Finn. Celui-ci se pencha en avant et gratta le chien derrière les oreilles.

— Ton toutou m'apprécie.

— Navré, mais mon toutou apprécie tout ce qui bouge, du moment que ça lui accorde toute son attention, rétorqua Joel avant de lever sa bouteille. Santé.

Finn l'imita et prit une longue gorgée de bière. Il hocha la tête d'un air appréciateur.

— Ça me plaît.

Le sourire de Joel illumina son visage.

— Tu vois ? Je te l'avais dit.

— Tu me l'avais dit, confirma Finn en étendant les jambes pour se laisser aller au fond du fauteuil.

— Dure journée ? demanda Joel.

Finn rigola.

— Pas plus que toutes les autres.

— En tout cas, ça te fait garder la forme.

La partie pleine d'espoir du cerveau de Finn se mit instantanément en marche. *Il dit ça parce qu'il aime ce qu'il voit ?* Il repoussa l'idée aussitôt. Il ne pouvait *pas* se permettre ce genre de pensée vis-à-vis de Joel. De toute façon, ce n'était pas comme si ce dernier le fixait ou le déshabillait du regard, si ?

C'est bien dommage, d'ailleurs.

— Tu as grandi dans les environs ? le questionna Joel en se balançant légèrement.

— Pas très loin, oui. Je suis né à Wells, à vingt kilomètres d'ici, dit-il en désignant le sud. Je n'ai pas toujours vécu dans l'État du Maine, par contre : j'ai emménagé à Millbury, dans le Massachusetts, pendant quatre ans le temps de ma formation. Ceci dit, je revenais passer la plupart des week-ends ici.

— Casanier, hein ?

Finn gloussa.

— Pas tout à fait. La plupart des mecs dans ma formation passaient leurs week-ends à se défoncer, et je n'étais pas un grand buveur. J'avais déjà trop connu ça pendant mon enfance.

Joel écarquilla les yeux, mais ne dit rien.

— Il y a *une* année, en revanche, où j'ai fait moins souvent l'aller-retour.

— Laisse-moi deviner. Il y avait un mec là-dessous ?

Finn hocha la tête.

— Eli était mon premier petit copain. On s'est rencontrés en cours, ce qui a mis un certain malaise quand on s'est séparés. Ça ne s'est pas mal passé, en somme. On a passé trois mois à peu près greffés l'un à l'autre, jusqu'à ce que son dévolu se pose sur quelqu'un d'autre et qu'on décide de s'arrêter là. Quand j'ai eu fini ma formation, il avait changé autant de mecs que moi de lames de scie.

— Tu as eu beaucoup de relations ? demanda Joel avant de se figer. À moins que tu ne veuilles pas en parler. Tu as le droit de me dire de me mêler de mes oignons, tu sais.

Finn balaya l'air de sa main.

— Ça ne me dérange pas. Et il n'y a pas grand-chose à en dire.

Il appréciait Joel, mais il n'était pas question qu'il partage avec lui ses échecs.

— Parle-moi de tes amis.

Finn avala une gorgée de bière.

— Que veux-tu savoir ?

— Eh bien, d'après ce que tu disais l'autre jour, il semble que vous vous connaissiez depuis un sacré bout de temps. Quand on parlait des soirées pyjama… tu en connais certains depuis l'adolescence, c'est ça ?

— Oh, depuis bien plus longtemps. Déjà, Levi et moi, on est comme cul et chemise depuis la rentrée au collège. On a rencontré Seb en quatrième, puis quand on est arrivés au lycée, les autres ont en quelque sorte fini par graviter jusqu'à nous.

— Mais tu ne savais pas que Levi et Seb étaient gay, à l'époque du collège, si ?

Finn secoua la tête.

— C'est venu bien après, dit-il avant de ricaner. Quand on a trouvé des magazines gay dans le sac de sport de Seb, ça nous a mis la puce à l'oreille, mais faut dire qu'il n'a jamais été très subtil quant à ses préférences.

Joel se mordit la lèvre.

— Bon, rien ne t'oblige à répondre à celle-ci, mais… tes amis gay et toi… vous est-il arrivé de… ?

Il ne fallait pas avoir fait Bac+5 pour comprendre où il voulait en venir. Finn éclata de rire.

— Doux Jésus, non. On est plus comme des frères. Je n'ai jamais été attiré par aucun d'entre eux, tu comprends ? Ce qui ne veut pas dire qu'ils sont moches, parce que…

Une lueur taquine étincelait dans les yeux de Joel.

— Continue de creuser, je t'en prie. J'ai pigé.

— Ils sont parfaitement fréquentables, insista Finn, c'est juste…

— Juste quoi ?

Finn haussa les épaules.

— Qu'ils ne sont pas faits pour moi.

Le sourire de Joel mit les entrailles de Finn sens dessus dessous.

— Ce qui veut dire que tu as un genre ?

Seigneur, oui, et je l'ai justement sous les yeux.

Finn toussa.

— J'invoque le Cinquième Amendement[1].

Joel en eut le souffle coupé.

— Je vois.

Il prit une gorgée de sa bière et tous deux laissèrent le silence s'imposer pendant quelques minutes.

J'aurais pu mentir. J'aurais pu lui dire que je préfère les pompiers, les médecins, n'importe *quel type de mec. Au lieu de lui faire comprendre que je préfère les hommes plus âgés... du moins,* un *homme plus âgé en particulier.*

Joel arrêta de se balancer.

— Oh, j'ai oublié de te dire. Je ne serai pas tout seul à te regarder bosser depuis la porte, ce week-end. Les enfants vont venir et dormir là samedi soir.

Finn rayonna.

— C'est génial.

Comme Joel ne répondait pas, il pencha la tête sur le côté.

— Ou pas ?

— Je crois. Je suis content que Nate se sente suffisamment en confiance pour venir ici sans Carrie comme béquille émotionnelle.

— On sait jamais. Peut-être qu'en l'absence de sa mère, il sera un peu plus ouvert.

Finn ne pouvait qu'imaginer à quel point la situation devait blesser Joel.

— Peut-être. On verra.

---

[1] NdT : Le Cinquième Amendement de la Constitution des États-Unis vise à protéger les citoyens contre l'abus de l'autorité gouvernementale. Il empêche non seulement qu'un citoyen soit jugé deux fois pour le même crime, mais offre également, comme ici, le droit de ne pas avoir à s'auto-incriminer.

Joel désigna la bière de Finn alors qu'il vidait la sienne.

— Je t'en ressers une ?

— Il vaudrait mieux que j'évite.

Finn jeta un œil à l'horloge murale.

— D'ailleurs, je ferais même mieux d'y aller. Faut que je me lève très tôt demain.

Il se leva et Joel l'imita.

— Comme tu veux. Encore merci d'être passé. Je ne m'attendais vraiment pas à ce que tu le fasses.

Il tendit la main pour récupérer la bouteille de Finn et leurs doigts s'effleurèrent quand ce dernier la lui donna. Leurs regards s'accrochèrent.

— Merci aussi d'avoir répondu à mes questions.

— Pas de quoi.

Ni l'un ni l'autre ne bougea, jusqu'à ce que Bramble s'asseye sur le pied de Finn et se colle à sa jambe. Finn baissa les yeux sur le chien et éclata de rire.

— Tu veux que je t'aide ?

Joel rit dans sa barbe.

— Il ne veut pas que tu partes.

Lui-même s'en alla poser les bouteilles dans la cuisine.

Finn s'agenouilla devant Bramble et, prenant sa tête à deux mains, plongea les yeux dans ses prunelles chocolat. *On est deux, comme ça.* Il se releva lorsque Joel revint dans la pièce.

— À samedi alors, aux aurores.

— J'ai hâte d'y être, répondit Joel en le raccompagnant.

Tandis qu'il le saluait une dernière fois en s'engageant sur la route, l'esprit de Finn ressassait une seule et même question : *est-ce qu'il a hâte que la terrasse soit finie ou hâte de me voir ?*

Il savait quelle réponse il aurait préféré être vraie.

Chapitre 13

Finn ouvrit le portail latéral et entra dans le jardin. Il s'était levé avec le soleil comme il en avait coutume, mais il avait attendu deux heures avant de quitter son domicile. Ce n'aurait pas été convenable de réveiller son nouveau client en faisant un boucan monstre avant sept heures et demie.

Il jeta un regard au rouleau de géotextile qui serait leur première tâche de la journée, puis tourna la tête lorsqu'il entendit la porte de derrière. Joel se tenait derrière la moustiquaire, une tasse de café en main. L'arôme en était presque aussi tentant que la vision du propriétaire des lieux vêtu d'un pantalon de survêtement gris en apparence très doux et d'un sweatshirt lâche.

N'y a-t-il donc rien *qui ne lui aille pas à merveille ?*

— Bonjour, bonjour, le salua Joel avant de baisser les yeux sur sa propre tenue. Navré pour l'attirail. J'allais m'habiller quand j'ai entendu ta camionnette.

Bramble donna des coups de tête à la jambe de Joel pour se frayer un passage et lâcha un petit « ouaf ». Joel le regarda et se baissa pour le caresser. Bramble avait eu ce qu'il voulait, semblait-il, puisqu'il repartit aussitôt.

Finn sourit.

— Salut. Je me suis permis d'entrer, je ne savais pas si tu dormais encore. Je ne voulais pas utiliser la sonnette à une telle heure.

— T'inquiète. Je suis un lève-tôt.

Joel pencha la tête sur le côté et demanda :

— Tu te lèves tôt parce que tu en as pris l'habitude avec tes horaires, ou parce que tu as toujours été comme ça ?

— Option n° 2, je dirais.

De la main, Finn désigna le géotextile.

— Je planifiais les tâches de la journée dans ma tête. Les enfants arrivent à quelle heure ?

Joel gloussa.

— Aucune idée, mais je doute qu'ils arrivent de sitôt. Disons seulement que quand il faut arracher Nate à son oreiller, un pied-de-biche est de mise.

Finn s'esclaffa.

— Ça me rappelle mon ami Ben. Lui non plus n'est pas du genre lève-tôt. On avait décidé de s'asseoir à côté de lui pendant la première heure de cours pour lui mettre des coups de coude quand il s'endormait.

Joel lui montra sa tasse.

— J'allais me resservir, tu en veux ?

Finn se mordit la lèvre.

— C'est injuste de me demander ça alors que je comptais me mettre au travail.

— Désolé. Moi qui n'avais pas envie de boire mon café tout seul, ce matin…

Comme si Finn pouvait refuser une telle occasion.

— Dans ce cas, je vais passer par devant, vu qu'il me faudrait du matériel d'escalade pour passer par la porte de derrière.

Joel leva les yeux au ciel.

— Évidemment, ma porte de derrière est trop haute pour l'atteindre à mains nues.

Il la referma. Finn reprit le portail latéral en sens inverse et contourna le chalet. Joel avait déjà ouvert la porte et, à peine entré, un mélange de café et de bacon emplit les narines de Finn et lui mit l'eau à la bouche.

— J'aime les odeurs du matin qu'il y a ici, déclara-t-il alors qu'il retirait ses bottes et s'engageait sur le plancher en chaussettes.

Joel laissa échapper un nouveau gloussement.

— Celle du bacon est persistante. Vas-y, va te servir, et pendant que tu y es, dis-moi ce que tu attends de moi tout au long de la journée, en termes de boissons et de casse-croûtes.

Finn le dévisagea.

— Je ne m'attends pas à ce que tu me nourrisses. J'ai un Thermos de café, plus deux bouteilles d'eau et je me suis préparé des sandwichs.

— Tu peux oublier l'idée de les manger seul dehors. Les enfants vont vouloir que tu te joignes à nous pour le déjeuner, je peux te l'assurer.

Joel désigna l'étage du doigt.

— Je vais aller m'habiller. Tu sais où se trouve la cafetière.

Sans plus de chichi, il grimpa l'escalier. Finn entra dans la cuisine et avisa le plan de travail parfaitement rangé.

— Joel ? Tu ranges tes tasses où ?

— Le placard au-dessus de la cafetière, lui répondit ce dernier. Il y a de la crème dans le frigo. Tu ne prends pas de sucre, si je me souviens bien ?

— Tu as une bonne mémoire.

Finn ouvrit le placard et attrapa un mug. Quand

Bramble apparut à ses pieds, il lui octroya une caresse.

— Bien le bonjour à toi aussi, Bramble.

Le labrador s'adonna à sa nouvelle habitude : il s'assit sur le pied de Finn et se colla à sa jambe. Finn éclata de rire.

— Tu ne vas pas pouvoir rester là. Allez, on retourne se coucher. Tu auras des câlins dans une minute.

Bramble lâcha un petit soupir vexé avant de repartir au salon.

— Dis, Joel ? Tu sais que le béton va me prendre la moitié de la journée, quand même ? J'aurais peut-être fini d'ici à ce que le déjeuner soit prêt.

Le rire de Joel se répercuta dans tout le chalet.

— Mon Dieu, j'adore ton optimisme. Tu crois vraiment pouvoir continuer à bosser quand les enfants seront arrivés ? Tu ne t'es pas dit que tu risquais de faire face à quelques… *interruptions* ?

Finn pouffa.

— Bon, j'avoue que tu marques un point. Tu es prêt pour ce soir ? Tu dois être ravi qu'ils passent la nuit ici. Comme c'est la première fois dans ta nouvelle maison.

— Ravi et nerveux.

— Pourquoi ça ?

— Parce qu'ils ne l'ont jamais fait avant ça. Quand j'ai déménagé, ils ne sont jamais venus chez moi, c'est moi qui allais les voir. Alors, c'est pas une mince affaire, tu vois.

Finn ne se laissa pas duper par le ton posé de Joel.

— En effet, on dirait même plutôt que c'est *super* important. Tu as prévu quoi pour eux ?

— Une pizza pour le dîner, parce que c'est un

succès assuré, la pizza, et puis des sodas et du popcorn pour une soirée ciné par la suite.

Finn s'immobilisa, la tasse à mi-chemin de sa bouche.

— Euh… et qui va choisir le film ?

Joel rit.

— Eux. Je me contenterai de lancer Netflix et de leur donner la télécommande. Dieu me préserve de choisir un film qui soit trop vieux, trop chiant ou encore trop… je ne suis pas du tout à la page du jargon que les jeunes emploient de nos jours.

— Je pense que les laisser choisir, c'est le plus sage. Tu dois juste être prêt à mettre ton veto si tu trouves qu'il n'est pas approprié.

Les enfants de Joel ne lui semblaient pas du genre à regarder des films d'horreurs avec meurtriers psychopathes, mais après tout, qu'est-ce qu'il pouvait bien en savoir ? Il n'y avait certes que sept ans de différence entre Nate et lui, mais ils avaient grandi dans des mondes diamétralement opposés.

Joel arriva dans la cuisine vêtu d'un jean et d'un tee-shirt.

— Si je suis nerveux, c'est aussi un peu à cause du fait que ce sera la première fois que Nate fera le trajet sans Carrie.

Sur la table de la cuisine, le portable de Joel se mit à sonner et il s'en approcha.

— C'est ma sœur, dit-il avec un sourire. Je ferais mieux de répondre.

Il décrocha et se dirigea vers le salon.

Café en main, Finn alla se planter à la porte de derrière, d'où il avisa le jardin, évaluant le temps que cela prendrait. En théorie, il pouvait bâtir la terrasse en trois jours, mais ce délai ne tenait pas compte des éventuels aléas. Il faillait d'ailleurs aussi commencer le rocking-chair de Mamie, mais cela devrait être relégué aux soirées, car les deux prochains week-ends étaient réservés pour Joel.

Je veux que ce soit fini avant juin. Ce qui était faisable.

— Non, tu ne peux pas passer à l'improviste. Je me *moque* pas mal de savoir que Lynne meurt d'envie de voir mon chalet, j'ai déjà des trucs de prévus aujourd'hui.

Joel montait peu à peu la voix, ce qui contrastait avec son calme usuel.

Finn sourit sous coupe. *On dirait qu'il va y avoir toute une flopée de gens ici.*

— Megan… les enfants vont arriver… Je ne sais pas… En plus, je suis en pleins travaux…

Joel soupira.

— Oui, je *sais* que tu n'habites pas si loin que ça… D'accord, ça fait un bail que tu ne les as pas vus, mais… Je m'en *fous* que tu sois capable de cuisiner en un rien de temps. Attends, t'as bien dit « macaronis au fromage » ? C'est un coup bas, ça.

Finn étouffa un gloussement. Le dicton sur l'estomac des hommes menant à leur cœur semblait viser juste.

Joel poussa un soupir.

— Très bien. Disons treize heures. Je suis sûr qu'ils seront arrivés à cette heure-là… OK… À tout'.

Finn ne quitta pas son poste de guet près de la fenêtre. Joel l'y rejoignit bientôt, une nouvelle tasse de café en main.

— J'imagine que tu as tout entendu ou presque.

Finn ravala un sourire.

— Ah, la famille, hein ?

— Ma sœur habite dans le Maine, elle aussi. D'ailleurs, c'est sûrement pour ça que Carrie et moi avons fini par emménager dans la région.

— On dirait que c'est elle l'aînée.

Joel arqua les sourcils.

— Bonne supposition. Elle a quatre ans de plus. Elle habite à Portland avec sa compagne, Lynne.

Finn cilla.

— Il faut croire qu'il y a vraiment un gène de l'homosexualité.

Il avala son café et posa la tasse sur le plan de travail.

— Bon, étant donné le débarquement qui se profile à l'horizon, je ferais mieux de commencer pour avoir fait tout ce que je peux avant qu'ils n'enfoncent la porte.

Sur ce, il traversa la maison jusqu'à la porte d'entrée, remit ses bottes et sortit.

Il fit le tour du chalet en tâchant de s'imaginer à quoi ressemblait la sœur de Joel. Tout ce qu'il put se représenter, ce fut une version féminine de son client, tout aussi grande, mais avec des cheveux plus longs.

J'ai hâte de la rencontrer. D'après la conversion téléphonique qu'il avait entendue, Megan semblait s'annoncer aussi marrante que pénible.

Ils pourraient bien passer un déjeuner sympa.

Joel ouvrit la porte alors que Nate et Laura sortaient de la voiture.

— Tout s'est bien passé ? demanda-t-il.

Il était douze heures tout juste passées, et Joel avait déjà appelé Carrie pour savoir à quelle heure ils étaient partis de chez elle. Il avait ri quand elle lui avait dit que Nate n'était sorti de son lit qu'à neuf heures et demie. *Ça, ça n'a pas changé.*

— Tranquille, répondit Nate avec un haussement d'épaules. Maman m'a dit de prendre une autre direction à cause des travaux sur la 295, alors on a pris l'autoroute à péage. Il n'y avait pas trop de circulation.

— Nate a dit plein de gros mots, le vendit Laura avec un grand sourire.

Joel plissa les yeux.

— D'un : toi, tu ne mouchardes pas sur ce que fait ton frère, et de deux : Nate, évite de jurer devant ta sœur.

Il s'écarta pour les laisser entrer. Laura laissa immédiatement tomber son baluchon au milieu de la pièce dans sa précipitation d'aller embrasser Bramble. Joel le ramassa et le posa à côté du canapé-lit.

Nate rangea le sien à côté et balaya le salon du regard.

— Tu n'as encore rien personnalisé.

Joel pouffa.

— À quand remonte votre dernière visite ? Deux semaines ? Rome ne s'est pas bâtie en un jour, c'est ça qu'on dit, non ?

Nate continua son inspection des lieux par la cuisine et la porte de derrière.

— Il y a quelqu'un dehors, dit-il en se tournant vers Joel. Finn est là ?

Son père acquiesça.

— Il coule le béton, aujourd'hui, donc Bramble doit absolument rester à l'intérieur. Sinon, il va nous mettre des traces de pattes sur les bases des poteaux.

— Oooh, mais il veut juste apposer sa marque, tu sais, comme ces stars à Hollywood, intervint Laura en caressant l'échine du chien.

— Il peut vouloir tout ce qu'il veut, il n'ira pas dehors pour autant.

Joel jeta un œil à l'horloge.

— À ce propos, votre tante Megan ne va plus tarder. Elle nous ramène à déjeuner.

Le visage de sa fille s'illumina.

— Tante Lynne sera là aussi ?

À la confirmation de Joel, elle rayonna de plus belle.

— Super.

— Je peux aller parler à Finn ? demanda Nate.

Le ventre de Joel se contracta.

— Si tu veux. Mais ne te mets pas dans ses jambes, d'accord ?

Nate hocha la tête et se dirigea vers la porte de derrière.

Il ne peut même pas passer cinq minutes en ma présence ? Joel repoussa violemment ce genre de pensées. Nate allait passer la journée et la nuit avec lui, après tout. Ils auraient tout le loisir de parler. *S'il en a envie, en tout cas.* Les signes n'étaient pas prometteurs, néanmoins.

Il riva toute son attention sur sa fille.

— Si tu veux, tu pourras emmener Bramble faire sa promenade après le déjeuner.

Elle écarquilla les yeux.

— Vraiment ? Génial. Peut-être que tante Megan et tante Lynne voudront venir aussi.

L'idée plaisait à Joel. Du moment qu'il pouvait les empêcher de passer trop de temps avec Finn. Quand il s'agissait de jouer les entremetteuses,

Megan était bien *pire* que Carrie, et bien moins subtile. Elle avait déjà essayé de caser Joel avec plusieurs de ses amis, mais il avait mis en pièces tous ses efforts.

Finn, en revanche, serait une cible facile, et Joel savait que Megan ne résisterait pas longtemps à la tentation.

— Salut.

Finn leva les yeux sur Nate.

— Oh. Salut, salut, Môssieur Je-conduis-tout-seul. Comment ça s'est passé ?

Nate lui décocha un sourire adorablement timide.

— Pas trop mal.

Il jeta un œil au sol.

— C'est quoi, tous ces tuyaux ?

— Ça aide à la fabrication du béton. Je les remplis à moitié de ciment, puis j'utilise un madrier pour enlever toutes les poches d'air et ensuite je remplis le reste.

Il ne lui restait plus que deux trous à terminer.

— Je peux aider ?

Finn s'immobilisa.

— Tu devrais d'abord demander à ton père s'il est d'accord.

Nate se renfrogna.

— Pourquoi ? Il dira rien. Et puis il s'en fiche pas

mal de ce que je fais.

Aïe. Finn laissa couler.

— OK, passe-moi un des boulons-crochet, dit-il en indiquant l'un des deux boulons sur le géotextile.

Nate en ramassa un et le lui tendit.

— Je suppose qu'on les appelle comme ça à cause de leur forme.

Finn se fendit d'un grand sourire.

— Tu mérites une place au-devant de la classe. On insère le boulon dans le béton en ne laissant ressortir que deux centimètres… et en s'assurant de bien aligner tous les boulons. C'est à ça que sert ce fil tendu.

Une lueur dans les yeux, Nate répliqua :

— Où sont passés les lasers ?

Finn ricana.

— Ooh, il apprend vite.

Il enfonça le boulon dans le béton après l'avoir aligné avec les autres.

— Bon, si tu veux que je te donne du boulot, va chercher ce sac de gravier là-bas et remblaie autour des blocs de béton, comme j'ai fait aux autres trous.

— Ça, je peux faire.

Nate souleva le sac et versa précautionneusement le gravier dans l'espace entre le sol et le tube.

— Tasse bien le tout, lui conseilla Finn.

Une question lui brûlait le bout de la langue tandis qu'il regardait Nate faire ce qu'il lui avait demandé. Quand le jeune homme eut terminé, Finn ne put plus se retenir.

— Qu'est-ce qui te fait croire que ton père s'en fiche ?

— S'il en avait quoi que ce soit à foutre de nous, il n'aurait jamais divorcé de maman.

Finn se redressa et déplaça la brouette au dernier

trou. Il lui restait bien assez de béton pour terminer.

— Crois-moi, je comprends ce que tu vis, dit-il tout bas.

Les yeux de Nate étincelèrent.

— Vraiment ? Et pourquoi ça ?

Puis, il se mit à dévisager Finn.

— Tes parents sont divorcés aussi ?

Finn acquiesça.

— Et je sais que ça va être difficile pour toi de me croire sur parole, mais tu as de la chance. Beaucoup plus que je n'en ai eu, *moi*.

— Qu'est-ce qui te fait dire ça ?

À l'aide de sa pelle, Finn commença à remplir le trou.

— J'ai vu comment tes parents se comportent l'un envers l'autre. Ils s'entendent très bien et ce sont des gens super.

Nate cilla.

— Comment tu peux dire ça ? Tu nous connais depuis genre cinq minutes.

Finn prit le temps de répondre.

— Il t'est déjà arrivé de rencontrer quelqu'un et de ressentir d'emblée de bonnes ondes à leur sujet ? Eh bien, c'est exactement ce qui m'est arrivé quand j'ai rencontré tes parents.

Surtout ton père.

— Ça les a pas empêchés de divorcer, hein ? rétorqua Nate en regardant Finn droit dans les yeux. Comment étaient tes parents après leur divorce ?

Finn déglutit.

— Je n'avais que sept ans quand ils se sont séparés, mais je me souviens encore des tensions, des remarques désobligeantes… Quelques années plus tard, ma mère m'a expliqué *pourquoi* ils avaient divorcé. Elle m'a dit… qu'elle n'arrivait plus à supporter l'alcoolisme de mon père.

Nate grimaça.

— Oh, merde.

Finn hocha lentement la tête.

— C'est pour ça que je te dis que tu as de la chance, expliqua-t-il alors qu'il tassait le béton avec le madrier.

Nate s'assit sur la caisse à outils.

— Au moins, toi, tu sais *pourquoi* ils se sont séparés. Moi, j'ai seulement eu droit à des excuses bidons comme quoi ils s'étaient éloignés l'un de l'autre. Et je sais que ça va bien plus loin que ça.

— Alors pourquoi tu ne leur en parles pas ?

Les traits de Nate se durcirent.

— En parler à mon père ? C'est lui qui a pris la porte, qui nous a abandonnés.

— Dans ce cas, pourquoi pas à ta mère ?

La douleur dans la voix de Nate déchirait le cœur de Finn. *Ce pauvre gosse...* Joel et lui *devaient* se poser et percer l'abcès.

— Je peux pas en parler à maman. Ça ne ferait que la rendre triste.

Finn le regarda d'un air interrogateur.

— Tu es sûr de ça ? Elle n'a pas l'air d'avoir mal encaissé le divorce.

— Elle se voile la face, c'est tout, rétorqua Nate, mâchoires serrées.

Il était évident que rien de ce que Finn pourrait dire ne ferait changer Nate d'avis, mais ce n'était pas pour autant qu'il ne comptait pas essayer un dernier angle.

— Écoute, je me trompe peut-être sur toute la ligne, dit-il d'une voix douce, mais... je crois quand même que tu devrais leur parler, quand le moment sera venu pour toi. Parce que tu as des questions et que ce sont les seuls à pouvoir t'apporter des réponses.

À cet instant précis, la porte s'ouvrit et Joel apparut. Son regard passa de Finn à Nate et le charpentier détesta voir le jeune homme se raidir de la sorte.

— Ta tante Megan est là, on va bientôt manger.

Comme Nate ne répondait pas, Joel se tourna vers Finn.

— Tu restes manger comme c'était prévu ?

— Laisse-moi finir ce trou et j'arrive tout de suite, lui assura Finn.

Joel hocha la tête et, après un dernier coup d'œil vers Nate, referma la porte.

Finn prit une grande inspiration.

— Tu es là jusque demain, et ton père était tellement heureux de vous avoir. Il suffit de le regarder pour savoir qu'il tient beaucoup à toi, à *vous deux*. Alors, je t'en prie... essaie de mettre de l'eau dans ton vin jusqu'à ton départ ?

Il soupira.

— J'ai connu mon lot de sales cons et, crois-moi, ton père n'en fait pas partie.

Voyant les lèvres de Nate tressaillir, Finn grogna.

— Et ne va pas lui répéter ce que je viens de te dire.

Nate lâcha un petit rire.

— Je dirai rien, promis. Mais ce n'est pas comme si je n'avais jamais entendu ce mot.

Avec un grand sourire, il ajouta :

— Ce sera notre secret.

— Super.

Finn indiqua le dernier boulon-crochet.

— Maintenant, file-moi ça, qu'on puisse aller manger. J'ai eu l'eau à la bouche toute la matinée en pensée à ces macaronis au fromage.

Le visage de Nate s'illumina soudain.

— Les macaronis au fromage de tante Megan ? Pourquoi tu n'as rien dit avant ?

Il attrapa le boulon et le jeta à Finn.

— Vas-y, grouille-toi, qu'on puisse rentrer avant que Laura ait tout bouffé.

— Cette petite gamine ? Elle est mince comme un cure-dent.

Nate lâcha un rire nasal.

— Mais bien sûr. Ça ne l'empêche pas d'avaler le double de son poids en parts de pizza.

Finn s'esclaffa.

— Alors on ferait mieux de rentrer.

Il termina de remplir le dernier trou. Il en avait fini, jusqu'au week-end prochain. *À moins que je passe voir si le béton sèche bien.* Toutes les excuses étaient bonnes pour voir Joel plus souvent.

Tandis que Nate et lui remontaient vers la maison, l'esprit de Finn se répétait en boucle ce que le jeune homme lui avait dit.

Il faut vraiment qu'ils se parlent. Tous ensemble.

Puis, il repoussa ses pensées. Il était sur le point de rencontrer d'autres membres de la famille de Joel, et cela s'annonçait *très* divertissant.

Chapitre 14

Megan plut à Finn dès l'instant où elle posa sur lui ses yeux bleus *si* semblables à ceux de Joel avec cet accueil :

— Ooouh, bon*jour*, vous.

Elle lui tendit la main.

— Megan Hall. La magnifique créature que tu vois dans la cuisine, c'est ma moitié, Lynne.

L'intéressée lui envoya un petit salut tandis que Megan lui serrait *très* fermement la pince. Finn appréciait son sourire, qui s'étendait jusque dans son regard

— Salut, Megan. Moi c'est Finn Anderson.

Les yeux de Megan pétillaient.

— Oh, je sais *déjà tout* sur toi. Le plus marquant, c'est que Joel a omis de dire que t'es carrément canon.

— On se calme, ma petite, lui murmura Joel en apportant un tabouret à la table. Tiens-toi à carreau.

Megan lui jeta un regard en coin.

— Chut. Ne me gâche pas mon plaisir, le morigéna-t-elle avant de reporter son attention sur Finn. Alors, je sais ce que tu penses. Comment se fait-il que j'aie hérité de tous les gènes de beauté ? Un coup de chance, voilà tout. Mais je suis certaine que Joel compense dans d'autres domaines.

La lueur dans ses yeux s'était faite purement machiavélique.

Joel toussa.

— Tu te souviens qu'on n'est pas seuls ?

Il inclina la tête vers le salon, où Nate et Laura faisaient tourner Bramble en bourrique en le taquinant avec son hamburger couineur.

— À ton avis, pourquoi je parle en sous-entendus ? rétorqua-t-elle, sourcils levés.

Finn pouffa.

— J'avais raison. Tu es un sacré numéro.

Megan rayonna.

— T'as tout compris.

Finn jeta un coup d'œil discret vers Joel, qui levait les yeux au plafond.

— Si tu veux mon avis, lui dit-il à voix basse, elle n'a *pas* hérité de tous les gènes de beautés.

Joel s'empourpra.

— Tu viens de gagner le droit de te resservir une assiette de macaronis. De toute façon, tu vas brûler toutes les calories en moins de deux secondes.

Finn se tapota le ventre, ce qui fit glousser Megan.

— J'ai le droit de toucher aussi ? demanda-t-elle. Ou ce privilège n'est réservé qu'à Joel ?

— Tu veux bien arrêter ça ? marmonna son frère. Je n'ai *jamais* fait ça, et qu'est-ce qui te fait croire que Finn me laisserait faire ?

Joel se tourna vers lui.

— Je ne lui ai pas dit que tu étais…

… *gay*, articula-t-il sans le dire.

— Et pourquoi ça ? murmura Megan avec un grand sourire. C'est un secret ? Parce que… franchement ?

Puis elle haussa la voix alors que Nate et Laura

arrivaient près de la table :

— Tout le monde a faim ? Il y en a beaucoup.

— Il manque une chaise, fit remarquer Lynne en déposant un récipient sur le dessous-de-plat au centre de la table.

Elle décocha un sourire chaleureux à Finn avant de lui dire :

— S'il y a bien quelqu'un qui a mérité sa pitance ici, c'est toi.

Elle lui plaisait aussi. Plus petite que Megan, avec un superbe sourire, elle portait ses cheveux gris rasés de près et des lunettes à monture dorée.

— On admire ma chérie ? lança Megan en déposant un baiser sur la joue de Lynne. Parfois, je me demande ce qu'elle me trouve.

Lynne sourit.

— Tu es adorable et tu le sais bien.

Finn trouvait qu'elles étaient *toutes les deux* adorables.

— Merci pour toute l'aide que tu apportes à mon petit frère, ajouta Megan. Même si je continue de dire qu'il est complètement dingue d'acheter cet endroit. C'est beaucoup trop étroit.

— C'est accueillant, répondit Finn en se tournant vers Joel. Et il n'y a rien de mal à ça.

— Il manque *toujours* une chaise, insista Lynne avec une pointe d'exaspération.

— C'est pas grave, intervint Finn rapidement. Je vais manger debout.

— Il n'en est pas question ! tonna Megan. Je suis certaine que *quelqu'un* te laissera t'asseoir sur ses genoux.

Un petit sourire faisait tressaillir ses lèvres.

— Finn n'aura pas besoin de s'asseoir sur qui que ce soit, déclara Joel d'une voix ferme. Il y a une chaise pliante dans la penderie sous l'escalier.

Qu'il entreprit d'aller chercher aussitôt.

— Ça a l'air trop bon, lança Laura en avisant la table.

— Tante Megan fait les *meilleurs* macaronis au fromage, expliqua Nate à Finn.

Ce qui lui valut un regard plein de chaleur de la part de la cuisinière.

— Voilà, maintenant on est bons, dit Joel en dépliant la chaise.

Il fallut se serrer un peu pour faire tenir tout le monde autour de la table, mais ils y parvinrent. Lynne servit les assiettes, et il ne fallut pas longtemps pour que chacun y aille de son gémissement appréciateur.

Finn prit une bouchée et grogna.

— Oh, mon Dieu.

— T'as vu, hein ? répondit Nate, les yeux brillants.

— Tu as mis des *morceaux de bacon* dedans ? Et cette sauce est délicieuse.

Finn se servit une autre fourchetée. Tout sourire, il se tourna vers Joel :

— Tu as dit que je pouvais me resservir ? J'accepte.

Bramble vint mener son enquête, la truffe palpitante. Joel se contenta d'un regard entendu et le chien retourna à sa paillasse avec un soupir vexé.

— Tu vas devoir te battre avec Laura pour l'avoir, murmura Nate.

Ce qui lui valut un coup de coude dans les côtes. Grimaçant, il insista :

— Quoi ? C'est vrai !

— Ça va, l'école ? demanda Megan à sa nièce. Tu es toujours la première de ta classe ?

Elle tourna la tête vers Finn et élabora :

— Cette petite est un génie.

— Hé, c'est qui « cette petite » ? J'ai quinze ans, répliqua Laura.

Puis son visage s'adoucit.

— C'est rien. Je vais le prendre comme une marque d'affliction.

Finn gloussa tandis que Nate levait les yeux au plafond.

— C'est « marque d'affection », l'intello.

Laura l'ignora et se servit une nouvelle portion de pâtes.

— Je parle de toi à *tous* mes copains, tante Megan. Et de toi aussi, tante Lynne.

— Pourquoi tes copains auraient-ils envie d'entendre parler de nous ? demanda Megan en vérifiant l'intérieur du plat. Quelqu'un en veut encore avant que Laura n'avale tout ?

Les yeux de la petite étincelaient.

— Tu rigoles ? C'est trop cool d'avoir des tantes lesbiennes. C'est trop à la mode.

— Alors maintenant je suis une « mode », dit Megan, tout sourire.

— J'ai deux profs qui sont gay, intervint Nate.

— Et comment tu sais ça ? s'enquit Joel.

— Ils en parlent. L'un d'eux n'arrête pas de raconter des anecdotes marrantes sur son mari et lui.

— Et ça ne te pose aucun problème ? demanda Finn en jetant un œil à Joel.

— Pourquoi ça m'en poserait ? C'est un super prof.

Si Finn avait pu dire « Ah, tu vois ? » sans se faire remarquer, il ne s'en serait pas privé, au lieu de quoi il se contenta d'arquer les sourcils. Joel plissa les yeux et continua de manger.

— Dis-moi, Finn…

Il se prépara au pire. Il ne lui avait pas fallu longtemps pour comprendre qu'il pouvait sortir *absolument n'importe quoi* de la bouche de Megan.

— Hmm ?

— Tu m'as l'air d'être de la région.

Bon, ce n'était pas si mal.

— Carrément. J'ai grandi à Wells.

Lynne sourit.

— Vraiment ? J'échange des recettes sur Facebook avec quelqu'un qui vit à Wells. Elle fait les *meilleurs* cookies d'avoine aux raisins secs. Linda Brown.

Finn en resta bouche bée.

— Tu rigoles.

Lynne écarquilla les yeux.

— Tu la *connais* ? J'y crois pas.

— Levi, l'un de mes meilleurs amis ? C'est sa grand-mère.

Le visage de Lynne s'illumina.

— Elle parle de lui sans arrêt.

— Et tu as raison, elle fait les meilleurs cookies.

Il finit par assimiler sa révélation.

— Attends une minute : Mamie est sur *Facebook* ?

Finn ne savait pas pourquoi cela le surprenait : Mamie était une femme remarquable. Elle avait pris ses responsabilités quand Levi avait eu besoin d'elle, c'était inoubliable.

Lynne éclata de rire.

— Elle est géniale. Attends un peu la prochaine fois que je me connecte, je vais lui dire que je t'ai rencontré.

Finn fit mine de déglutir d'un air théâtral.

— Ne lui parle pas de pommes, par contre, OK ?

— J'ai comme l'impression que ça cache quelque

chose, s'immisça Megan avec un sourire.

— Un jour, Mamie m'a mis une correction avec un balai quand elle m'a surpris en train de dépouiller son pommier. Je n'ai pas pu m'asseoir pendant une journée entière.

Tout le monde se gaussa autour de la table.

— Il te reste encore beaucoup à faire là-dehors ? demanda Joel en penchant la tête vers le jardin.

— Non, j'ai fini. Faut juste que je range le matériel avant de partir. Il n'y a plus rien à faire tant que le béton ne sera pas sec. Le week-end prochain, je pourrai commencer à monter la terrasse.

— Moi, je crois que tu vas devoir fêter ça quand ce sera fini, papa, déclara Laura avec un grand sourire. Comme quand ils mettent un nouveau bateau à l'eau ? J'ai vu ça à la télé, une fois. Sauf que là, ce sera plutôt « que Dieu bénisse cette terrasse et tous ceux qui y poseront le pied ».

Joel pouffa.

— Toutes les excuses sont bonnes pour faire la fête.

Il jeta un œil dans le plat.

— Mon Dieu, Laura n'a pas tout mangé. Vite, Finn, prends-en avant qu'elle ne s'en rende compte !

Laura lui décocha un regard mauvais sous les rires de la tablée.

Finn avisa les gens autour de lui. *Joel a une super famille.* Ses yeux s'attardèrent sur Nate et son ventre se contracta.

Il faut que tu lui dises la vérité, Joel.

Finn savait que le divorce n'avait rien à voir avec la sexualité de Joel, mais si Nate était au courant, il comprendrait mieux pourquoi ses parents avaient fini par s'éloigner.

Depuis la fenêtre, Joel observait Finn ranger ses outils et tout ce qui traînait dans le jardin. Lorsqu'il se baissa pour récupérer le reste du rouleau de géotextile, le regard de Joel fut attiré par ses fesses et le bout de jean tendu par-dessus.

Oh, Seigneur.

— Ça, c'est un beau petit cul, susurra Megan à côté de lui.

Joel manqua faire une crise cardiaque.

— Bon Dieu, préviens les gens avant de te faufiler en douce derrière eux !

Megan lui décocha un sourire narquois.

— Si je t'avais prévenu, on n'aurait pas pu dire que je m'étais faufilé, si ?

Joel la fusilla du regard.

— Et je peux savoir à quoi tu joues, à mater les fesses de Finn comme ça ? demanda-t-il à voix basse.

Megan écarquilla les yeux.

— À quoi je joue, *moi ?* Et toi alors ? Qu'est-ce qui m'empêche de mater un beau cul, de toute façon ? J'ai beau être lesbienne, je ne suis pas aveugle pour autant.

Elle se pencha plus près.

— Dis-moi que tu comptes au moins tenter ta chance.

— Je ne ferai *rien* du tout.

Joel avisa Finn qui continuait d'arpenter le

jardin.

— Pour commencer, ce ne serait pas convenable. Je le paie pour qu'il me construise une terrasse. Ça fait de moi son client. Et de deux, je ne l'intéresse pas.

Comme Megan ne réagissait pas, il se tourna vers elle.

— Quoi ?

Sa sœur se mordait la lèvre.

— Mon cœur, il te reluquait, tout à l'heure.

— Quand ça ?

— Pendant que Lynne préparait le repas.

Ses yeux pétillaient.

— Tu crois que je ne le remarque pas quand quelqu'un mate mon frère ? Je te dis qu'il te porte un intérêt *évident*, moi.

Joel vérifia par-dessus son épaule que les enfants ne pouvaient pas l'entendre.

— Je ne dis pas que tu t'imagines des choses… mais ça n'a aucune espèce d'importance, quoi qu'il en soit.

Megan enroula un bras autour de ses épaules.

— Je t'en prie, dis-le-leur ? Comme ça, peut-être que Nate pourra redevenir le super gamin qu'il était avant et que *toi* tu pourras t'octroyer un peu de bonheur. Dieu sait que tu le mérites. Tu te prives depuis si longtemps. Le moment est venu de *vivre*, Joel.

Elle hocha la tête vers Finn.

— Et j'en connais un qui pourrait faire partie de cette nouvelle vie.

Joel ne savait que répondre. Il avait eu la même idée, mais chaque fois qu'il pensait à Nate et Laura, son ventre se nouait dans tous les sens. Il savait pertinemment ce qui avait traversé l'esprit de Finn quand, pendant le déjeuner, ses enfants avaient parlé si librement d'homosexualité.

Il pense que ça ne leur posera pas problème et peut-être même qu'il a raison.

Mais ce n'était pas Finn qui devait leur avouer son secret, et Joel n'avait pas encore trouvé le courage de vider son sac.

— Je persiste à dire qu'on aurait dû regarder *tous* les *Toy Story*, et pas juste le quatrième, se plaignit Laura alors qu'elle aidait Joel à préparer le canapé-lit.

Son père gloussa.

— Tu as la moindre idée du temps que ça aurait pris ? Peut-être que si on avait commencé plus tôt…

Il regarda le lit fini.

— Tu as assez d'oreillers ?

Elle acquiesça avant de sourire en regardant l'édredon.

— Il est joli.

Des coquelicots rouge vif ressortaient sur un fond blanc.

— Il est tout neuf. Je l'ai acheté rien que pour toi.

Laura fit le tour du clic-clac et serra fort Joel dans ses bras.

— Je t'aime, papa.

Il embrassa le sommet de son crâne.

— Moi aussi, je t'aime, mon chaton.

Elle leva sur lui un regard chatoyant.

— Ça fait tellement longtemps que tu ne m'avais pas appelée comme ça.

Puis, ses yeux se plissèrent.

— Sauf que les chatons, c'est tout petit ; or j'ai grandi de plus de cinq centimètres depuis l'année dernière.

Elle resserra son emprise sur lui et enfouit le visage contre sa poitrine.

— Tout va bien, mon cœur ?

Laura hocha la tête et finit par le relâcher.

— J'adore ta nouvelle maison.

— J'en suis ravi. Je veux que tu te sentes à l'aise quand tu viens.

Nate sortit de la salle de bains et Laura attrapa son pyjama.

— À moi.

Elle traversa la pièce à toute vitesse et claqua la porte derrière elle.

Joel désigna le canapé-lit à deux places.

— Ça ira ? Il y a un chauffage d'appoint si vous avez froid pendant la nuit.

— Merci. Ça m'a l'air bien.

Joel avait le cœur meurtri. Nate n'avait presque rien dit pendant le film, à part des reproches envers Laura qui s'était approprié le popcorn.

Ai-je raison d'attendre ?

Il ne savait plus quoi penser.

Joel sourit lorsque Laura quitta la salle de bains.

— C'est trop mignon.

Son pantalon de pyjama était couvert de pandas endormis et le haut arborait un seul panda avec un œil ouvert et le conseil suivant : *Ne dérangez pas un panda qui dort.*

— Mignon ? répéta Laura en levant les yeux au

plafond.

Joel éclata de rire.

— Il n'y a rien de mal à être mignon.

Il s'assura que la porte était verrouillée, puis jeta un coup d'œil à Bramble.

— Je suppose que je sais déjà où tu vas passer la nuit.

L'intéressé était déjà monté sur le lit de Laura.

— Ça te dérange ? demanda-t-elle.

Il l'embrassa sur la joue.

— C'est pas grave. Mais fais gaffe. Il prend beaucoup de place et il pourrait bien finir par te pousser par terre.

Joel se tourna vers Nate, toujours debout.

— Bonne nuit, fiston.

— 'Nuit, p'pa.

Joel grimpa les marches qui menaient à son lit. Le rire de Laura, dont Bramble léchait les oreilles, l'accompagna et Joel sourit. *C'est tellement bon de les avoir ici.* Il se déshabilla et se mit au lit, éteignant la lampe qui diffusait une lumière chaleureuse sur les combles peints en blanc. Les enfants étaient à l'évidence trop excités pour dormir, non pas qu'il se soit attendu à autre chose. Son cerveau continuait à remuer les paroles de Megan.

A-t-elle raison ? Finn est-il intéressé ?

Et si tel était le cas, Joel était-il prêt à y faire face ? Parce que même s'il ne pouvait plus nier son propre intérêt envers Finn, il ne comptait pas faire le premier pas. Il n'avait pas ce genre de confiance en lui.

— Pourquoi tu es toujours aussi grincheux quand t'es avec papa ?

Joel se raidit. Laura avait parlé tout bas, mais sa voix portait jusqu'à lui.

— Ferme-la, répliqua Nate avec un soupir.

— Non, je ne la fermerai pas. Faut que t'arrêtes d'être aussi méchant avec lui.

— T'es encore qu'une gamine. Tu ne sais rien à rien.

— Ah ouais ? Je sais suffisamment de choses pour savoir que tu lui fais du mal à chaque fois.

Joel déglutit. *Mon chagrin est donc si évident ?*

— Et c'est pas parce qu'ils ont divorcé qu'il a changé. Flûte quoi, quand j'étais petite, tu passais ton temps à dire que c'était un super papa.

Laura avait l'air en colère.

— Comment ça, quand tu *étais* ? T'es encore petite.

— Et toi, tu essaies de changer le sujet. Vas-y, dis-moi que j'ai tort. Dis-moi que pour toi, ce n'était pas le meilleur des papas.

— Et voilà, encore ce verbe : était. Ne me dis pas qu'il n'a pas changé. Il a forcément dû changer. *Quelque chose* a dû changer. Puisqu'ils ont divorcé. Et je n'ai pas envie d'en parler. Endors-toi.

Joel attendit la suite, mais seul le silence lui parvint.

Il fallut un long moment au sommeil pour l'emporter.

Chapitre 15

Lorsque Bramble se mit à geindre pour la troisième fois en une heure, Joel saisit l'imminence d'une promenade. Il était déjà dix-sept heures passées, et il avait l'intention de boucler sa journée. Une balade sur la plage avant le dîner lui semblait idéale après un après-midi à passer des coups de téléphone assis à la table de la cuisine.

— Allez, viens.

Bramble se précipita vers la porte d'entrée, où sa laisse pendait à un crochet. Il l'attrapa entre ses crocs et la fit tomber en tirant dessus. Joel éclata de rire.

— Je vois que je ne suis pas le seul à vouloir me dégourdir les jambes.

Il mit sa veste en cuir et ses bottes, s'empara de son écharpe et se dirigea vers la porte.

— Et si on passait par le village, cette fois ?

Comme si Bramble se souciait du chemin qu'ils empruntaient, du moment que leur destination restait la plage.

Joel tourna à gauche sur Winter Harbor Road et savoura le petit vent sur son visage ainsi que le chant des oiseaux dans les arbres qui bordaient la chaussée. Cinq ou six propriétés s'intercalaient çà et là, chacune en retrait et sous le couvert des végétaux. Il prit ensuite à droite sur Beaver Pond Road, en direction de Summer Breeze Lane et Skyline Drive. C'était l'une des choses qu'il aimait à Goose Rocks Beach : les noms cocasses des voiries[2].

Un peu plus d'un kilomètre et demi le séparait de la plage, mais il n'était pas pressé. Une seule pensée occupait son esprit tandis qu'il marchait : celle d'un certain charpentier. Finn n'était pas venu le voir depuis le samedi, non pas qu'il y ait eu la moindre raison à sa présence tant que le béton n'aurait pas séché, mais il n'avait pas fallu bien longtemps à Joel pour se rendre compte qu'il lui manquait.

— Tu l'aimes bien, Finn, hein, mon grand ? dit-il à Bramble alors qu'ils avançaient.

Il se demanda pourquoi Finn n'avait pas de petit ami ; certes, il n'avait rien dit de tel, et donc il ne s'agissait que d'une supposition de la part de Joel. *Et tu sais ce qu'on dit des suppositions…* N'importe quel mec droit dans sa tête aurait envie de fréquenter Finn. Il était beau, sexy, drôle, doué…

Joel se jetterait à ses pieds en un clin d'œil, si Finn montrait le moindre intérêt. Megan pouvait bien dire tout ce qu'elle voulait à ce sujet, cela ne rendait pas la chose vraie, malgré tous les films qu'elle se faisait.

Et les miens, tant qu'à faire.

Joel soupira.

— Vise un peu ça, mon toutou. J'ai tellement

---

[2] NdT : Rien que dans ce paragraphe, les voiries portent des noms tels que la rue du Port d'Hiver (Winter Harbor Road), la rue de la Marre aux Castors (Beaver Pond Road), l'allée de la Brise d'Été (Summer Breeze Lane) et l'allée de l'Horizon. D'autres exemples : Wildwood Avenue, l'avenue de la Forêt sauvage ; Dyke Road, la rue du Fossé ou de la Digue (mais « dyke » signifie également « gouine ») ; la grand-route des Rois (Kings Highway), etc.

peur qu'on me dise non que je ne veux pas me mouiller à draguer un mec. Je suis hors-jeu depuis bien trop longtemps.

Ils empruntèrent Wildwood Avenue et Joel se souvint de ce que Finn lui avait dit le jour où ils s'étaient rencontrés.

— Hé, mon grand. Finn habite quelque part dans le coin.

Et vue l'heure, il devait déjà être rentré. Tout ce que Joel avait comme indice, c'était qu'il était passé devant chez lui avec le labrador, puisque Finn l'avait vu passer. Wildwood Avenue débouchait sur cinq rues différentes, toutes menant à la plage, mais Joel ne comptait s'engager sur aucune tant qu'il n'aurait pas deviné où vivait Finn.

Et tu comptes faire quoi quand tu l'auras trouvé? Frapper à sa porte sans prévenir? C'est moche. Ce qui ne l'empêcherait pas de chercher pour autant.

Joel avisa les allées en marchant, à la recherche de la camionnette de Finn, puisque c'était la seule chose capable de l'aider. *Et s'il n'est pas chez lui? Il pourrait être parti faire des courses.* Il commençait à avoir l'impression d'être un stalker.

Il s'immobilisa en arrivant à l'intersection de Belvidere Avenue. La camionnette de Finn était garée sur la droite, en face d'un plain-pied recouvert de bardeaux de cèdre roses. Sur la gauche de la propriété s'étendait une énorme pelouse que les arbres gardaient à l'ombre.

Le pouls de Joel s'emballa. *Il est là.* Lui n'avait en revanche aucune excuse pour s'inviter de la sorte, et il en était pertinemment conscient. *Fais demi-tour. Emmène Bramble à la plage. Finn ne saura jamais que tu es passé là.*

Ses tergiversations perdirent tout leur intérêt lorsque la porte d'entrée s'ouvrit et que Finn franchit le seuil pour se diriger vers sa camionnette. Joel se figea sur place, n'osant plus bouger jusqu'à ce la raison lui fasse réaliser qu'il devait avoir l'air ridicule. Bramble mit un terme au débat en tirant sur sa laisse et en aboyant pour aller rejoindre Finn.

— Bramble, calme-toi, lui ordonna Joel, forcé de trottiner à sa suite.

Finn releva brusquement la tête dans leur direction, et un sourire illumina son visage.

— Salut. Vous faites une promenade ?

Joel confirma.

— C'était le cas jusqu'à ce que tu sortes et que Bramble te remarque. Bon, ben je sais où tu vis, maintenant, ajouta-t-il avec autant de nonchalance que possible.

Et je ne cherchais pas à savoir où tu habites, je le jure.

Finn inclina la tête vers chez lui.

— Tu veux entrer ? J'ai du café. Ne fais pas attention à l'état de ma table, par contre. Je suis au beau milieu d'un projet.

— On va te laisser tranquille si tu es occupé.

Finn lui décocha un grand sourire.

— Pas suffisamment pour ne pas prendre une pause. Allez, viens.

Hors de question de le contredire une seconde fois.

— Ça dérange que Bramble entre aussi ?

— Du tout. Il est propre. Ce n'est pas comme s'il allait pisser sur le tapis, hein ?

Finn s'agenouilla et frotta la tête du labrador.

— Tu ne ferais pas ça, hein, mon grand ?

Il se releva.

— J'étais juste venu récupérer un truc dans ma voiture.

Il ouvrit la portière passager et en sortit un gros paquet brun.

— Papier de verre, expliqua-t-il en l'agitant avant de verrouiller la camionnette et de retourner vers la maison.

Il s'arrêta sur le perron et, grand sourire toujours en place, jeta un œil à Joel.

— Bah alors ? Je vais devoir te tirer de force ? Bramble, ramène papa.

L'intéressé n'eut pas besoin d'une autre forme d'invitation. Il suivit Finn, la queue fouettant l'air. Finn ouvrit la porte et se décala pour les laisser passer.

— Bienvenue dans *ma* location.

Le salon encombré fut la première chose que Joel remarqua.

— *Ça*, c'est ce que j'appelle douillet.

Il sourit en voyant la table basse où un plateau de jeu d'échecs et un de backgammon étaient gravés à même la surface, ainsi que des lignes de trous entre les deux pour noter les points.

— Ouah, c'est vraiment une location de vacances.

Puis, son regard s'arrêta sur la cheminée.

— Hé, au moins tu peux rester au chaud pendant que tu joues aux échecs contre toi-même.

— Tu joues ?

Joel acquiesça.

— Ma grand-mère m'a appris.

Finn gloussa.

— Levi a *essayé* de m'apprendre. Il a jeté l'éponge.

Jetant un œil à son intérieur, il demanda :

— Tu en penses quoi ?

Joel avisa les panneaux en pin qui couvraient les murs de l'espace de vie, puis aux surfaces du même bois de la cuisine et de la salle à manger.

— Soit le type qui a décoré avait une grosse quantité de bois d'œuvre à écouler pour libérer de l'espace dans son garage, soit il *adorait* le pin.

Finn s'esclaffa.

— Les deux sont possibles. Il y en a partout. Je vois une troisième option, en revanche. Comme le pin est le bois le moins cher, c'est celui qu'on emploie le plus.

D'un doigt, il lui fit signe d'approcher.

— Vise un peu sur quoi je bosse.

Joel le suivit dans la minuscule salle à manger, dont la table avait été recouverte d'un drap. Sur ce dernier reposaient plusieurs morceaux de bois travaillé de différentes tailles.

— Qu'est-ce que c'est ?

— Je prépare un rocking-chair pour la grand-mère de Levi. Il m'a passé commande pour ses soixante-dix ans, qu'elle fêtera prochainement, expliqua Finn avant de sourire. Comme si j'avais pu refuser.

Joel passa la main sur l'un des bouts de bois.

— Je trouve que tu es vraiment doué. Et je trouve aussi que c'est une super idée.

Il fronça les sourcils.

— C'est la même personne que Lynne a mentionnée au repas ? Celle qui fait des cookies ?

Finn sourit.

— C'est bien elle. Mamie est une femme vraiment extraordinaire. Peu de gens feraient ce qu'elle a fait.

Intrigué, Joel demanda :

— C'est-à-dire ?

Finn se mordit la lèvre, ce qui fit aussitôt regretter sa curiosité à Finn.

— Écoute, si tu ne veux pas m'en parler, c'est pas grave. Ce ne sont pas mes affaires.

Finn soupira.

— Ce n'est pas un secret. D'ailleurs, tous les proches de Levi sont au courant, ainsi que tout le village ou presque, probablement, vu comment les nouvelles se répandent, mais Levi n'en parle presque pas, lui.

Il prit une chaise et fit signe à Joel de prendre celle d'en face.

— Je t'en prie, assieds-toi.

Joel suivit ses instructions, et Bramble s'installa à côté de lui, le museau sur le genou de son humain.

— L'histoire… c'est que la mère de Levi a mal tourné, quand elle était jeune. Quand je dis jeune, j'entends « encore plus que Nate », tu vois. De mauvaises habitudes… et des amis encore pires.

— De quels genres de mauvaises habitudes on parle, là ? s'enquit Joel avec prudence, même s'il avait déjà sa petite idée.

Les yeux de Finn trouvèrent les siens.

— Tu sais que le Maine est en proie à une énorme crise de toxicomanie, j'imagine ? Ils en parlent assez souvent dans les journaux. Ça dure depuis des années, mais je crois que c'est encore pire à l'intérieur des terres.

Joel acquiesça.

— Je pense que les problèmes de drogue sont de pire en pire, peu importe où on vit dans ce pays.

Il savait son fils raisonnable, pourtant cela ne l'empêchait pas de prier Dieu pour que Nate ne s'engage jamais sur ce terrain glissant. *La tentation doit être là quand même, non ?* Joel espérait que son fils serait assez fort et sensé pour y résister.

— Quoi qu'il en soit, la mère de Levi s'est tirée quand elle a eu dix-huit ans. Elle a donné des excuses du genre « je me sens étouffée » et « je n'ai aucune liberté » et a insisté sur le fait que, étant majeure, ses parents ne pouvaient plus faire grand-chose. Elle s'est trouvé un boulot, a quitté Wells et donnait des nouvelles de temps en temps.

— Comment tu sais tout ça ?

Finn haussa les épaules.

— Levi me l'a dit. Il nous a tout raconté. D'après lui, Mamie s'en était rendue malade. Puis vint un jour où sa fille est revenue sur le pas de sa porte, en cloque.

— Mon Dieu.

— Comme tu dis. Elle ne savait pas qui était le père de l'enfant, ou du moins c'est ce qu'elle a dit, et elle a juré à Mamie qu'elle allait se reprendre.

— Pourquoi j'ai comme l'impression que ça ne s'est pas passé comme ça ?

— Parce que tu as vu suffisamment de choses pour savoir comment se termine ce genre de situations ? répondit Finn en croisant son regard. Et tu as raison, bien entendu. Il ne lui a pas fallu longtemps pour retomber dans ses travers.

— Mais… elle était *enceinte.*

Joel ne comprenait pas comment une femme, quelle qu'elle soit, pouvait faire du tort à son corps avec ce genre de substance tout en sachant qu'une vie grandissait en elle.

Finn hocha la tête, les traits assombris.

— Apparemment, elle est restée un moment, puis elle est retournée là où elle avait disparu la première fois. Mamie était au bord du gouffre. Alors, ils n'ont pas été très surpris quand, un beau matin au réveil, ils ont trouvé un bébé sur le pas de la porte avec une note leur disant que l'enfant aurait une bien meilleure vie chez eux.

— Ils ont essayé de la trouver, de s'assurer qu'elle allait bien ?

— Ouais. Mamie a mis les services sociaux sur le coup, et est même allée jusqu'à engager un détective privé. Le problème, c'est que la plupart des services sociaux sont sur Portland et dans le sud du Maine. Ils ne gèrent qu'une toute petite zone d'un très grand État. Les gens qui vivent en dehors de leur champ d'action reçoivent très rarement l'aide dont ils ont besoin.

— Ils ont quand même fini par la trouver ?

Finn secoua la tête.

— Personne dans le village n'a eu de ses nouvelles depuis qu'elle a laissé Levi chez Mamie. Levi ne sait même pas si sa mère est encore en vie ou non.

Le cœur de Joel se serra pour l'ami de Finn. Lui-même avait coupé les ponts avec ses propres parents quand Carrie et lui avaient divorcé, mais Nate et Laura, eux, continuaient à voir leurs grands-parents.

— C'est donc la grand-mère de Levi qui l'a élevé ?

Finn acquiesça.

— Elle est devenue la mère dont il avait besoin. Ce qui s'est avéré plus difficile au décès de son grand-père, peu après la naissance de Levi. D'après Levi, ce sont ses problèmes cardiaques qui l'ont emporté, mais je n'en suis pas si sûr.

— Pas étonnant que tu la mettes sur un piédestal. On dirait que tu l'as vu assez souvent quand tu étais enfant.

Finn sourit.

— Je passais le plus clair de mon temps chez Levi. J'imagine qu'on est plus des frères que des potes. Sauf que… jamais je n'emmènerais mon frère dans un bar gay.

Il gloussa.

— Tu aurais dû nous voir. La toute première fois… on avait tellement le trac.

— Ça ne doit pas remonter à si loin que ça. Quel âge as-tu maintenant ?

— Vingt-cinq, bientôt vingt-six. Et oui, on a bien attendu d'avoir vingt et un ans.

— Mamie est-elle au courant ? Que Levi est gay, j'entends ?

Finn éclata de rire.

— Essaie un peu de cacher *quoi que ce soit* à Mamie. Il lui a fait son coming out à seize ans ; ça faisait déjà un moment qu'il savait, mais il lui a fallu du temps pour avoir assez de courage. Mamie l'a accepté sans sourciller, comme toujours.

Joel caressa la tête de Bramble.

— Je l'envie tellement. Je n'aurais jamais pu partager cette part de moi avec *mes* parents. Ni même entrer dans un bar gay.

— Je parie que tu t'es bien rattrapé depuis, répondit Finn avec un sourire.

— En vrai ? Je n'y suis jamais allé.

Joel hocha la tête face à l'air ébahi de Finn.

— Je n'y aurais jamais mis les pieds tant que j'étais marié, et je n'ai pas encore trouvé le temps depuis mon déménagement.

— » Pas encore trouvé le temps… », non, ce que tu veux dire, c'est que tu as les chocottes, oui.

— On ne peut rien te cacher à toi, hein ?

Les yeux de Finn se firent chaleureux.

— Il faut croire que j'apprends à bien te connaître.

Joel aimait le son de ces mots.

— Tu as tout à fait raison, évidemment. J'ai prévu d'y aller, mais pour être honnête, j'ai mis toutes mes forces dans mes recherches d'un endroit où vivre, dans la tenue des dossiers de mes anciens clients et dans ma quête de nouveaux clients… et c'est un peu passé en second plan.

Finn s'installa au fond de sa chaise, les jambes tendues devant lui et les mains jointes sur son ventre.

— J'ai une idée, annonça-t-il lentement.

Joel gloussa.

— Ooh, mais pourquoi ça ne me dit rien qui vaille ?

Une lueur étincelait dans les yeux de Finn.

— Il y a un bar gay à Ogunquit, ou plutôt une boîte de nuit, qui devrait te plaire, je crois. Ça s'appelle MaineStreet.

Le cœur de Joel s'emballa.

— Je suis déjà passé devant quelques fois.

Dis plutôt une douzaine de fois, oui.

— Alors, il est grand temps que tu en passes la porte, répliqua Finn dont les yeux chatoyaient toujours autant. Que fais-tu ce samedi soir ? Les enfants reviennent ?

Joel secoua la tête.

— Pas ce week-end.

Un sourire satisfait étira la bouche de Finn.

— Dans ce cas, que dirais-tu qu'on se fasse une petite virée à Ogunquit, toi et moi ? Il n'y a qu'une demi-heure de route environ en passant par la 1.

Le rythme cardiaque de Joel battait la chamade.

— C'est l'un des deux bars gay de la ville, mais l'autre fait plus restaurant. Le MaineStreet, c'est là où je vais quand je veux passer du bon temps et danser.

Finn pencha la tête sur le côté.

— Tu danses, Joel ?

Ce dernier déglutit.

— Pas depuis des années. Et je ne sais pas trop comment je me sens à l'idée de me jeter sur le dancefloor si je suis entouré d'une armée de gamins de vingt piges.

Finn cligna des yeux.

— Quel âge as-tu ? Quarante et un ? Quarante-deux ?

Joel lâcha un rire sarcastique.

— J'ai quarante-deux ans, mais là tout de suite, j'ai l'impression d'avoir retrouvé mes dix-huit ans. Et le trac qui va avec.

Finn rayonnait.

— Fais-moi confiance, tu trouveras tout un éventail de gars au MaineStreet. Certains de mon âge, c'est vrai, mais il y en a aussi du tien.

Joel éprouvait une légèreté qu'il n'avait pas ressentie depuis un très long moment, sans parler d'une bouffée d'adrénaline.

— Je crois comprendre que l'idée te plaît.

Joel pouffa.

— C'est si flagrant que ça ? Pour l'instant, je suis partagé entre deux émotions. J'ai comme un creux au niveau de l'estomac qui, je le sais, est dû à la peur. Mais je suis également impatient de découvrir quelque chose que j'attends depuis si longtemps.

Bramble lâcha un petit gémissement et Joel lui caressa les oreilles.

— Et *ça*, c'est toi qui me dis « Je croyais qu'on allait promener, papounet ».

Finn éclata de rire.

— Donc mon idée te plaît ?

— Je l'adore, mais ça ne veut pas dire pour autant que je n'ai pas envie de faire dans mon froc.

Finn se pencha par-dessus la table et posa une main sur le bras de Joel.

— Je prendrai bien soin de toi, fais-moi confiance.

La tendresse de son geste faillit faire fondre Joel.

— Je te crois.

Il prit une profonde inspiration.

— OK. Samedi soir.

Un frisson le parcourut.

— Bon Dieu, j'ai une de ces frousses. Je n'ai pas la moindre idée de ce que je vais mettre.

— T'inquiète pas pour ça, lui dit Finn. Je serai là toute la journée à bosser sur la terrasse. Je vais bien trouver cinq minutes pour jeter un œil à ta penderie. On va te donner l'air d'une star internationale.

— Je n'en demande pas tant, je ne veux juste ne pas avoir l'air déplacé.

Son cœur s'apprêtait-il à rompre sa cage thoracique ?

Finn le regarda dans les yeux.

— Tout ira bien.

Un nouveau gémissement canin étira ses lèvres.

— Tu ferais mieux d'aller promener ton toutou avant qu'il pisse réellement sur mon tapis. Il faut que je me remette à bosser sur la chaise de Mamie, ajouta-t-il en avisant les bouts de bois.

Joel se releva et attrapa la longe de Bramble.

— Je te laisse travailler. À samedi, alors ?

— Au lever du jour.

— Le café sera prêt, répondit Joel avec un sourire.

Finn s'esclaffa.

— Tu auras besoin de bien plus que du café. Tu

vas avoir besoin de gants.

Joel cilla.

— Je croyais que tu n'aimais pas quand tes clients s'occupaient des travaux.

— C'est le cas, mais j'ai quand même besoin de quelqu'un pour tenir le bois pendant que je fais ce que j'ai à faire. Alors, ça peut être toi, ou je peux appeler un des amis et voir si l'un d'eux est dispo.

Joel décida de s'assurer que tous ses dossiers seraient bouclés avant samedi.

— Je peux le faire. Tout ce que j'ai à faire, c'est tenir le bois ?

— C'est ça, confirma Finn avec un sourire. Toi, tu tiens, pendant que moi, je boulonne, perce ou pilonne. Je *pourrais* le faire tout seul, mais ça me prendrait beaucoup plus de temps. Et puisque tu seras juste là…

Tu peux me pilonner où tu veux quand tu veux. Seigneur, il n'avait fallu qu'un mot pour que Joel perde les pédales comme un ado en rut.

Bramble gémit derechef, et Joel rougit de honte.

— Je ferais mieux d'y aller.

Finn le raccompagna à la porte. Une fois dehors, Joel décocha un dernier sourire au charpentier.

— Peut-être qu'on aura droit au café, la *prochaine* fois ?

Les yeux du jeune homme s'arrondirent.

— On était tellement occupés à papoter. C'est promis. La prochaine fois que tu passes dans le coin, si je suis là, je te ferai un café.

— Ça me va.

Joel traversa la rue, Bramble le tirant à nouveau. Il se retourna et fit signe à Finn, puis attendit que ce dernier soit rentré chez lui.

— Allez, mon grand. Je connais une plage qui

n'attend qu'une chose, c'est que tu ailles jouer dessus.

Tandis qu'il remontait Belvidere Avenue, Joel ne pensait plus qu'aux danses qu'il allait partager avec Finn. *Mais quel genre de danses ? Des slows ? Si proches qu'on se touchera presque ?*

Il avait la distincte impression que ces pensées allaient l'accompagner tard dans la nuit.

Chapitre 16

— On est bon ? demanda Finn, prêt à abattre son marteau pour sécuriser le poteau avec un clou.

Il jeta un regard à Joel qui, à genoux sur un tapis à côté de lui, maintenant ledit poteau.

— La petite bulle est au milieu, oui… des deux côtés, s'empressa-t-il d'ajouter.

— OK. Maintiens-le bien droit, je vais taper.

Joel ricana.

— On dirait un vieux sketch. Tu sais, où le gars au marteau finit par taper sur les doigts de l'autre.

Finn rigola.

— Tant que tu gardes tes doigts hors de mon chemin, tout ira bien.

Il enfonça le clou au bon endroit.

— Ces poteaux ne sont pas un peu trop haut ? demanda Joel.

Voyant Finn lui jeter un regard un coin, il s'empourpra.

— Oups, désolé.

Finn gloussa en se remettant debout.

— C'est bon, tu peux lâcher.

Se rapprochant de ses outils, il récupéra son cordeau.

— Maintenant, on va mesurer tous les poteaux

pour savoir où en couper l'extrémité de sorte qu'ils soient tous à la bonne hauteur.

Il fit signe à Joel d'approcher.

— J'ai besoin de toi ici, dit-il en indiquant la façade arrière de la maison.

Joel le suivit, et Finn lui montra un trait qu'il avait laissé sur le mur.

— J'ai besoin que tu maintiennes *ce* bout du cordeau sur *cette* marque, compris ?

— Compris.

— Et ne bouge pas. Il faut qu'on soit précis.

Joel leva les yeux au ciel.

— Je pense pouvoir rester tranquille.

Finn éclata de rire et tira sur le fil en se dirigea vers le poteau le plus éloigné. Il accrocha le petit niveau sur la ligne et le fixa intensément, ajustant le fil d'un millimètre.

— OK, on ne bouge plus.

Finn relâcha la ligne, laissant une marque de craie bleue sur le bois, puis passa au marquage des autres poteaux.

— Et maintenant ?

— Maintenant, tu vas tenir les poteaux au niveau de la base pendant que j'en scie les extrémités avec la Sawzall, répondit Finn avec un grand sourire. À moins que tu veuilles t'occuper de la découpe ?

Joel se fendit d'un rire narquois.

— Je préfère te laisser faire, je crois.

Finn lui lança un sourire mièvre.

— Je crois que ça veut mieux aussi.

Il ne s'était jamais autant amusé en travaillant avec quelqu'un.

Au sortir de la salle de bains, Joel entendit Finn qui chantait dans le jardin et sourit.

Voilà quelqu'un qui a l'air heureux.

Ils avaient accompli pas mal de choses au cours de la matinée, et Joel avait demandé une pause le temps qu'il prépare le déjeuner, laissant Finn raccourcir seul quelques poteaux à la bonne taille. Non qu'il ait déjà commencé le déjeuner, en vrai, la salle de bains ayant été son premier arrêt. Joel s'approcha de la porte et jeta un œil par la moustiquaire.

Finn, perdu dans son propre monde, se tenait près de la base de la terrasse et, sa scie Sawzall dans une main, faisait du be-bop au tempo de la chanson qui jouait dans ses écouteurs. Joel retint son souffle lorsque Finn roula des hanches avant de donner quelques petits coups du bassin.

Merde alors, il bouge bien.

Sans parler de la façon dont il portait son ceinturon très bas. Avant cet instant précis, Joel ignorait qu'il avait un faible pour les mecs musclés armés d'outils… en particulier les mecs dont les muscles étaient le résultat de longues heures de dur labeur plutôt qu'à des séances en salle de sport, mais bon, on en apprenait tous les jours.

Finn s'était remis à chanter, et Joel dut ravaler un éclat de rire quand il se tortilla aux mots « Oh, baby,

baby… ».

Joel avait beau ne pas être au fait des dernières tendances musicales, même *lui* la connaissait, celle-là.

Quand il ouvrit la porte, Finn s'arrêta comme un poids mort, les joues rougies.

— Hé.

Il reposa sa Sawzall et s'empressa de tâtonner à la recherche de son téléphone.

Joel leva les mains.

— Ne t'arrête pas pour moi. Vu le pied que tu semblais prendre, surtout pas, le rassura-t-il avec un grand sourire. Même si je ne voudrais pas que tu *pousses trop*[3].

Finn éclata de rire et coupa la musique.

— J'adore les Salt-N-Pepa.

Joel croisa les bras et s'adossa au chambranle.

— Tu t'entraînes pour ce soir ?

Les yeux de Finn étincelèrent.

— Mon chou, j'ai pas *besoin* de m'entraîner, j'ai ça dans le sang.

Il agita à nouveau les hanches, puis s'esclaffa.

— Bon, tu m'as pris la main dans le sac. Je ne croyais pas être observé.

Joel sourit.

— J'ai trouvé ça mignon.

Finn se mordit la lèvre.

— Mais est-ce que « mignon » fait l'affaire ?

— Ça fait carrément l'affaire, le rassura Joel. Et maintenant que je t'ai dérangé, puis-je te forcer à entrer pour manger un bout ?

L'estomac de Finn gronda et un sourire penaud

---

[3] NdT : *Push it* est un titre à succès des Salt-N-Pepa.

étira ses lèvres.

— Je pense que c'est une excellente idée. Laisse-moi juste terminer ça.

Joel hocha le menton en direction de la terrasse.

— Ça donne déjà super bien. Je pense qu'on aura fini d'ici la fin de la journée.

Voyant le regard écarquillé de Finn, Joel se hâta de préciser :

— La base, je parle. Je pense que tu auras terminé de mettre toutes les poutres.

Finn se frotta le front et lâcha un soupir exagéré.

— Pfiou. Tu m'as fait peur, là. Jamais de la vie je n'aurais pu finir la terrasse aujourd'hui, mais oui, je peux terminer la base, avec un peu d'aide, bien entendu. Ce qui nous laisse demain pour les planches et les barrières. Si j'y mets le temps nécessaire, je pourrais avoir terminé d'ici la nuit de dimanche.

— Ne pousse pas trop, rétorqua Joel avant de ricaner. Tu as vu ça ?

Finn rigola.

— C'était drôle la première fois, mais deux ça commence à *pousser* trop loin.

Joel leva les mains.

— OK, on arrête là. J'en peux plus. Je vais préparer le repas pendant que tu retournes à ta musique, euh, à ton sciage.

— Tu veux dire que ce n'est pas encore prêt ? se récria Finn en levant les yeux au ciel. Je vais aller me plaindre à la direction.

Joel ricana.

— Eh bien, bonne chance. Il se trouve que je sais de source sûre que c'est un tyran.

Sur ce, il referma la porte et se rendit au frigo afin d'y récupérer le fromage pour les sandwichs. En passant devant la fenêtre, il ne put résister à l'envie de jeter un œil à Finn. Les écouteurs avaient repris leur place dans ses oreilles et le jeune homme était de nouveau dans son élément, remuant les hanches et les bras au-dessus de sa tête.

J'adore la façon qu'il a de bouger. Une autre partie de son anatomie aimait tout autant ça, d'ailleurs. Joel baisse les yeux sur son entrejambe. *Ne va pas te faire des films. Ce beau petit cul n'est pas pour toi.*

Il ne lui restait plus qu'à survivre à cette soirée sans se mettre une honte faramineuse.

Finn avisait le contenu de la penderie de Joel.

— C'est tout ?

Il n'y avait en soi aucun problème avec ces vêtements, mais Finn voulait que Joel soit sur son trente-et-un pour sa première soirée dans une boîte gay, et ces chemises lui donnaient l'air d'un comptable ou d'un conseiller financier.

Ça, c'est parce que c'est *un conseiller financier, crétin.*

— J'ai trois tiroirs de tee-shirts si tu ne trouves rien de convenable, répondit Joel dont le visage se renferma. On devrait peut-être oublier.

Finn savait que c'était le trac de Joel qui parlait.

— Et peut-être que tu devrais plutôt me montrer ces fameux tee-shirts, s'empressa-t-il de rétorquer. De toute façon, c'est une bien meilleure idée.

Avec un grand sourire, il ajouta :

— Faut mettre cette plastique en valeur, j'ai pas raison ?

Finn se rendit compte de ce qu'il venait de dire lorsque Joel se mit à cligner des yeux.

— Quoi, il faut savoir vendre ses atouts. Tu as un torse à tomber et des bras superbes. Moi je compte bien porter quelque chose qui mettra *mes* atouts en valeur.

— C'est-à-dire ?

Finn remua les hanches.

— Mes fesses.

— Oh, je sais pas. Je dirais que tu as beaucoup d'autres atouts. À commencer par tes yeux.

Aussitôt, Joel se raidit, puis se racla la gorge.

— Les tee-shirts sont là.

Il indiqua les tiroirs dans le coin de la penderie.

L'espace d'un instant, Finn fut trop décontenancé pour répondre. *Il aime mes yeux.* Jusqu'à ce qu'il se souvienne qu'il avait une mission. Ouvrant le tiroir d'un coup sec, il en sortit un tee-shirt noir, qu'il déplia et étudia.

— Parfait.

Joel haussa les sourcils.

— OK, c'était plus rapide que ce à quoi je m'attendais.

Finn pouffa.

— On ne peut pas se tromper avec le noir. Et tu n'auras pas l'air déplacé, je te le garantis. Maintenant, on n'a plus qu'à te trouver un jean moulant.

Joel cilla.

— Il doit obligatoirement être moulant ?

— Je ne viens pas te dire que tu n'aurais pas l'air déplacé ? Et je ne parle pas d'un jean moulant au point que tu ne saches plus bouger, juste de quoi bien montrer tes jambes.

Parce que nom de Dieu…

— Je dois en avoir un qui correspond à tes attentes, répondit Joel sans avoir l'air très convaincu pour autant.

Finn soupira.

— Tu vas casser la baraque, compris ? Arrête de t'en faire.

Joel souffla longuement.

— D'ac. Ça me soulage de savoir que tu seras là avec moi.

— Je ne te quitterai pas des yeux, c'est promis. À moins que tu aies besoin d'aller aux toilettes. Je pense que tu es assez grand pour t'occuper de *ça* tout seul.

Finn referma le tiroir. Joel posa une main sur son épaule.

— Si jamais j'oublie de le dire plus tard ? Merci.

Un seul regard à l'expression sincère de Joel suffit à donner à envie à Finn de l'embrasser, de le prendre dans ses bras et de lui dire que tout se passerait bien.

Parce que ses lèvres avaient grand besoin d'être embrassées.

Finn sourit.

— Y a pas de quoi. Voilà, je vais rentrer chez moi me préparer maintenant. Je viens te chercher à huit heures trente, ça te va ?

— Je serai prêt, confirma Joel, les yeux brillants. Paumé, mais prêt.

Le voilà qui revenait à la charge, ce besoin d'embrasser ses lèvres qui paraissaient si douces.

Finn devait se tirer de là avant de faire quelque chose qu'il finirait par regretter.

Finn coupa le moteur avant de jeter un œil à Joel.

— Prêt ?

Celui-ci observait l'enseigne à travers le pare-brise.

— Jusque-là, ça va. Un drapeau arc-en-ciel et un verre à cocktail.

Il avait eu une boule à l'estomac pendant tout le trajet, et la situation ne s'était pas améliorée à présent qu'ils étaient arrivés.

Finn éclata de rire.

— Tu vas passer un super moment ce soir. Et si on entrait ?

Joel prit une grande inspiration.

— Allons-y.

Ils descendirent de la camionnette et traversèrent le parking jusqu'à la porte du club. La terrasse en façade était bondée, les clients papotant et buvant sur un fond de musique en provenance de l'intérieur. Au-dessus d'eux, une autre terrasse en balcon était tout aussi noire de monde.

— Tu devrais voir ça en plein été, lui confia Finn, y a plus la place de faire un pas sur ces terrasses.

Joel remarqua l'abondance de tee-shirts.

— Ils n'ont pas froid ?

Finn s'esclaffa.

— En mai, tu as les jours où il fait assez chaud

pour un tee-shirt ou tellement froid qu'il faut un anorak. Ça dépend du sens du vent, surtout quand tu es sur le balcon. Ce soir, ça va encore.

S'arrêtant devant la porte, il lui tendit la main.

— Je suis là, OK ?

Joel lui prit la main et Finn lui serra les doigts. Puis, il les relâcha et entra dans le bar. À l'intérieur, il faisait plus sombre que ce à quoi Joel s'attendait, mais des lumières vives aux couleurs éclatantes clignotaient en battant la mesure. L'espace était rempli de corps aussi bien masculins que féminins, se trémoussant au rythme de la musique ou discutant çà et là.

— Je croyais que c'était un bar gay, déclara Joel par-dessus la musique.

Finn hocha la tête.

— Gay-*friendly* serait une meilleure description, expliqua-t-il avec un grand sourire. Aucune discrimination ici. La seule chose qui pourrait te faire jeter à la rue, c'est de te comporter comme un trouduc.

Il désigna le bar rehaussé d'une douce lueur violette.

— Tu veux quelque chose ?

Joel n'avait jamais eu autant besoin d'un verre.

Ils se frayèrent lentement un chemin vers le bar, où Finn se tourna vers lui.

— Qu'est-ce que tu prends ?

— J'ai le droit d'être barbant et de prendre un rhum coca ?

Finn lui décocha un grand sourire.

— Tu as le droit de prendre ce que tu veux.

Il fit en sorte d'attirer l'attention du barman et Finn en profita pour regarder autour d'eux. Il ne lui fallut pas longtemps pour se rendre compte que Finn avait eu raison. Autour d'eux se tenaient des hommes de tous âges, toutes tailles et toutes corpulences, si bien que cela fit des merveilles sur le trac de Joel. *Bad Romance* de Lady Gaga emplissait l'air, et Joel était soulagé d'entendre une chanson qu'il connaissait.

— Je n'écoute pas beaucoup de musique, avoua-t-il, une fois que Finn eut passé commande. Et je ne savais pas du tout sur quoi on devrait danser.

Un grand sourire étira ses lèvres avant qu'il enchaîne :

— Évidemment, *toi* tu t'en tireras bien s'ils passent du Salt-N-Pepa.

Finn gloussa.

— Ils en mettent pour tous les goûts.

Le barman posa leurs verres devant eux et Finn en tendit un à Joel avant de lever le sien.

— À ta première fois.

Joel ricana.

— Qu'elle soit à la hauteur, alors.

Fixant la piste de danse bondée, il demanda :

— Y a toujours autant de monde ?

— Tu devrais venir voir ça les soirs de Duels de Drag Divas, lui affirma Finn. C'est super amusant. Il y a deux pistes de danse et trois bars, alors ce n'est pas l'espace qui manque, et pourtant ça déborde de partout. Tu veux jeter un œil ?

— Pourquoi pas.

Tandis qu'ils s'éloignaient du bar, une voix tonitruante interpella Finn.

— Oh, mon Dieu. Tu n'as pas mis les pieds ici depuis des *lustres.*

Le visage de Finn s'illumina.

— J'aurais dû savoir que tu serais là. Je te présente mon ami Seb, ajouta-t-il en se tournant vers

Joel. Je crois t'avoir déjà parlé de lui.

Joel sourit.

— Je confirme.

— En bien, j'espère ? intervint l'intéressé, toutes dents dehors.

Il était grand, avec une tignasse ondulée qui lui cachait les yeux et s'arrêtait sous ses oreilles. Ses yeux bleu pâle chatoyaient et, aux yeux de Joel, sa barbe et sa moustache de quelques jours ressemblaient à celles de Finn.

C'est lui *l'instit ?* Seb avait plutôt le look de ceux qui devraient être debout sur une planche, à dompter les vagues.

Joel lui rendit son grand sourire.

— Disons seulement que tu m'as laissé l'impression d'être un sacré personnage.

Seb regarda Finn avec les deux sourcils levés.

— Je peux savoir ce que tu lui as raconté ?

— Rien que la vérité, lui assura Finn.

Seb jaugea Joel de haut en bas.

— Par contre, *toi*, tu es exactement comme il t'a décrit. Ravi de te rencontrer, Joel.

La voix de Lady Gaga s'effaça et laissa place à une chanson de dance que Joel ne reconnut pas. Les yeux de Seb s'illuminèrent.

— Il *faut* qu'on aille danser, là.

— Hé, on a des boissons, protesta Finn.

Seb leva les yeux au plafond.

— Seigneur, fit-il avant de hurler au barman : Pete ? Tu veux bien surveiller ces deux verres, s'il te plaît ? Ils reviendront les chercher après.

Pete lui sourit de toutes ses dents.

— Aucun problème, Seb.

Finn lâcha un gloussement nasal.

— On est entré dans *Cheers* ou quoi, c'est pour

ça que tout le monde connaît ton nom ?

— Chut. Faut qu'on danse.

Avant que Joel ait pu refuser, Seb lui attrapa la main et le tira vers la piste, Finn à leur suite.

Le rythme était implacable et les paroles lui retournaient la cervelle. Seb se trouvait apparemment dans son élément ; il se déhanchait sensuellement et envoyait des regards charmeurs aux hommes qui les entouraient. Finn dansait devant Joel, sans jamais détourner le regard, et ce dernier en respirait plus facilement. Il s'autorisa à se détendre et se laissa enliser par la musique.

— Apparemment, danser c'est aussi comme le vélo, dit Finn avec un sourire, parce qu'on dirait bien que ça te revient.

Joel devait bien avouer qu'il passait un bon moment : les basses qui se répercutaient dans la plante de ses pieds, les corps en mouvement tout autour de lui, les lumières qui clignotaient et les gars qui chantaient en chœur. Jusqu'à ce qu'une bribe des paroles le fasse s'arrêter d'un coup.

— Elle vient bien de dire « point G » ? J'aurais juré entendre ça. *Et* je crois avoir aussi entendu « les yeux bandés » et « hard ». C'est quoi, cette chanson ?

Seb éclata de rire.

— C'est *Dirty Talk*[4] de Wynter Gordon. C'est les paroles les plus obscènes de l'histoire de l'humanité.

Son sourire se fit malicieux.

— C'est le genre de hit qui propulse tous les homos sur la piste de danse, y compris ceux qui étaient aux chiottes.

— En parlant de chiottes… commença Finn en

---

[4] NdT : Littéralement, cochonneries / obscénités.

jetant un regard navré à Joel. Je reviens tout de suite, d'accord ?

Avant que Joel ait pu répondre, Seb tapota le bras de Finn.

— Je prendrai bien soin de lui, t'inquiète.

Finn se contenta de lever les sourcils avant de se précipiter vers les toilettes.

Seb continua de danser et Joel se détendit à nouveau. Cette remarque étrange l'avait quelque peu inquiété. *En quoi ça consiste, « prendre soin de moi » ?* Seb, néanmoins, semblait tout à fait heureux de se trémousser, ce qui convenait parfaitement à Joel. La chanson changea derechef et la voix de Kylie emplit le club.

— Je kiffe ce morceau-là, prononça Joel très fort avec un sourire.

— Moi, c'est *celui-là* que je kiffe, répondit Seb qui reluquait quelqu'un à moins d'un mètre de là. Miam.

Joel suivit son regard. Celui qui faisait l'objet de l'attention de Seb devait avoir entre quarante et quarante-cinq ans, il avait des cheveux grisonnants et des yeux foncés, et dansait avec un homme plus jeune. Joel se retourna vers Seb.

— O...*K.*

Le regard de Seb chatoyait.

— Pile mon genre.

Joel fit une supposition :

— Ton dada, ce sont les mecs plus âgés ?

— À tous les coups, articula Seb.

— Eh bien, pas à *tous* les coups, non, le corrigea Joel. Parce que *je* ne suis clairement pas à ton goût, même si je dois être un peu plus jeune que ce type-là.

Seb se mordit la lèvre.

— Tu *rigoles*, là ?

En jouant des coudes, il attira Joel dans un coin de la pièce où il y avait moins d'activité, puis le reluqua de la tête aux pieds avec un regard accrocheur qui fit grimper l'adrénaline de Joel.

— Mon chou, je serais prêt à te sauter dessus s'il n'y avait pas malaise.

— Quel malaise ?

Joel avait beau être soulagé que Seb soit aussi réticent à lui sauter dessus, cela ne le dérouta pas moins.

— J'aime Finn comme un frère, je ne pourrais jamais lui faire une chose pareille.

Face au froncement de sourcils de Joel, Seb soupira. Ses airs de charmeur avaient disparu, remplacés par une expression sérieuse qui comprima la poitrine de Joel.

— On ne plante pas de graines dans le jardin d'un autre, tu comprends ?

— Je te demande pardon ?

Cela lui valut un nouveau soupir.

— Finn t'apprécie, donc tu es hors-jeu.

Joel en resta bouche bée.

— Mais… Finn et moi… on est… on n'est pas ensemble. Il m'a amené ici ce soir parce que je n'ai jamais mis les pieds dans un bar gay et qu'il pensait que j'aurais besoin de soutien. C'est tout.

Son cœur battait la chamade.

Seb arqua les sourcils.

— Continue à penser ça si ça t'arrange.

Putain, mais ça veut dire quoi, ça ?

Seb prit une profonde inspiration.

— La seule raison qui me pousse à te parler comme ça, c'est qu'on a une chose en commun.

— C'est-à-dire ?

Il regarda Joel droit dans les yeux.

— Finn. Même s'il ne représente pas la même chose pour moi que pour toi. Comme je l'ai dit, je l'aime comme un frère, mais je suis presque certain que *toi*, tu n'as aucune envie d'être son frère.

Seb leva la tête.

— Alors ? J'ai tort ?

Une vague de chaleur déferla en Joel et sa bouche jusque-là sèche ne le fut soudain plus. Son souffle s'accéléra et un frisson le parcourut.

— Je crois avoir ma réponse, du coup. Et pour ta gouverne ? renchérit Seb avec un sourire traînant. Je ne suis pas le seul à préférer les mecs plus âgés.

Putain de merde.

— Je vous dérange ? demanda la voix de Finn par-dessus la musique.

Joel sursauta et déglutit.

— Pas du tout. Seb et moi, on… parlait, c'est tout.

Seb sourit.

— Et maintenant que tu es de retour, je vais tenter ma chance avec ce daddy là-bas.

Il embrassa Finn sur la joue.

— Amuse-toi bien.

L'espace d'un instant, son regard croisa celui de Joel.

— Et toi aussi.

Sur ce, il se fraya en se dandinant un chemin vers le centre de la piste.

— Tu veux danser encore un peu ? demanda Finn.

Joel acquiesça, la tête sens dessus dessous. Pour la première fois depuis sa rencontre avec Finn, l'idée qu'il puisse se passer quelque chose entre eux ne lui semblait pas aussi improbable. La musique changea une fois de plus, passant à une chanson au rythme effréné sur lequel il était impossible de ne pas danser.

Finn s'approcha davantage.

— Je ne mords pas, tu sais.

Le cœur de Joel s'emballa de plus belle.

— C'est une promesse ?

Saisissant son courage à deux mains, il écourta encore un peu la distance entre eux, de sorte qu'ils dansaient désormais à quelques centimètres à peine l'un de l'autre.

Finn écarquilla les yeux.

— Sauf si tu *aimes* qu'on te morde, bien sûr.

— C'est pas mon truc, répondit Joel, tout sourire.

Rihanna assurait aux hommes en train de danser qu'elle était la seule à comprendre comment les faire se sentir virils, et plutôt que de laisser la chanson glisser sur lui, Joel *l'écouta*. Il se mit à bouger aussi sensuellement qu'il en était capable, en synchro avec Finn, tous deux unis dans un moment fragile qui semblait sur le point de se briser au moindre *souffle* de travers de l'un ou l'autre.

Finn ne détourna pas les yeux ; entièrement concentré sur Joel, il suivait les paroles tandis qu'ils se tortillaient. La mesure battait à tout rompre et Joel sentit une nouvelle vague ardente s'abattre sur son corps lorsque Finn lui chanta, le regard rivé au sien, qu'il pouvait le conquérir.

Le souffle saccadé, le cœur battant la chamade, Joel ne rompit pas pour autant le contact visuel.

Et lorsque Finn se rapprocha encore plus en l'invitant à l'emmener faire une chevauchée, Joel sut sans l'ombre d'un doute quel genre de virée il avait en tête.

« Make it last all night[5], » susurra Finn et, *Seigneur*, comme Joel en avait envie ! Il voulait coller son corps contre le sien, ressentir chaque geste, chaque ondulation. Et plus Rihanna chantait, plus Joel était convaincu que son titre n'avait rien à voir avec le fait d'être la seule fille sur Terre et *tout* à voir avec une folle partie de jambes en l'air.

Joel était carrément partant pour en arriver là.

Puis, Rihanna céda la place à une chanson bien plus calme que Joel ne reconnaissait pas, et son cœur gonfla lorsque Finn franchit l'espace qui les séparait.

— Je ne sais pas qui c'est, se confia-t-il, conscient qu'il tremblait.

Tout autour d'eux, les autres tournoyaient en harmonie sinueuse, les bras posés sur les épaules ou la taille de leur partenaire, joue contre joue.

— Kacey Musgraves, lui annonça Finn, et Joel dut tendre l'oreille pour l'entendre. Celle-ci s'appelle *Rainbow.*

Ses yeux ne cessaient de se poser sur la bouche de Joel, ce qui n'aidait en rien son rythme cardiaque à baisser.

Ils dansaient *si près l'un de l'autre, bordel.*

Il aurait pu mettre ça sur le dos du nombre de compères sur la piste, mais ça n'avait rien à voir. Du moins Joel l'espérait-il. Il aurait voulu poser les mains sur les hanches de Finn, ou autour de son cou, mais il n'osait pas.

Et il ne *comptait* pas oser, pas tant que Finn ne l'aurait pas autorisé si explicitement que même un imbécile finirait par comprendre. Parce qu'en cet instant, c'était comme ça que Joel se sentait : comme

---

[5] NdT : « Fais qu'elle dure toute la nuit »

un malheureux abruti dépassé par les événements qui voulait quelque chose de tout son être, mais sans avoir assez de courage pour s'en saisir à deux mains.

Parce que peu importait ce que Carrie ou Megan ou encore Seb pouvait bien dire...

Tout ce qui importait, c'était Finn, Finn qui en ce moment le regardait avec des yeux grands ouverts. Alors, le cœur de Joel faillit exploser hors de sa poitrine lorsque son charpentier l'attrapa par la nuque et l'attira à lui pour s'emparer de ses lèvres dans un baiser qui ne laissa plus aucun doute dans son esprit : Finn avait autant envie de lui que vice versa.

Chapitre 17

Joel écrasa ses lèvres contre celles de Finn, y goûtant le rhum coca et une saveur unique au charpentier. Quand ce dernier glissa sa langue dans sa bouche, un torrent de désir l'inonda. Il saisit Finn par la taille et l'attira plus près, jusqu'à ce que la raideur de son entrejambe soit tout contre la sienne.

Finn mit fin à leur baiser avec un petit halètement de surprise et ils s'écartèrent.

— Doux Jésus.

Joel reprit son souffle tant bien que mal.

— Si tu savais à quel point j'en avais envie…

La respiration de Finn n'était pas non plus sereine.

— Je crois avoir saisi l'idée.

Le charme fut rompu avec le changement de musique. Kacey Musgraves n'était plus, et à sa place Shania Twain revendiqua à quel point elle se sentait femme.

Joel se fendit d'un large sourire.

— Je ne peux pas dire que je partage son avis, là, tout de suite.

Comme Finn lui décochait un regard perplexe, Joel se força à rire.

— Me sentir femme. J'ai même plutôt l'impression d'être un gros obsédé, là.

Finn lâcha un profond soupir.

— Tu n'as pas oublié comment on embrasse, ça, c'est sûr.

Joel s'efforçait de rester maître de son envie d'attirer Finn dans un coin sombre où ils pourraient se bécoter comme des ados.

— Ça faisait un bail.

— Et si on continuait à danser encore un peu, proposa Finn dont les yeux brillaient sous les projecteurs, et quand je te ramènerai chez toi, tu pourras me montrer tout ce dont tu te souviens en plus.

Constatant le choc de Joel, Finn se raidit.

— Enfin, si ça te branche.

Une audace que Joel n'avait jamais éprouvée s'empara de lui et, attrapant la main de Finn, il la posa contre son érection.

— À ton avis ?

Finn frissonna.

— Putain.

Joel dut ravaler un gémissement lorsque Finn referma les doigts sur son membre rigide et le serra délicatement.

— Comme tu dis, oui.

Il n'était pas certain de pouvoir danser encore longtemps alors que la seule chose à laquelle il arrivait à penser, c'était Finn dans son lit, dans ses bras.

Ce dernier semblait du même avis.

— OK, on a trois options. Petit un, on part maintenant.

Ce choix le tiraillait, néanmoins.

— On vient à peine d'arriver, répliqua Joel en regardant les hommes qui dansaient autour d'eux. Et quand bien même j'ai très envie de t'emmener loin d'ici, j'ai envie d'en profiter encore un peu. Parce que jusque-là, j'adore.

Sans parler du fait qu'une part de lui voulait s'accrocher un peu plus longtemps à ces délicieuses sensations qui allaient de pair avec l'anticipation. : les papillons dans son ventre et les fourmis tout le long de son corps. *J'ai attendu jusque-là. Je peux patienter encore un peu.*

Pas *trop*, cependant.

De plus, il y avait également cette exaltation qu'il ressentait à être dans une foule d'homosexuels, à être accepté.

À être *out*.

Bon Dieu, comme c'était grisant.

— Je pense un peu pareil, avoua Finn avant de prendre une profonde inspiration. Option numéro deux : je t'emmène aux toilettes et… soulage un peu de tension.

Invitation qu'il suivit par une nouvelle pression sur son sexe.

— Quoique… ce ne serait pas mon premier choix, parce que même si les toilettes sont propres et bien éclairées, elles sont aussi vachement étroites.

Son sourire provoqua des frissons chez Joel qui se propagèrent jusqu'à ses bourses.

— Je suis tout à fait partant pour un petit coup rapide quand l'attente devient intenable, mais je préfère quand même le confort.

Joel n'avait *pas* attendu vingt ans pour se faire sucer dans une cabine de chiottes.

— Donc, la troisième option, c'est qu'on reste encore un peu ?

Finn hocha la tête, tout sourire.

— Vois ça comme une prolongation des préliminaires.

Joel se mordit la lèvre.

— Pas *trop* de préliminaires, OK ? Je risque déjà de souiller mon jean si tu recommences à me toucher.

Bouche entrouverte, Finn sortit la langue pour s'humecter les lèvres.

— On ne voudrait pas en arriver là, pas vrai ?

Il éclata soudain de rire.

— Ne te retourne pas. Seb est en train de sourire comme le chat du Cheshire et il fait des choses obscènes avec ses mains.

Joel se glissa plus près et posa lui aussi ses mains là où il les voulait : sur les hanches de Finn.

— Il se *pourrait* qu'il ait laissé échapper le fait que tu aimes les hommes plus âgés.

Finn enroula les bras autour de son cou.

— Ah vraiment ? Alors il se *pourrait* que j'aille lui dire deux mots.

— Fais pas ça. Il ne pensait qu'à toi. S'il n'avait rien dit, je n'aurais sans doute jamais trouvé le courage de…

Finn le fit taire avec un baiser et Joel se laissa aller, agrippant Finn plus près tandis qu'ils se déhanchaient au rythme de la musique, leurs langues se joignant à la fête. Joel se perdit dans l'instant présent, savourant la douceur des lèvres de Finn sur les siennes, la rigidité de son corps, son odeur…

Une pensée le foudroya alors, et il mit fin au baiser pour s'approcher de l'oreille de son partenaire.

— Je n'ai pas de préservatifs chez moi.

Le souffle de Finn lui chatoya l'oreille lorsqu'il lui répondit en susurrant :

— Et je n'en ai pas sur moi, mais ce n'est pas un problème.

Le cœur de Joel se remit à tambouriner.

— Je… je peux pas…

Finn l'arrêta en posant une main sur sa bouche.

— Au cas où tu ne les aurais pas vus, il y a un gros bol rempli de préservatifs dans l'entrée et un plus petit sur le coin du bar. Les bols sont couverts de pubs colorées pour la Marche contre le SIDA et les Cinq Kilomètres du Maine du Sud et les capotes en libre-service offertes par le Frannie Peabody Center. Alors, arrête de te faire un sang d'encre et bouge ton boule. On est couverts.

Un grand sourire étira ses lèvres.

— Littéralement. Respire et continuons de danser tant qu'on le peut. Quand on sera rentrés chez toi, on pourra continuer à se trémousser en position horizontale.

Joel se pencha tout près de lui.

— Merci.

— De quoi ?

Il poussa un soupir.

— De garder ton sang-froid. De m'aider à ne pas perdre le mien. De prendre ton temps.

— Tu as attendu jusque-là, quelques heures de plus ne vont pas te tuer.

Finn ponctua sa phrase d'un sourire traînant et enjôleur.

— De toute façon, l'anticipation, c'est important. Il faut savoir apprécier l'excitation qui monte petit à petit…

Joel lâcha un rire chevrotant.

— Oh, crois-moi, l'excitation est là.

Il était enivré de savoir que Finn voulait de lui autant qu'inversement.

Et Joel se sentait d'autant plus léger par le fait que Finn soit décidé à prendre son temps.

Joel verrouilla la porte d'entrée après son retour.

— OK, Bramble a fait ses besoins, c'est bon.

Finn était assis sur le fauteuil, son manteau posé par terre à côté, ses bottes oubliées dans un coin, et le voir fit tressaillir Joel. Il s'immobilisa et se mit à le fixer ; son cœur battait la chamade, les muscles de son estomac se contractaient comme jamais, et il ne savait pas ce qu'il était censé faire à présent.

Finn se leva pour s'approcher de lui. Il enroula la main autour de sa nuque et le regarda dans les yeux.

— Tout va bien.

Sa voix était si douce. Il se pencha alors, l'embrassa, un lent et tendre effleurement des lèvres qui n'était en rien comparable à leur premier baiser fougueux. Joel soupira dans la bouche de Finn, s'accrocha à son col et lui massa le cou tandis qu'ils approfondissaient leur danse linguale.

Il l'interrompit le temps de laisser un unique mot franchir la barrière de ses lèvres :

— Capotes ?

Finn sourit.

— Dans la poche de mon jean.

Un frisson de plaisir le traversa.

— Alors, viens avec moi.

Il attrapa la main de son compagnon, le mena au bas des marches et le lâcha pour les monter, Finn à sa suite ; une fois en haut, Joel se dirigea vers la table de chevet pour allumer la lampe, dont la lumière chaleureuse emplit l'espace, se reflétant sur les combles peints en blanc.

Joel prit une grande inspiration.

— Seigneur, mon pauvre cœur.

Finn le poussa gentiment jusqu'à ce qu'il se soit assis sur le bord du lit.

— Recule un peu.

Lorsque Joel eut suivi ses instructions, Finn se mit à califourchon sur lui et leurs bouches se rencontrèrent une fois de plus. Les mains de Joel firent le tour de Finn pour agripper ses fesses et ce dernier soupira.

— Tu veux entendre ce que *mon* cœur a à dire ?

Ayant pris sa tête en coupe, il la plaça contre sa poitrine, où Joel écouta les battements réguliers et rassurants de la cavalcade qui se jouait là, similaire à ce qu'il éprouvait.

Il ressent la même chose.

Joel s'empara de l'ourlet du tee-shirt de Finn et le lui enleva, ce dernier levant les bras pour l'aider, puis observa, captivé, le fin chaume de poils foncés qui recouvrait le torse imposant du charpentier.

— Tu es magnifique.

Il se pencha pour poser un doux baiser sur le téton de Finn et remarqua son hoquet de surprise. La tentation de ses lèvres se fit beaucoup trop forte pour l'ignorer plus longtemps, cependant. Les mains de Finn lui agrippaient tendrement la tête lorsque leurs bouches se connectèrent à nouveau et celui-ci commença un lent roulement de hanches.

— Je veux te voir aussi.

Finn prit le tee-shirt de Joel et le lui retira. Fixant le corps de Joel, il traça une ligne de son nombril à ses tétons qui fit tressaillir celui-ci. Le sourire de Finn calma les tambourinements de son cœur, mais de peu.

— J'aime ce que j'ai sous les yeux.

Joel le souleva et l'installa sur le lit, puis s'allongea à ses côtés. Se penchant sur lui, il l'embrassa, leurs mains lancées dans un ballet de chair, caressant, taquinant, malaxant… Il trouva le courage de descendre plus bas, ses doigts frôlant le métal du bouton à la ceinture de Finn.

— Je peux ?

La respiration de Finn s'accéléra.

— Laisse-moi faire.

Il défit le bouton et Joel baissa un peu sa braguette, assez pour révéler la toison foncée de son pubis.

— Oh putain.

Son cœur battait d'autant plus vite.

Finn glissa la main dans une poche et en sortit trois préservatifs avant de répéter son geste avec l'autre. Il laissa tomber sa réserve sur le lit et, malgré son trac, Joel éclata de rire.

— Tu peux me dire de combien tu comptes avoir besoin, au juste ?

Tout sourire, Finn répondit :

— Hé, tu sors d'une période sèche si grande qu'on pourrait appeler ça un « désert ». Je ne savais pas combien de fois tu voudrais t'abreuver avant d'être désaltéré.

Il releva les hanches pour enlever son jean ; sa verge rebondit et frappa son ventre.

Joel résista à l'envie de toucher le gourdin de chair rose. Au lieu de quoi, il recouvrit Finn de son corps et s'installa entre ses jambes, qu'il avait écartées rien que pour lui. Finn mit quelques secondes à tâtonner le bouton et à défaire la braguette de Joel avant de prendre à nouveau sa tête en coupe et de l'abaisser dans un baiser qui provoqua un torrent de chaleur en lui. Sa langue entra et sortit de la bouche de Finn et, à chaque fois, le gémissement rauque de ce dernier fit atteindre un nouveau sommet à son désir.

Lorsque Finn fourra la main dans le jean de Joel et libéra son sexe, ce dernier dut lutter de toutes ses forces pour ne pas jouir sur le coup. Finn le caressa nonchalamment quelques fois tout en l'embrassant, des baisers lents, enivrants qui comblaient un vide tout au fond de son âme, une connexion qu'il ne voulait pas interrompre. Son chibre grossit davantage dans la main de Finn, et Joel grogna. Il ne se serait pas cru capable de bander si fort.

— J'ai envie de t'avoir en moi, lui murmura Finn entre deux baisers.

Joel n'hésita pas. S'agenouillant, il baissa son pantalon et son caleçon le plus possible, puis se laissa tomber sur le côté pour les enlever avec grâce. Finn ne rigola pas, Dieu merci, au contraire il l'aida en tirant sur les ourlets du bas pour le libérer. Une fois qu'il fut tout nu, Finn tendit les mains vers lui. Il s'allongea sur son compagnon, qui enroula les jambes autour de sa taille tandis qu'ils s'embrassaient, les pieds sur les fesses de Joel.

Celui-ci n'avait jamais testé aucune drogue, mais pour la première fois de sa vie, il comprenait ce qu'était l'addiction. Il enfonça sa langue dans la bouche de Finn, la pénétrant avec des gestes délibérés, sa faim si intense qu'il savait ne pas pouvoir attendre plus longtemps. Il se décala vers le bas, jusqu'à ce que son visage soit à moins de trois centimètres du sexe de Finn, dont les cuisses étaient grandes ouvertes, les mains toujours sur la tête de Joel.

Ce premier contact du pénis de Finn avec sa langue… Les gémissements qui lui échappèrent alors que Joel titillait le dessous de son sexe… La façon dont il roulait des hanches…

Doux Jésus.

Avant d'avoir eu la chance de savourer tout ça, Finn le tira plus haut, enserrant derechef la taille de Joel de ses jambes tout en conquérant à nouveau sa bouche dans un baiser ardent. Joel joua du bassin, faisant glisser son sexe contre celui, brûlant et rigide, de son compagnon.

Soudain, Finn rompit le baiser et le poussa en arrière. Il les intervertit de sorte à s'allonger sur Joel et leurs lèvres se trouvèrent une fois de plus. Le corps endiablé, Joel lui caressa les cheveux, les peignant de ses doigts.

Finn s'écarta et le regarda dans les yeux.

— À mon tour.

Il déposa une pluie de baisers le long de son torse, de sa nuque à son entrejambe, avant d'embrasser et de lécher son gland turgescent.

— Mon Dieu, lâcha Joel.

Il ferma les yeux tandis que Finn le prenait dans une main tout en suçant la couronne, l'aspirant un peu plus dans sa bouche à chaque fois que ses doigts redescendaient. Joel se rendit compte alors qu'il *devait* voir ça. Il rouvrit les paupières et souleva la tête pour regarder Finn vénérer son membre avec ses lèvres et sa langue, du sommet de sa fente à ses bourses gonflées, avant de faire marche arrière et de prendre Joel en bouche une nouvelle fois. Aucune hâte, aucune frénésie, rien qu'une vénération tempérée et délibérée de sa verge.

— Putain, comme j'ai envie de toi, lâcha Joel.

Finn s'arrêta en plein mouvement et sourit.

— Je suis là.

Il s'assit à califourchon sur Joel et remua le bassin dans un geste fluide et si sensuel.

Joel avait atteint son point de rupture.

Il désigna le tiroir de la table de chevet.

— Y a du lubrifiant là.

Puis, il se redressa contre la tête de lit, les oreillers fourrés dans son dos et, le cœur battant la chamade, attrapa l'un des préservatifs.

Finn s'assit derechef sur lui et lui tendit le gel.

— Tu me prépares ?

Joel prit plusieurs inspirations profondes.

— Je risque de gicler comme un geyser dès que je serai en toi.

Finn lui prit le menton et l'attira dans un nouveau baiser nonchalant.

— Dans ce cas, on pourra recommencer à zéro dès que j'aurai réussi à te refaire bander. D'ac ?

Joel se força à rire.

— Tu sais *exactement* ce qu'il faut dire en toute circonstance, hein ?

Tout sourire, Finn répondit :

— C'est un don. Maintenant… je connais un tout petit trou qui attend tes doigts.

Il saisit derechef le menton de Joel.

— Parce que pour moi aussi, ça remonte à un moment, OK ?

Avant que Joel ait pu répondre, leurs bouches fusionnèrent dans un baiser qui prouva à ce dernier l'étendue du besoin de Finn. Lorsqu'ils s'écartèrent, ce dernier accrocha son regard.

— Vas-y. Je t'en prie.

Joel tremblait tandis qu'il préparait une noisette de gel. Accroupi, Finn attrapa son service trois-pièces et le souleva pour laisser le champ libre à son partenaire, qui passa la main sous son entrejambe et y rencontra le duvet de sa raie. Le sexe de Joel palpita quand, en réaction à ce contact avec sa toison, Finn gémit et écarta davantage les cuisses. De la pulpe de ses doigts, Joel effleura l'entrée de son compagnon et celui-ci tressaillit.

— Oui, roucoula-t-il.

Joel appliqua un peu plus de pression ; son souffle se coupa lorsque l'une de ses phalanges s'enfonça dans la chaleur de Finn. Ce dernier relâcha son sexe, qui se retrouva aussitôt au garde-à-vous et se mit à tressauter à chaque passage du doigt de Joel sur son fondement. Ses gestes étaient délibérément lents, et il ne fallut pas longtemps avant que Finn commence à s'empaler de lui-même, son corps tout entier se contorsionnant avec une sinuosité qui ensorcela Joel.

— Tu peux en mettre un deuxième, le prévint Finn. Et rajouter du gel.

Joel s'exécuta avant d'enfoncer deux doigts en lui tandis que de son autre main il caressait son ventre. Il leva la tête vers Finn et adora la lueur qu'il découvrit dans ses yeux, le voile de sueur sur son torse.

— Tu me diras quand.

Les va-et-vient de Finn se firent un peu plus intenses, sa respiration irrégulière et proche d'un râle dans la chambre autrement silencieuse. Joel le caressait de l'intérieur, à la recherche de sa prostate, et ne put manquer l'instant exact où il mit le doigt dessus. Il continua ainsi son massage sensuel jusqu'à ce que Finn, le souffle court, ne cesse de se tordre de plaisir.

— » Quand », dit subitement ce dernier alors même qu'il agrippait son sexe rigide et étalait le liquide perlant à sa fente.

Joel n'avait pas besoin de plus de formalités.

Il arracha l'emballage du préservatif avec les dents, en retira l'anneau aplati et serra le bout du bout des doigts tandis qu'il déroulait le latex sur son gland.

— Ça faisait un moment que je n'avais pas eu besoin d'en mettre une.

Une fois couvert, il enroula les bras autour de la taille de son amant et l'attira tout contre lui. Finn se baissa de sorte que leurs fronts se touchent.

— Je suis content que ce soit pour toi, murmura Joel avant de déposer un tendre baiser sur les lèvres de Finn.

Une main tendue derrière lui, Finn guida l'érection de Joel contre son sillon et l'y laissa reposer tandis qu'ils continuaient à s'embrasser. Ensuite, lorsqu'il attrapa ses fesses et les écarta, Joel souleva le bassin…

… et trouva le nirvana.

Être en Finn lui était jubilatoire. Leurs bouches semblèrent fusionner, chacun offrant à l'autre des borborygmes de plaisir et de désir. Finn se mouvait lentement, ses hanches descendant un peu plus bas à chaque à-coup, jusqu'à ce que Joel se retrouve enfoui en son sein jusqu'à la garde. Là encore, ils continuèrent de s'embrasser, car Joel avait besoin de sentir les lèvres de Finn sur les siennes.

Ce dernier se souleva et un hoquet de surprise échappa à Joel quand le corps compact de son amant se contracta autour de sa verge.

— Oh putain, souffla faiblement Joel. C'est tellement…

Lèvres entrouvertes, Finn approuva, les yeux rivés au visage de Joel.

— Génial, finit-il.

Un nouveau va-et-vient et le sexe de Joel glissa hors de lui, sauf qu'il se rassit dessus à la dernière seconde, juste avant qu'il ne soit entièrement dégainé.

— Trop génial, putain.

Joel gémit.

— C'est toi qui es trop génial.

Ça ne ressemblait pourtant en rien à ce qu'il s'était imaginé. La cadence était simplement parfaite, autant que la présence de Finn dans ses bras, le goût de sa peau sur ses lèvres, son parfum… tous ces éléments s'unissaient pour créer un enchantement sensuel qui les enveloppait et les reliait.

Finn redoubla d'ardeur, se balançant sur Joel, la tête rejetée en arrière, le torse moite de sueur.

Joel, lui, savait qu'il n'était pas prêt à ce que ça s'arrête.

— Mets-toi à quatre pattes, lâcha-t-il à brûle-pourpoint.

Finn se plia à sa demande et se contorsionna pour le regarder par-dessus son épaule.

— Reviens en moi.

Joel se drapa sur le dos de Finn telle une couverture et embrassa sa nuque tandis qu'il le pénétrait une fois de plus. Finn frissonna lorsque Joel le força à se redresser, son membre plongé au plus profond de lui. Il appuya les lèvres sur le dos de Finn et déposa une pluie de baisers le long de son échine, jusqu'à ce que ce dernier tourne la tête dans un ordre silencieux, mais non moins évident, de l'embrasser sur la bouche. Joel serra les bras autour de Finn, le maintenant en place tandis que son sexe le ravageait avec de plus en plus de vitesse, leurs corps claquant violemment l'un contre l'autre. Joel s'arrêta soudainement, le corps de Finn serré autour de lui tandis qu'il lui embrassait le cou et les épaules. Ses mains agrippant celles de Joel contre sa poitrine, Finn se retourna pour lui réclamer un autre baiser.

Joel savait qu'il ne tiendrait plus fort longtemps.

Il se retira de Finn.

— Sur le dos, mon cœur.

Le petit nom lui avait échappé sans qu'il s'en rende compte.

Finn s'allongea et Joel fourra un oreiller sous son bassin. Une fois qu'il eut serré ses genoux contre son torse, Joel remit son érection là où elle devait être, et *putain de merde, ouiii.*

Finn laissa ses mollets retomber sur les épaules de Joel et enroula les bras autour de son cou pour l'embrasser de plus belle. Joel lui pénétrait la bouche avec le même acharnement que son bassin le culbutait. Leurs fronts trempés de sueur se joignirent tandis que leurs lèvres se séparaient et que Joel continuait de le marteler. Tous deux râlaient autant qu'ils poussaient des cris pressants qui indiquaient à Joel que Finn n'était plus très loin de la fin. Il prit une mesure plus rapide et saccadée, et assena des coups de boutoir secs dès l'instant où le premier éclair de plaisir lui contracta les bourses.

— Putain, j'y suis, gémit Joel, incapable de se retenir plus longtemps.

Il s'enfonça aussi loin que possible dans un balancement brusque du bassin tandis qu'il se répandait soudainement, son sexe palpitant dans les étroits confins du fondement de Finn. Joel l'embrassa avec une ferveur qu'il ignorait posséder, les bras de Finn serrés autour de lui, leurs lèvres entrant en collision, les derniers jets de sa semence finissant de remplir le latex.

Finn relâcha Joel pour s'emparer de son propre membre et, quelques secondes plus tard, souilla son pubis. Joel se retira délicatement de lui et se pencha pour lécher jusqu'à la dernière goutte, savourant l'amertume du sperme d'un autre homme pour la première fois depuis de nombreuses années[6]. Puis, il se débarrassa du préservatif et en noua l'extrémité avant de le laisser tomber par terre.

Ils se couchèrent côte à côte, dans les bras l'un de l'autre, leurs jambes entremêlées, leurs baisers aussi onctueux que du miel. Joel attrapa le menton de Finn et se plongea dans ses yeux gris tempête.

— Tu restes ?

La confirmation de Finn apporta une conclusion parfaite à une journée parfaite.

---

[6] NdT : Cette scène démontre la réalité sur le manque d'information vis-à-vis du SIDA et des STI en général, qui peuvent aussi bien se transmettre par voie annale que buccale, sans qu'il y ait nécessairement éjaculation.

Chapitre 18

Finn ouvrit les paupières. *Je n'ai donc pas un rêvé.* Joel était collé contre son dos, sa jambe enroulée autour de celle de Finn. Ils s'étaient endormis avant d'avoir éteint la lampe, mais c'était la lumière du jour qui perçait par la lucarne au-dessus de leurs têtes.

Il n'était toutefois pas encore prêt à affronter la journée. Sa seule envie était de se lover sous les draps et de s'accrocher à Joel dans le cocon de douceur diffusé par le soleil. Et l'embrasser encore un peu, parce que *bordel*, il n'arrivait pas à se passer des lèvres de son amant.

De qui se moquait-il ? Il n'arrivait pas à se passer de *Joel*.

Du rez-de-chaussée lui parvint un faible gémissement et les plans de Finn changèrent aussitôt.

Oooh, pauvre toutou. Les câlins devraient attendre.

Il donna un petit coup de coude délicat à Joel.

— Hé, la marmotte.

Voyant Joel se retourner avec un reniflement trop chou, Finn prit une décision. Il sortit précautionneusement du lit, enfila son jean et son tee-shirt, puis descendit pieds nus l'escalier, au bas duquel il découvrit Bramble en train de pleurnicher, assis près de la porte d'entrée.

— Désolé, mon grand. Papounet et moi avons trop dormi.

Il mit ses bottes, attrapa la laisse à son crochet, l'attacha au collier du labrador et déverrouilla la porte. Lorsqu'il lâcha du leste, Bramble se dirigea vers l'arbre le plus proche.

Finn inspira l'air frais du matin. *Ouah. Quelle nuit !*

Elle ne s'était pas exactement déroulée comme il l'avait prévue, mais il n'allait pas s'en plaindre. Leur premier baiser lui avait coupé le souffle. Il sourit dans sa barbe. *On n'a pas arrêté de se bécoter toute la nuit.* Et au lit, Joel était…

Finn n'avait pas les mots pour qualifier l'expérience.

Il ne savait pas à quoi il s'était attendu. Sans doute à une partie de jambes en l'air effrénée, étant donné tout le temps que Joel avait passé sans coucher avec d'autres hommes. Ou peut-être à un coup super rapide, puisque Finn savait à quel point Joel était à fleur de peau. Au lieu de ça, il avait connu un moment de plaisir exquis. *Bien* au-delà de tout ce que Finn avait pu vivre auparavant.

Après toutes ces semaines à fantasmer sur Joel, la réalité avait mis sens dessus dessous l'intégralité de ses divagations. À présent, Finn en voulait davantage.

Il réalisa soudain que Bramble était de retour à ses pieds et l'observait.

Quand le ventre de Finn gronda, il fut soulagé que personne ne soit là pour l'entendre. Jetant un regard entendu au chien, il demanda :

— Petit déj ?

Bramble agita la queue avec plus de vigueur. Finn éclata de rire.

— Allons te nourrir, et après je m'occuperai de ton papounet.

Il retourna vers la maison, incapable de se défaire de son sourire.

Je ne sais pas quelle faim j'ai envie d'assouvir en premier.

En effet, l'envie de retourner auprès de son amant encore allongé dans le lit s'avérait *très* tentante.

Finn referma la porte et entra dans la cuisine en quête de nourriture pour Bramble. Il trouva un sac de croquettes dans l'armoire à côté du réfrigérateur, dont il versa une portion dans le bol du labrador. Il remplit ensuite son autre gamelle d'eau et la posa près de son petit déjeuner. Museau tressautant, Bramble approcha.

— C'est pour toi, mon grand.

Bramble n'avait pas besoin d'une quelconque autre forme d'invitation, semblait-il.

Finn le laissa à ses occupations et se concentra sur la cafetière. Il la mit en route, puis sortit deux mugs du placard. Il ne fallut pas longtemps avant que l'air soit empli des arômes de café, ce qui le fit sourire.

Voilà qui devrait le réveiller.

De fait, un mouvement en hauteur attira son attention un instant plus tard.

— C'est du café que je sens ?

Une pause.

— Il est déjà cette heure-là ? *Merde.*

S'ensuivit une cavalcade de pieds nus sur les marches.

— Je ne me réveille *jamais* aussi tard.

Joel jaillit dans son champ de vision, seulement vêtu d'un jean.

— Il faut s'occuper de Br…

Il se tut en voyant son labrador en train d'engloutir sa pitance.

— Oh. Super. Mais il faut le…

— Déjà fait.

Finn indiqua la porte d'entrée.

— Je suis passé par là.

— Merci.

Joel huma l'air.

— *Et* tu as fait du café.

Un grand sourire étira ses lèvres.

— Un homme bien élevé. J'aime ça.

— À votre service.

— En même temps, c'est *ta* faute si je ne me suis pas réveillé au chant du coq.

Finn gloussa.

— T'aurais-je épuisé hier soir ?

Lui-même avait dormi comme un loir. La vue de Joel sans rien d'autre qu'un jean lui plaisait énormément. Il trouvait même ses pieds nus sexy, alors que ça n'avait *jamais* été son dada. Un accès de timidité le frappa.

— Bonjour, toi.

Joel s'approcha lentement de lui. Sans un mot, il se pencha et l'embrassa sur la bouche, un baiser chaste qui parvint malgré tout à embraser le creux du ventre de Finn.

— *Maintenant* c'est un bon jour, répondit Joel en s'écartant.

Finn ne put résister. Ragaillardi par le bisou de Joel, il enroula les bras autour de lui et franchit la distance qui les séparait.

— Il pourrait devenir encore meilleur.

Les yeux de Joel scintillèrent.

— Eh bien, vu le mal que tu t'es donné pour

récupérer *toutes* ces capotes, ce serait dommage de ne pas s'en servir.

Il se figea.

— Enfin, si tu…

Finn le fit taire avec un baiser.

— Question idiote, murmura-t-il contre ses lèvres.

Le petit déjeuner allait attendre.

— Tu es terriblement distrayant, bougonna Finn tandis qu'ils retournaient à la voiture de Joel.

Ce dernier cilla.

— Je t'ai emmené déjeuner chez *Becky's Diner*. En quoi c'est distrayant ?

Il indiqua le quai qui leur avait servi de panorama pendant qu'ils mangeaient.

— C'était forcément mieux que de rester chez moi.

La vue était imprenable, certes, et Finn avait dévoré jusqu'à la dernière miette du menu spécial qu'il avait commandé, engloutissant la saucisse, les œufs brouillés, le pain grillé et les frites maison avec une énorme quantité de café. Toutefois, il avait une terrasse à finir, et il n'avait jusqu'à présent rien fait de son dimanche à part baiser et manger. Il n'avait pour autant pas dit non lorsque Joel lui avait proposé de venir déjeuner sur Portland. Qu'importait les trente minutes de voiture ? Le pain grillé de chez Becky était à *tomber*. Il ne pouvait d'ailleurs pas se plaindre des parties de jambes en l'air non plus.

Un torrent de chaleur déferla en lui. *Non, je ne vais certainement pas me plaindre de* ça.

— J'adorerais savoir ce qui vient de te passer par la tête, dit Joel, les yeux brillants.

Finn ricana.

— Je ne crois pas que ça t'étonnerait beaucoup.

— Tu as dit « tétonnerait », lança Joel en se mordant la lèvre.

Le charpentier leva les yeux au ciel.

— Tu me fais quoi, là ? Tu t'envoies en l'air et ça y est, tu retournes en enfance ?

Joel éclata de rire.

— Je me sens jeune, aujourd'hui.

À ces mots, le cœur de Finn s'envola, et il fut soudain pris par l'envie d'être de retour dans le lit de Joel, à genoux et agrippé à la tête de lit tandis qu'il se balançait sur l'épais membre de son amant encore… et encore… et encore, la main de Joel sur son ventre, l'autre sur sa queue. Bon sang, il pouvait encore sentir les lèvres de Joel dans son dos, ces doux baisers qui avaient accompagné parfaitement les va-et-vient flegmatiques de ses hanches.

Finn relâcha son souffle.

— Ouaip, tu es terriblement distrayant.

Et il n'aurait pas pu en être plus heureux.

Au changement de la respiration de Joel, il sut qu'il n'allait pas avancer de beaucoup sur la terrasse ce jour-là.

— Alors, rentrons pour que je te distraie encore un peu plus.

— Joel ?

Finn connaissait cette voie. L'interpellé se raidit.

— J'y crois pas ! maugréa-t-il.

Ils se retournèrent ; Joel soupira lourdement en voyant Megan et Lynne.

— Salut, vous. Quelle surprise.

Finn pouffa face au manque de sincérité dans la voix de son compère.

— C'est toi qui as choisi Portland. Tu as cru que les chances d'y croiser ta sœur seraient inexistantes ?

— Qu'est-ce que vous faites là ? demanda Megan en saluant joyeusement Finn de la tête. La terrasse est terminée ?

— Pas encore. La base est posée, lui répondit Finn.

— On est venus prendre le petit déjeuner, s'empressa d'ajouter Joel.

Megan haussa les sourcils.

— Tu as donc décidé d'appeler Finn et de l'inviter à manger dehors ?

Ses lèvres tressaillirent.

— Ou as-tu eu l'occasion de lui poser la question au saut du lit ?

Joel plissa les yeux.

— À l'époque ? On t'aurait fait brûler sur le bûcher pour sorcellerie.

Elle caqueta.

— Je le savais !

— Tu savais quoi ? exigea de savoir Lynne. Qu'est-ce que j'ai loupé ?

— Oh, pas grand-chose, c'est juste que Joel et Finn ont trempé le biscuit.

Les yeux de Megan brillaient.

— Comme je l'avais prédit, ajouta-t-elle avec un air suffisant.

Finn aurait pu jurer que Joel était à deux doigts de la crise d'apoplexie.

— Tu veux bien baisser d'un ton ? la morigéna-t-il, le visage rougeaud.

Megan rayonnait.

— Ouah. Tu as écouté mes conseils. Je suis sur le cul. Non, mais depuis quand tu écoutes un traître mot de ce que je dis ? Encore un peu et tu seras bientôt entouré de toutes les feuilles du roman que tu auras écrit…

— Faut qu'on y aille, là, l'interrompit Joel. Finn a une terrasse à finir, tu te souviens ?

Finn ne savait pas si leurs projets avaient changé ou si Joel cherchait une excuse pour se tirer de là fissa. D'après la rapidité avec laquelle il sortit ses clés de voiture, il misa sur la seconde option.

— On ne voudrait pas vous retenir. Ravie de t'avoir revu, Finn.

L'éclat dans les yeux de Megan ne s'était pas dissous.

— Pareil, répondit-il en saluant Lynne de la main.

— À plus, dit Joel.

Il se hâtait déjà sur le trottoir, si bien que Finn dut courir pour le rattraper. Il se moqua de lui.

— Tu n'avais *vraiment* pas envie de lui parler, je vois ?

— Tu rigoles ? Je ne vais plus jamais avoir la paix.

Ils atteignirent la voiture et Joel s'installa derrière le volant.

Finn monta et, l'estomac soudain retourné, accrocha sa ceinture.

— Hé… tu ne regrettes…

Il ne savait plus quoi penser. *Il ne voulait pas que Megan sache pour nous ?*

Une vague glaciale de lucidité le prit de court.

Quel « nous » ? On s'est envoyé en l'air deux fois. Il n'y a pas *de « nous ».*

Bon sang. Seb l'avait vraiment bien cerné. Une nuit avec Joel et le voilà qui…

Non. Non. Hors de question *que je tombe amoureux de Joel comme c'est arrivé avec tous les autres types avec qui j'ai couché !* Sauf qu'il savait pertinemment que de tels propos ne servaient à rien.

Finn était déjà en train de tomber amoureux bien avant de poser un pied dans la chambre de Joel.

Ce dernier alluma le moteur, sans pour autant toucher la boîte de vitesse.

— Je ne regrette pas une seconde, compris ? La nuit dernière a été… commença Joel, qui dut déglutir. La nuit dernière a été géniale, et je m'en contrefous si j'utilise trop ce mot. Elle l'était réellement. Et je m'en tape si Megan sait que les choses ont changé entre nous.

L'étau métallique qui comprimait la poitrine de Finn se détendit légèrement.

— Non, ce qui m'irrite, c'est qu'elle va me tanner pendant des *semaines* parce qu'elle avait raison. Tu peux me croire, ce ne sera pas la première fois.

Joel posa la main sur la cuisse de Finn.

— Et tant que j'y suis ? Rien ne t'oblige à bosser sur la terrasse cet après-midi.

Il lui décocha un adorable sourire.

— Surtout pas si tu as envie de faire autre chose.

Finn découvrit les dents.

— J'ai bien quelques idées.

Joel éclata de rire et quitta sa place de parking. Alors qu'ils empruntaient Commercial Street en direction de la 295, Finn s'interrogeait sur une des paroles de Megan. Il se répétait que ce n'était pas ses oignons, mais sa curiosité finit par gagner la bataille :

— De quoi elle parlait, ta sœur ? À propos d'un roman ?

— C'est rien, répondit Joel en gardant les yeux rivés sur la route.

Comme si cela pouvait suffire à dissuader Finn.

— Ce n'est pas du tout l'impression que ça m'a donnée.

Joel se mura dans le silence un moment de plus, tant et si bien que Finn eut le sentiment d'avoir trop insisté, là où il aurait dû faire marche arrière. Soudain, Joel soupira.

— C'est juste que… j'ai ce projet en tête. J'ai toujours voulu écrire un livre.

Finn en resta bouche bée.

— Je trouve que c'est une excellente idée. Tu en as déjà écrit combien de pages ?

Joel s'esclaffa.

— Je ne l'ai même pas encore commencé. À chaque fois que je m'assis pour transposer mes idées en mots, voir cette page blanche me terrifie.

— Mais pourquoi ? Tu ne peux pas savoir de quoi tu es capable tant que tu n'auras pas essayé.

Joel lui jeta un bref regard.

— Et si je suis nul à chier ?

— Et si tu ne l'es pas ? rétorqua Finn.

— Oui, bonne réponse. Mais ça ne change rien au fait que j'ignore par où commencer.

— Par le commencement, ça me semble bien.

Joel roula des yeux.

— Ouais, ça m'aide, tiens.

Finn soupira.

— Je veux parler de *ton* commencement. Démarre par le moment où tu as compris que tu étais gay, et pars de là.

Une pause s'ensuivit.

— Sérieux ? Qui voudrait lire un truc pareil ?

— Eh bien, moi, déjà.

Finn leva ensuite les mains.

— Hé, ce n'est qu'une suggestion. Personne ne dit que tu dois le publier, pas vrai ? Mais ça pourrait t'aider à te lancer. Tu sais, te mettre dans le bon état d'esprit.

— Je vais y penser.

Ce qui était en soi bien mieux que « Et si je suis nul ? ».

Joel s'installa à la table de la cuisine avec l'ordinateur portable et l'alluma. Il pouvait entendre Finn chanter dehors tandis qu'il vissait les planches de la terrasse. Ça ne l'avait pas surpris que le charpentier choisisse de travailler quelques heures au cours de l'après-midi, plutôt que de s'adonner à d'autres… occupations.

C'est un mec bien.

De toute façon, une fois que Finn aurait terminé, Joel comptait leur préparer à dîner, et qui pouvait prédire où la soirée les mènerait ?

Lui-même avait déjà une préférence quant à la tournure que cela pourrait prendre, et il ne croyait pas que Finn y verrait d'objection. Il rigola après avoir jeté un œil au tableau qu'il avait cloué à la porte de la salle de bains.

Si Megan débarquait, serait-elle choquée de trouver les mots « capotes » et « lubrifiant » ? De qui se moquait-il ? Elle lui en enverrait très certainement une boîte en guise de gag pour son anniversaire, ainsi que tout autre ustensile qu'elle pourrait juger utile.

Joel savait qu'il était en train de procrastiner. Finn l'avait poussé à la réflexion pendant le trajet du retour, et une fois qu'il était sorti s'occuper de la terrasse, Joel avait saisi l'occasion. Toutefois, et comme à l'accoutumée, la page blanche du document le narguait.

Démarre par le moment où tu as compris que tu étais gay.

Joel éclata de rire.

— Eh bien, *ça*, ça devrait la choquer.

Surtout s'il parlait de ses petites magouilles nocturnes lors des soirées pyjama. Il sourit. *Et puis, merde !* Joel se mit à taper.

Un toussotement entendu brisa sa concentration. Finn se tenait près de la table, tout sourire.

— Ton chien croit que tu ne l'aimes plus. C'est la deuxième fois aujourd'hui que je dois l'emmener moi-même faire ses besoins.

Joel jeta un œil à l'horloge murale.

— Seize heures trente ? Mais…

Il n'était que treize heures et demie quand il s'était assis. *Où est passé tout ce temps ?*

Finn avisa l'écran du portable avec intérêt.

— Ouah. Tu m'impressionnes.

Son regard était rivé au bas de l'écran.

— Tu as écrit plus de mille mots.

Ah bon ?

Joel glissa deux doigts sur le pavé tactile afin de faire remonter la feuille.

— Ouah. Je m'impressionne aussi.

Mille mots, cela ne semblait pas fort productif pour trois heures de travail, mais quand même, c'était mieux que rien. Comme Finn l'avait dit, c'était un début.

— Je peux lire ?

Joel se mordit la lèvre.

— Tu le prendrais mal si je disais non ?

Finn sourit.

— Pas du tout. Je suis déjà content de voir que tu as écrit.

Il se pencha pour embrasser le sommet de son crâne, et l'intimité de cette chaste intention surprit Joel autant qu'elle le ravit.

— Tu as fini, toi ?

Finn le lui confirma.

— J'ai tout rangé. J'avais prévu d'accomplir beaucoup plus de choses aujourd'hui, mais…

— Mais je t'ai distrait, ouais, ouais, je sais.

Joel pouffa.

— Ça peut attendre le week-end prochain.

— Je vais aussi voir ce que j'arrive à faire après mes heures de boulot, répondit Finn. Une heure par-ci, une heure par-là. Ça se cumule.

Il leva les yeux vers l'horloge, et l'estomac de Joel se noua.

Je n'ai pas envie qu'il s'en aille.

— Tu dois vraiment y aller ? Tu ne veux pas rester dîner ? À moins que tu aies des choses à faire chez toi.

Finn sourit.

— J'adorerais rester, dit-il avant d'indiquer l'ordinateur d'un doigt. Et *toi*, tu as terminé ?

Joel acquiesça. D'où que soit venue sa muse, elle était belle et bien repartie.

Les yeux de Finn chatoyaient.

— Dans ce cas…

Il se pencha derechef, mais cette fois apposa ses lèvres contre celles de Joel dans un lent baiser.

— Sauvegarde ton travail, éteins l'ordi et emmène-moi dans ta chambre, murmura-t-il à son oreille. Il nous reste des préservatifs, je te rappelle.

Joel était tout à fait partant. Autant que son entrejambe, visiblement.

— Tu n'as pas besoin d'un casse-croûte avant ?

Finn avait déjà dépensé pas mal d'énergie au cours de l'après-midi.

Celui-ci se plaça derrière la chaise de Joel, fit glisser ses mains le long de sa poitrine et saisit l'érection grossissante de ce dernier.

— Le casse-croûte dont j'ai besoin est juste là, dit-il d'une voix rauque qui provoqua un frisson d'anticipation dans tout son corps.

Joel n'avait jamais fermé son portable aussi vite.

Tandis qu'ils grimpaient les marches, il présuma que l'attrait du neuf finirait par se dissiper et qu'ils arrêteraient de se jeter l'un sur l'autre à la moindre occasion.

Il espérait seulement que cela n'arriverait pas de sitôt.

Chapitre 19

Lorsqu'arriva le mercredi soir, Joel sut qu'il avait un problème.

Il était accro à Finn.

Il ne l'avait pas vu depuis le dimanche soir, quand Finn avait fini par rentrer chez lui après qu'ils avaient passé la plus grande partie de la soirée au lit – puisqu'ils étaient retournés se plonger sous les draps aussitôt après avoir dîné. Finn s'était excusé de ne pas pouvoir s'occuper de la terrasse cette semaine-là après son boulot, mais le rocking-chair de Mamie n'était pas près et la date de la fête approchait. Bien que Joel soit conscience qu'il ne fallait pas trop forcer (et qu'il était tout à fait d'accord avec Finn que passer quatre soirs sans se voir, ce n'était pas la mer à boire et qu'ils pouvaient se retrouver le vendredi), il avait passé les trois derniers jours à ne penser à rien d'autre qu'à Finn.

À son sourire.

À ses bras.

Son rire.

Ses fesses.

Sa queue.

C'était cette dernière, toutefois, qui était au cœur de son tourment. Durant toute la journée de ce mercredi, Joel avait tâché de chasser cette pensée de son esprit, mais elle refusait de le laisser tranquille. Il s'était noyé dans les appels téléphoniques et les rendez-vous, mais son cerveau continuait de revenir à cette conclusion alléchante.

Il avait besoin de la queue de Finn en lui. Depuis trop longtemps.

Joel se répétait que c'était seulement le résultat de toutes ces années d'abstention, que ça finirait par se calmer, qu'il ne serait pas *éternellement* consumé par le besoin de toucher Finn, de l'embrasser, de le posséder… même si ce besoin le parcourait de part en part en vagues de plaisirs délicieux.

Vendredi, pigé? Tu peux quand même bien attendre jusqu'à vendredi soir. Ce n'était pas comme s'ils étaient restés sans contact, d'ailleurs. Ils s'envoyaient des textos, s'appelaient tour à tour…

La voix de Finn. Encore une chose qui occupait l'esprit de Joel. Si Finn décidait un jour de lui dire des cochonneries, Joel n'avait aucun doute qu'il jouirait sans avoir besoin ne fut-ce que d'un doigt en lui.

Et te revoilà qui penses à ton cul.

Il se mit au lit, attrapa le gel, ferma les yeux et laissa son imagination prendre les rênes. Ce n'étaient pas les doigts de Joel qui le pénétraient, mais ceux, long et exquis, de Finn. Ses doigts firent place à sa langue et *doux Jésus*, cela suffit à l'amener au bord du précipice. Il eut beau tenter de repousser l'inévitable, il ne lui fallut pas longtemps avant de devoir retenir ses gémissements de peur de réveiller Bramble et de jouir dans la serviette qui était devenue une décoration permanente à côté de son lit.

Tandis qu'il était allongé là dans le noir, à reprendre peu à peu une respiration normale, Joel prit une décision. *Marre d'attendre.* Il passerait chez Finn le lendemain lorsqu'il emmènerait Bramble se promener.

Juste pour prendre un café.

Mais bien sûr.

Bramble marchait devant lui, avec moins d'exubérance qu'il n'en avait fait montre lors du trajet *vers* la plage. Joel savait par expérience que dans moins de deux heures, le labrador serait déjà en train de gratter à la porte et d'attraper sa laisse au crochet pour la faire tomber aux pieds de son humain avec un regard signifiant « Eh ben ? On y va ou quoi ? ».

Son pouls s'accéléra dès lors qu'il repéra la camionnette de Finn dans l'allée.

Il est chez lui.

Comme il était absurde que cette simple réalisation le rende aussi heureux.

— On va voir Finn, mon grand ?

Bramble tira sur sa longe en direction de la camionnette et Joel éclata de rire. Le labrador était tout aussi impatient de voir Finn que lui. Il s'immobilisa à la porte d'entrée pour reprendre tant bien que mal son souffle, puis seulement alors appuya-t-il sur la sonnette.

Finn ouvrit et sourit.

— Salut. Je te dois une tasse de café, non ?

Il pencha la tête d'un côté avant de se figer.

— Mais tu n'es pas venu pour ça, je me trompe ?

Joel croisa son regard.

— Non. C'est si évident que ça ?

— Je n'arrête pas de penser à toi. Du coup, j'espérais que c'était réciproque.

Finn jeta un œil à Bramble.

— Tu vas à la plage ou tu en reviens ?

— J'en reviens.

Tout sourire, Finn répondit :

— Dieu soit loué. Ramène tes fesses par ici.

À peine avait-il refermé la porte derrière Joel qu'il lui retirait son manteau, leurs bouches déjà aux prises d'un baiser frénétique.

— Putain, tu m'as manqué, murmura Finn contre ses lèvres. Vire tes pompes.

Joel gloussa.

— Oui, chef.

Il retira ses chaussures et frissonna lorsque Finn en profita pour se jeter sur sa nuque.

— Seigneur, continue comme ça et je vais gicler avant que tu aies approché quoi que ce soit de mon cul.

Quand Finn se raidit, Joel le dévisagea, son cœur battant la chamade.

— J'ai dit quelque chose qu'il ne fallait pas ?

La pièce tomba soudain.

— Oh, merde. Dis-moi que tu es actif.

Les iris de Finn étaient presque noirs.

— Oh, je suis actif. Et tu n'as pas la *moindre* idée du nombre de fois où je me suis fait ce genre de films.

Joel en eut le souffle coupé.

— Sérieux ?

Il aimait être l'objet des fantasmes de Finn. Celui hocha lentement la tête, et Joel sourit.

— Alors, voyons si la réalité est meilleure que la fiction.

Ils titubèrent jusqu'au canapé, où Joel tomba à la renverse sur les coussins. Quelque chose attira son regard et lui arracha un éclat de rire. Une *très* grosse boîte de préservatifs et le plus gigantesque tube de lubrifiant qu'il ait jamais vu étaient posés sur la table basse.

— Je vois que je ne suis pas le seul à avoir fait du shopping.

Les prunelles de Finn chatoyèrent.

— À l'allure où on va ? On aura à peine assez pour une semaine avec ça.

Il attrapa le collier de Bramble et l'emmena à la cuisine, fermant la porte derrière lui.

— Désolé, dit-il à Joel, une fois revenu près du canapé. Mais l'idée qu'il nous regarde était trop dérangeante.

Joel était soulagé par ce moment de répit.

— Dis… est-ce qu'on peut y aller mollo ? Je sais que c'est moi qui ai débarqué avec mes ardeurs, mais…

Finn le fit taire avec un baiser. Puis il s'écarta de quelques centimètres, les yeux brillants.

— On peut y aller mollo. Ça me convient *parfaitement*.

Il retira son tee-shirt et le jeta par terre, avant de s'asseoir sur les genoux de Joel et de déboutonner sa chemise sans se presser, embrassant chaque nouvelle parcelle de peau dénudée. Joel tressaillit au contact électrisant des lèvres de Finn. Une fois tous deux torses nus, Finn enroula les bras autour de la nuque de Joel et lui embrassa le front, la bouche, les joues, avant d'effleurer le lobe de ses oreilles.

— Tu as remarqué, murmura Joel, qu'un gémissement rauque interrompit lorsque Finn l'embrassa une fois de plus dans le cou, tout le temps qu'on passe à se bécoter ? Je ne m'en plains pas, d'ailleurs.

Finn lui décocha un sourire charmeur.

— Tant mieux, parce que je pourrais t'embrasser toute la journée si j'en avais l'occasion.

Joel gloussa.

— Je crois que tes collègues risqueraient de trouver à y redire.

Le sourire narquois de Finn lui mit des papillons dans le ventre.

— Je pourrais lancer une toute nouvelle mode. Adieu les pauses café, bonjour les pauses bisous.

— Pourquoi s'arrêter aux bisous ?

Un autre frisson le parcourut alors que Finn déposait une pluie de baisers le long de son torse.

— Mon Dieu, j'adore quand tu fais ça.

— Alors, allonge-toi et laisse-moi le faire un peu plus longtemps. Le canapé est plus qu'assez large pour nous deux.

Joel se coucha sur le dos et Finn s'installa sur lui, se frayant de la langue un chemin le long de sa poitrine avec des baisers à intervalles. Lorsqu'il atteignit le pantalon de Joel, il releva la tête pour le regarder dans les yeux.

— Faut que je te l'enlève.

— Ici ? répondit Joel en clignant des paupières.

Finn gloussa.

— Tu es venu dans un but précis, non ? Est-ce que *le lieu* importe vraiment ? Ne me dis pas que tu n'as jamais fait ça sur un canapé.

— Je n'en ai jamais eu l'occasion.

David et lui s'y étaient pourtant donnés à cœur joie à la plus petite opportunité, dès qu'ils se trouvaient un endroit loin de tout regard indiscret.

Finn l'embrassa.

— Bienvenu dans le monde du sexe sur canapé, sur plancher, contre un mur et partout ailleurs où ça te dit, annonça-t-il en riant. Je mets un veto sur le sexe en public. Je n'ai pas envie de me faire coffrer par les flics.

— Ce ne serait pas mon premier choix non plus.

Joel attendit que Finn lui abaisse sa braguette et retire son pantalon, toutefois il fut surpris qu'il lui laisse son caleçon.

— Lui, tu ne l'enlèves pas ?

Finn rigola.

— Patience. Tu m'as demandé de prendre mon temps, alors je prends mon temps. Tu n'as jamais entendu parler de gratification différée ?

Il balança le pantalon par terre avant de lui retirer ses chaussettes. Finn passa ensuite les mains sur la plante des pieds nus de Joel.

— Quelqu'un t'a déjà dit que tu as de beaux petons ?

Joel s'esclaffa.

— Seigneur, me voilà soudain perdu dans *Le petit Chaperon rouge.*

Son éclat de rire s'arrêta lorsque Finn, s'agenouillant sur le canapé, souleva les jambes de Joel et fourra ses pieds contre son entrejambe, où il les appuya contre son immanquable érection. Le souffle de Joel se fit un peu plus court comme il bougeait les talons pour caresser lentement le membre de Finn qui pointait vers sa hanche.

— Oh, que ta bite est dure !

Les yeux de Finn s'embrasèrent.

— C'est pour mieux te baiser.

Il relâcha les talons de Joel et défit sa fermeture Éclair sans aucun empressement.

Le cœur tambourinant, Joel n'en croyait pas ses

yeux.

— Il t'arrive de porter un caleçon ?

— Serait-ce une doléance ?

— Putain, non.

Le sexe de Finn tressauta comme il baissait son jean et Joel l'observa d'un œil nouveau. *Ça va rentrer en moi, ça.* À cette simple pensée, son anus se contracta. Puis le charpentier étala son corps nu sur celui de Joel et ce dernier l'emporta dans un baiser qui gorgea davantage son érection de sang. Il gémit dans la bouche de Finn tandis que celui-ci ondulait contre lui, frottant son chibre découvert sur celui de Joel qui demandait à être libéré du coton le maintenant prisonnier. Les lèvres de son amant étaient douces ; Joel en voulait toujours plus, partout. Finn s'allongea à côté de lui, une main caressant le torse de Joel jusqu'à son caleçon, où il attrapa et serra son érection désormais totale.

Joel prit une inspiration, et Finn posa la main sur sa joue dans un geste rassurant.

— Ce n'est pas ta première fois en tant que passif, quand même ?

— Non, mais c'est tout comme, vu le temps que ça fait, répondit Joel avant de frissonner. Alors, vas-y doucement ?

Les lèvres de Finn sur les siennes furent une réponse parfaite. Il glissa les doigts sous le coton et libéra le service trois-pièces de Joel, tirant le caleçon en dessous. Il se déplaça ; le dos de Joel s'arc-bouta comme la chaleur moite de la bouche de Finn se refermait sur son sexe. Instinctivement, Joel posa les mains sur la tête de Finn et le maintint en place tandis qu'il remuait les hanches, ses coups de boutoir martelant la gorge de Finn. Ce dernier gémit lorsque Joel s'enfonça au plus profond, mais ne fit aucun geste pour l'arrêter.

— Putain, tu vas me faire jouir ! s'écria Joel.

Les sensations étaient trop exquises, la chaleur et la moiteur trop parfaites.

Finn le relâcha un en clin d'œil. Attrapant l'élastique du caleçon de Joel, il tira dessus et ce dernier se retrouva jambes en l'air tandis qu'il lui enlevait complètement le sous-vêtement. Finn plaça ensuite un coussin sous son bassin, puis poussa légèrement sur ses cuisses pour que Joel ramène les genoux vers son torse. Son cœur battant la chamade, il resta ainsi roulé en boule et poussa un grognement au premier contact circonspect de la langue de Finn.

— Nom de D-Dieu.

La seule réponse de son amant fut de continuer à lécher, sucer et détendre son intimité sans s'arrêter, ses mains écartant les fesses de Joel au maximum afin d'obtenir un meilleur accès. Joel tremblait et ses abdominaux se contractaient. Regarder les yeux de Finn s'assombrir tandis qu'il le préparait était excitant au possible.

Lèvres suintantes, Finn finit par remonter la tête.

— J'ai une mission pour toi.

Il fit une rotation à 180 degrés et Joel se retrouva avec le sexe épais de Finn juste au-dessus de ses yeux.

— Je peux faire ça.

Il saisit Finn dans une main et guida le gland vers ses lèvres. Quand Finn bougea le bassin, Joel en eut la bouche pleine. Il gémit comme Finn écartait à nouveau ses fesses et repartait à l'attaque, titillant son fondement sans merci.

Joel perdit toute notion de temps, dérivant dans un monde de plaisir intense et de chaleur qui prit brusquement fin lorsque Finn tendit la main vers la table basse pour attrape la boîte de préservatifs, aussitôt suivie du lubrifiant.

Oh, Seigneur.

Finn changea derechef de position, s'agenouillant entre les jambes de Joel.

— *Maintenant,* on est prêts.

Il versa du gel sur ses doigts, mais Joel se raidit lorsqu'il commença à les frotter sur son entrée. Finn s'arrêta sur-le-champ.

— Respire, OK ? Tu sais quoi faire. Et crois-moi, ton cul se rappellera très vite comme c'est bon.

Joel prit une profonde inspiration et se força à se détendre. Finn glissa une phalange en lui ; Joel grimaça légèrement, avant d'inspirer encore plus fort. Ils ne se précipitèrent pas : Finn prit son temps, et la sensation de brûlure finit par disparaître. Joel s'empara de son propre sexe et se masturba lentement, en suivant le rythme des va-et-vient de Finn. Quand celui-ci trouva sa prostate, Joel gémit.

— T'arrête pas, t'arrête pas.

Joel souleva un peu plus les fesses, s'empalant sur le doigt de Finn à la recherche de davantage de sensations. Lorsque Finn ajouta un second doigt, la brûlure revint. Il n'accéléra pas la cadence, continuant plutôt ses mouvements réguliers du poignet jusqu'à ce que le désir de Joel soit aussi ardent qu'un fer rouge.

Alors, Finn s'arrêta et Joel sut ce qui allait arriver.

Ayant récupéré un préservatif de la boîte, Finn arracha l'emballage et déroula le latex sur son sexe.

— Comment tu veux faire ? demanda-t-il, une main posée tendrement sur le ventre de Joel. C'est toi qui prends, c'est toi qui choisis.

Joel n'hésita pas.

— Je peux te chevaucher ?

Finn sourit.

— Tu peux faire tout ce que tu veux.

Il s'allongea sur le dos et versa du lubrifiant sur son membre qu'il étala avec les doigts. Reposant le tube de gel, il tendit les bras.

— Viens là.

Joel obéit et Finn enroula les bras sous ses genoux, les poussant plus haut afin de s'enfoncer plus profondément en lui, leurs bouches scellées l'une à l'autre.

Putain ! L'angle était parfait.

Joel s'agrippa à lui pour affronter les vagues de plaisir qui déferlaient en lui, le faisaient chavirer, l'envoyant toujours plus près du précipice. Il glissa une main entre leurs corps moites à la recherche de son propre sexe, et Finn acquiesça.

— Ouais, vas-y. Je vais te regarder jouir.

Il revendiqua derechef les lèvres de Joel dans un baiser ardent, et ce dernier se masturba d'autant plus fort, un gémissement s'échappant de sa gorge tandis que sa semence recouvrait son pubis. Les narines de Finn se dilatèrent et il grogna en redoublant de vitesse pour s'introduire plus loin encore. Un spasme le prit ; Joel ouvrit grand les yeux lorsque le sexe de Finn se mit à palpiter en lui.

Le souffle court et erratique, Finn enfoui le visage dans la nuque de Joel. Ce dernier, plié en deux, et le sexe de Finn toujours en lui, le serra dans ses bras de toutes ses forces, formant un amas de chair indiscernable.

Quand Finn leva la tête pour l'embrasser, une boule de chaleur se diffusa dans sa poitrine et ses membres lui semblèrent légers comme des plumes.

— Ça valait *tellement* le coup d'attendre,

murmura Joel en humant l'odeur de Finn, sa sueur, mais aussi son odeur naturelle qui titillait ses sens.

Les yeux du charpentier brillaient.

— J'imagine que tu le veux, maintenant, ton café.

Joel ricana.

— Pas tout de suite.

Il n'avait qu'une envie pour l'instant : rester couché là, dans les bras de Finn, à profiter du présent.

Il voulait se souvenir de ce qu'il ressentait. Il était trempé, collant, épuisé, douloureux en certains endroits où il n'avait pas eu mal depuis plusieurs décennies… et il n'avait jamais été aussi heureux.

— Joel ?

L'intéressé sursauta.

— Désolé, j'étais ailleurs. Tu as dit quelque chose ?

Finn était lové contre lui sur le canapé et, bien que la télé soit allumée, Joel ne la regardait pas. Bramble somnolait sur le tapis. Il l'avait emmené faire pipi, mais savait qu'une si petite promenade ne lui suffirait pas bien longtemps. Il allait aussi devoir finir par rentrer chez lui. Finn avait fourré une pizza surgelée dans le four, aussi le dîner était-il une affaire réglée, pourtant Joel était conscient que la journée allait devoir toucher à sa fin tôt ou tard. Tous deux devaient aller bosser le lendemain.

— J'ai dit que j'allais me chercher un jus et je demandais si tu en voulais aussi.

Finn tourna la tête pour l'observer.

— Tout va bien ?

— Je pensais à quelque chose, c'est tout.

Finn se redressa.

— Tu as envie d'en parler ?

Joel l'avisa en silence pendant un moment.

— Tu te souviens du jour où je t'ai parlé de mon passé ? Quand je t'ai dit que l'avenir était grisant, mais flippant ?

Finn hocha la tête, le regard chaleureux.

— Tu pensais à tes enfants.

Joel cilla.

— Oui. Oui, c'est ça. Et j'ai enfin pris une décision.

Il inspira profondément.

— Je crois qu'il est temps de leur dire. Ils ont besoin de connaître la vérité.

Non pas que l'idée le réjouisse particulièrement, mais il savait ne pas pouvoir repousser l'échéance plus longtemps. Il n'était plus logique pour lui de se cacher.

— Tu veux que je sois là quand tu leur diras ? C'est pas grave si tu préfères que vous ne soyez que tous les trois.

L'estomac de Joel se noua.

— Je ne sais *pas* ce que je veux.

Il s'enfonça dans les coussins.

— Enfin, si, je voudrais que tu sois là comme soutien moral, mais…

— Mais je ne fais pas partie de la famille, et ils pourraient se demander ce que je fabrique là, termina Finn à sa place.

Il posa une main sur le genou de Joel.

— Je comprends, ne t'en fais pas. C'est super délicat. Et si ça peut te rassurer, je suis tout autant déchiré que toi.

Joel fronça les sourcils.

— Ah bon ?

Finn opina.

— J'aimerais être là *pour toi*. Je sais combien ça te stresse de faire ça. Et si ma présence peut t'apporter ne serait-ce qu'un chouia de soulagement, alors tant mieux. Mais d'un autre côté... je ne voudrais pas que tes enfants pensent que je me mêle de vos affaires.

Il soupira.

— On devrait peut-être voir comment ça se passe sur le coup.

Joel n'y voyait pas plus clair. Son portable, sur la table basse, se mit à vibrer, et Finn se précipita pour l'attraper et le lui donner.

— Je vais nous chercher à boire, déclara-t-il avant de se rendre à la cuisine, offrant ainsi à Joel une vue parfaite sur son superbe fessier serré dans son jean moulant.

Son portable continuait de frémir dans sa main, et il décrocha en voyant qu'il s'agissait de Carrie.

— Salut.

— *Je sais qu'il est tard, mais je peux te parler ?*

Au son de sa voix, les poils se dressèrent sur les bras de Joel.

— Qu'est-ce qu'il y a ?

— *La dernière fois que tu as vu Nate... comment allait-il ?*

Oh Seigneur.

— Il allait bien, répondit lentement Joel. Ils allaient tous les deux bien. Nate n'était pas très loquace, mais il ne me dit pas grand-chose ces derniers temps.

Carrie soupira.

— *C'est ce que je craignais. Eh bien, c'est une tout autre histoire maintenant.*

— Qu'est-ce que tu veux dire ?

— *Je suppose qu'il a dû tout emmagasiner, parce que là, il vient d'exploser et c'est moi qui dois ramasser les morceaux.*

Le cœur de Joel se serra.

— Explique-moi.

— *Dire qu'il a pété un plomb, ça résumerait assez bien. Il m'a fait tout un laïus sur le fait qu'il ne comprenait pas pourquoi on avait divorcé. Il a insisté sur le fait qu'on ne s'était jamais disputé, qu'il n'y avait pas de vrais conflits entre nous. Il n'arrive pas à comprendre pourquoi on se comporte comme des amis. En gros, ça se résume par : « Il y a quelque chose que vous ne me dites pas. Ça va au-delà du fait que vous vous soyez éloignés l'un de l'autre ».*

— Qu'est-ce que tu lui as répondu ?

— *La seule chose que je* pouvais *lui répondre : je lui ai dit qu'on devait en parler en famille, face à face.*

Elle marqua une pause avant de reprendre :

— *Je lui ai dit qu'il était temps qu'il sache la vérité.*

Joel poussa un long soupir.

— Tu as un sens troublant du timing. Je viens de dire exactement la même chose à Finn.

Une nouvelle pause.

— *Finn est là ?*

Joel lâcha un rire sarcastique.

— Correction : c'est moi qui suis chez Finn.

— *Il est un peu tard pour discuter de la*

construction de la terrasse, tu ne trouves pas ?

Une note d'intérêt perçait dans sa voix.

Nous y voilà.

— Eh bien… pour être honnête, on ne discutait pas des masses.

Après tout, elle avait le droit de savoir ; lui-même savait bien pour Eric.

— *Je vois. Je constate qu'il y a eu certains progrès.*

Un autre silence.

— *Tu es heureux ?*

— Je l'étais jusqu'à ce que tu appelles. Nate a accepté qu'on se voie tous ensemble ?

— *Il a voulu savoir pourquoi je ne pouvais pas tout lui dire sur-le-champ. J'ai répété qu'il fallait qu'on en discute en famille et j'ai précisé que je te demanderai si ça te va qu'on fasse ça dimanche. Apparemment, Nate voit un pote de fac samedi, donc ça lui conviendrait. Et toi ?*

— Ça me va. Préviens-moi juste quand vous serez en route.

— *Bien sûr. Et Joel ? Je suis* vraiment *heureuse pour Finn et toi*, insista-t-elle avec une chaleur perceptible.

— Oh, ne prévois pas la pendaison de crémaillère pour tout de suite. On commence à peine, OK ? C'est encore frais.

Certes, il voulait que Finn continue à réchauffer ses draps, mais il ne comptait pas mettre leur histoire en danger en y allant trop vite.

— *Dans ce cas, je crois les doigts. Il me plaît.*

À cet instant, Finn revint dans le salon avec deux verres de jus de fruits et Joel lui sourit.

— Je suis moi-même très partial à son sujet. À dimanche.

Il raccrocha. Finn se rassit.

— Dimanche ?

Joel lui rapporta la conversation. Finn en resta bouche bée.

— Merde alors. Tu parles d'une coïncidence.

Il carra les épaules.

— Ça règle la question. Je ne serai pas là.

Joel se figea.

— Ah bon ?

Finn hocha la tête.

— Ce moment vous appartient, à Carrie et toi, je ne devrais pas m'immiscer dedans.

Un demi-sourire aux lèvres, il continua :

— Qu'importe si je meurs d'envie d'y être. Promets-moi juste de m'appeler à la minute où ils s'en iront.

— À la seconde, le rassura Joel avant de sourire. Viens là. J'ai besoin de te serrer contre moi.

Finn enjamba ses cuisses et se pencha pour l'embrasser sur la bouche.

— C'est assez près ?

Les mains de Joel se posèrent sur sa taille.

— Oh, je crois qu'on peut faire encore plus près.

Il n'avait envie en cet instant que d'une chose : être si près l'un de l'autre qu'il ne saurait plus dire où Finn terminait et où lui-même commençait.

Jusqu'où veux-tu aller, toi, Finn ?

Non pas qu'il compte lui poser la question. Comme il l'avait dit à Carrie : ce changement de situation était encore récent, et quoiqu'il ait envie de la voir continuer à évoluer, il ne comptait pas faire de faux pas si rapidement.

Qu'importe à quel point il voulait passer à l'étape suivante de leur aventure.

Chapitre 20

Finn poussa un soupir de pur contentement.

— J'aime quand le vendredi soir devient le samedi matin.

D'autant plus quand cela se passait avec moult câlins dans le lit de Joel. Il y avait même en prime un chauffe-pieds sous la forme de Bramble, qui s'était aventuré à l'étage. Il les avait observés depuis la dernière marche de ses yeux bruns et brillants, et Finn n'avait pas été surpris lorsque Joel lui avait signe de les rejoindre sur le lit. Il était pour le moment enroulé au-dessus de leurs pieds, les paupières closes.

Ce qui changerait en un rien de temps si l'un de nous disait « promenade ».

Évidemment, lesdits câlins rongeaient sur son temps de construction de terrasse, mais bon, c'était Joel le patron, et Finn n'allait pas le contredire. Comme s'il était en mesure de lui refuser quoi que ce soit.

S'il me demandait mon cœur, je le lui donnerais. Finn savait qu'il était complètement épris, au-delà de toute entente.

— Tu as conscience qu'on va bien devoir sortir de ce lit à un moment, hein ?

Finn cilla.

— Mais pourquoi ? répondit-il. Il nous reste…

Il compta sur ses doigts.

— … trente capotes encore, acheva-t-il avec un grand sourire.

Joel éclata de rire.

— Tu me rappelles qui a parlé de gratification différée ? Hmm ?

— Allez, quoi. On ne pourrait pas rester encore un peu ? S'il te plaît.

À ses plaidoiries orales, Finn ajouta des cajoleries tactiles ; il adorait la façon dont Joel retenait sa respiration à chaque fois qu'il approchait de ses tétons. Il amena ensuite sa bouche près de l'un d'eux et le salua du bout de la langue.

Un hoquet de plaisir s'échappa des lèvres de Joel, qui le fusilla du regard.

— Tu triches avec tes coups bas.

Finn se mordit la lèvre.

— Je peux taper encore plus bas, crois-moi.

— Non, je te ne crois pas. J'exige des preuves.

Son souffle se coupa lorsque Finn le fit se tourner sur le ventre et, dans le même mouvement, lui écarta les fesses et envahit son fondement de sa langue.

— Putain.

Joel leva la tête, car le chien venait d'aboyer.

— Bramble ? Papa va bien. Va te coucher.

Finn pouffa.

— CQFD.

Il attendit que le labrador soit descendu du lit puis, avec énormément de réluctance, les marches après leur avoir envoyé un dernier regard implorant.

Finn découvrit les dents :

— Tu ferais mieux de ne pas être trop bruyant, sinon Bramble va croire que je fais subir de terribles choses à son papounet.

— Tu as plutôt *intérêt* à me faire des choses,

répliqua Joel.

Finn reprit son attaque buccale, savourant les mouvements du corps de Joel sous sa langue.

Non, il n'allait pas se mettre au travail de sitôt.

Joel entra dans la cuisine.

— Tu as faim ? demanda-t-il en haussant la voix tandis qu'il se servait un verre d'eau au robinet.

Finn était parti se doucher après les quelques heures qu'il venait de passer à ajouter des planches à la terrasse. Joel supposait qu'elle serait bientôt terminée, à condition qu'il n'y ait plus d'autres distractions.

— Qu'est-ce qu'il y a à manger ? Et est-ce que je suis invité ? répondit Finn depuis la salle de bains.

Joel rigola.

— Question idiote. Évidemment que tu es invité. Et j'ai deux plats surgelés avec pain de viande au congélo.

Finn apparut dans son dos une minute plus tard, les mains sur la taille de Joel, dont une glissait vers le nord alors que l'autre prenait la direction du sud. Joel ricana.

— Je vois que tu as une faim particulière.

— Mm-hmm, confirma Finn, dont le souffle lui chatouillait l'oreille. J'ai une super idée pour l'apéro. Tu as déjà eu envie de te faire prendre sur la table de la cuisine ?

Ses nerfs s'embrasèrent.

— Pas avant que tu le suggères.

Pourtant, Joel ne pouvait à présent plus penser à quoi que ce soit d'autre. Finn lui coupa le souffle en même temps qu'il serrait son sexe durcissant à travers son pantalon de jogging.

— Aha. Mais l'idée te plaît, visiblement. Ooh, que oui, insista-t-il avec une autre pression des doigts.

Finn le retourna et enroula les bras autour de sa nuque tandis qu'il frottait son érection contre la sienne.

— Ça lui arrive de faire une pause, à ton truc ?

Certes, Joel bandait tout autant. Il tenait son verre d'eau avec force, faisant de son mieux pour ne pas en renverser.

Finn se pencha plus près et son rire rauque titilla Joel dans le cou.

— Nan. Quand t'es dans les parages, c'est son état perpétuel.

Un nouveau roulement des hanches fit glisser son membre contre celui de Joel.

— Je devrais peut-être te soulever, te porter jusqu'à la table, te coucher dessus et…

Il se tut et tourna brusquement la tête vers la porte de derrière.

— C'était quoi, ça ?

— C'était quoi…

Joel suivit son regard et se figea.

Les yeux ronds, bouche bée, Nate se tenait derrière la porte-moustiquaire.

Eh merde.

Finn se recula si vite qu'on aurait cru que Joel l'avait brûlé et ce dernier lâcha son verre, qui se brisa sur le sol.

— Merde.

— Je m'en occupe, toi va lui parler, le pressa Finn en se mettant à ramasser les plus gros tessons.

Joel fit un pas vers la porte, mais Nate le prit de court et ouvrit la moustiquaire. Il entra dans la cuisine et resta planté sur le perron, avec le même air ébahi.

Putain, il tremble. Joel comprit soudainement. Nate était si furieux qu'il vibrait de la force de la colère qui sourdait en lui. Lui-même ne pouvait bouger, comme s'il avait pris racine.

— Je pensais que tu venais demain, avec maman et Laura, dit-il en tâchant de garder une voix normale. Ou bien j'ai confondu les jours ?

Joel écouta, mais il n'y avait aucune autre voix dehors.

— Tu es tout seul, c'est ça ?

Nate le dévisageait.

— C'est comme *ça* que tu veux la jouer ? Non, mais quel culot !

Joel se hérissa.

— Hé !

— Non, fais pas l'offusqué.

Les yeux de son fils luisaient et ses joues étaient marbrées.

— Tu veux savoir ce que je fais là ? Il était pas question que j'attende jusque demain. Alors j'ai dit à maman que je devais voir un pote. Ouais, j'ai menti. Je voulais entendre ce que tu avais à dire.

Ses yeux se posèrent sur Finn avant de se plisser.

— Et *maintenant* j'ai tout compris. C'est à cause de *lui* que maman et toi avez rompu ? C'est ça ? Tu l'as trompée avec lui, et elle a découvert le pot aux roses ?

La dureté dans sa voix blessait Joel au plus profond.

— Non, ce n'est pas ce qui… commença Finn, mais les yeux de Nate brillèrent de plus belle.

— Ce n'est pas à toi que je parle, c'est à mon père.

Joel leva la main.

— Je me fiche pas mal que tu sois troublé, je t'interdis de parler à Finn sur ce ton. Je t'ai élevé mieux que ça.

Il faisait tout son possible pour parler normalement, alors même qu'un froid glaciel grandissait à travers son corps.

Nate écarquilla les yeux.

— Tu t'attends à ce que je sois cool avec ça ? Alors que tu nous as *menti* ?

Le cœur de Joel battait la chamade.

— Je ne vous ai jamais menti. Je ne vous ai… simplement pas tout dit. Et pour ta gouverne ? J'ai rencontré Finn en promenant Bramble : moins d'une semaine avant que *toi* tu le rencontres.

Confronté au rire moqueur de Nate, Joel vit rouge.

— Tu ne me crois pas ? Demande à ta mère. Quelle raison aurait-elle de te mentir si Finn était réellement la raison de notre séparation ?

Il sortit son portable de sa poche et le tendit à Nate.

— Allez, vas-y.

— Mais bien sûr. Elle prendrait ton parti. Vous nous mentez l'un comme l'autre depuis le début. Et pour *ta* gouverne ? Je n'ai *jamais* cru aux conneries que vous nous avez débitées.

Nate n'avait fait aucune tentative de prendre le téléphone.

Joel garda les yeux rivés sur lui.

— Si tu ne veux pas l'appeler toi-même, je m'en

charge. Elle ne sait pas où tu te trouves.

Il appuya sur la touche d'appel rapide.

Les lèvres de Nate se déformèrent en un rictus qui écrasa le cœur de Joel.

— Ouais, fidèle à toi-même. Passe-lui la responsabilité comme ça elle s'occupera de ton linge sale à ta place.

Joel en avait assez. Le téléphone retomba avec sa main le long de son flanc.

— *Putain*, maintenant tu vas te calmer et te reprendre. Tu es un adulte, alors comporte-toi comme tel, merde.

Du portable survint la voix de Carrie, mais il l'ignora. Les yeux de Nate étaient ronds comme des soucoupes, sa poitrine se soulevant de manière irrégulière.

— Alors ? insista Joel d'un ton autoritaire.

Nate tendit la main.

— Donne-le-moi.

Joel leva un doigt en portant le portable à son oreille.

— Salut. Nate est chez moi.

Carrie lâcha un hoquet de surprise.

— *Pardon ?*

Une pause s'ensuivit.

— *C'est un gros bordel, c'est ça ?*

Joel avisa les joues rosies de Nate, ses poings qu'il serrait et relâchait le long de ses jambes.

— Ouais, mais ce n'est pas surprenant.

— *Passe-le-moi.*

Joel tendit le téléphone.

— Ta mère veut te parler.

Déglutissant, Nate prit l'appareil. Le cœur de Joel souffrait de le voir se tenir droit comme un i. Il priait pour que Carrie réussisse à lui faire entendre raison.

— Tu n'es plus obligée de mentir, maman. Je sais la vérité. Je les ai vus, papa et Finn.

Narines dilatées, Nate jeta un regard à Joel.

— Il ne va pas pouvoir se tirer d'affaire aussi facilement, là.

Finn jeta les morceaux de verre à la poubelle, puis s'approcha de Joel.

— Laisse-les parler, lui conseilla-t-il à voix basse. Donne-lui du temps.

Il tira sur le bras de Joel.

— Je t'en prie, insista-t-il.

Le cœur de Joel tambourinait à toute vitesse et douloureusement contre sa poitrine. Il luttait contre l'envie de vomir. Il essayait de ne pas écouter, mais il lui fut impossible de ne pas entendre le ton accusateur de son fils :

— Tu aurais dû nous le dire, maman. Tu aurais dû *me* le dire. Je suis plus un gamin, tu piges ?

— Joel. *Joel.*

L'interpellé cligna des paupières. Les yeux de Finn étaient rivés aux siens, sa main agrippée à son bras.

— Laisse Carrie faire ce qu'elle peut, d'accord ? Viens avec moi au salon, on va s'asseoir et discuter.

Joel se laissa mener au salon, où Finn le guida jusqu'au rocking-chair et attendit jusqu'à ce qu'il se soit assis. Bramble apparut à ses pieds l'instant d'après, avec un petit gémissement. Joel lui caressa la tête.

— Tu sais que quelque chose ne va pas, hein, mon grand ?

Caché par l'angle du couloir, Nate continuait de parler, mais au moins sa voix avait-elle perdu un peu d'âpreté.

Finn s'accroupit près de Joel.

— Écoute, je crois que je ferais mieux d'y aller. Quand Nate aura fini de parler à Carrie, vous aurez besoin de discuter. Et je ne pense pas que ma présence soit une bonne idée.

— Mais…

Finn le fit taire en posant un doigt sur ses lèvres.

— Tu as vu comme il était furieux quand j'ai essayé de m'expliquer. C'est le moment pour une discussion entre père et fils. Ma présence ne ferait que vous compliquer la chose.

Il soupira.

— Tu m'enverras un texto quand même ? Pour me dire comment ça s'est passé ?

Joel hocha la tête.

— Bien sûr.

Au fond de lui, il savait que Finn avait raison. C'était à Nate et lui seuls de régler ce problème. Il se pencha en avant et embrassa Finn sur la bouche.

— Merci.

Finn lui caressa la joue.

— Essaie de ne pas te faire trop de mouron, d'accord ? Tout va finir par s'arranger.

Joel aurait aimé pouvoir en être aussi certain.

Finn se releva et jeta un regard à son accoutrement.

— Je suis soulagé que j'aie au moins mis un survêtement avant de sortir de la salle de bains. Imagine s'il m'avait surpris en serviette.

Joel soupira.

— Je ne pense pas que ça aurait vraiment aggravé la situation.

— Je vais récupérer mes vêtements, dit Finn avant de se rendre à l'étage.

Bramble posa sa truffe contre la paume de Joel,

qui lui caressa les oreilles.

— Me voilà dans de beaux draps, mon grand, murmura-t-il.

Nate n'avait pas fini de parler, même si sa voix avait perdu toute véhémence et raideur. L'instant d'après, Finn réapparut. Il récupéra ses bottes sur le tapis de l'entrée et les mit en jetant un œil à la porte de derrière. Une fois prêt, il se tourna vers Joel.

« Tu m'appelles ? » articula-t-il sans voix, ce à quoi Joel acquiesça. Finn ouvrit la porte d'entrer et s'en alla.

Il ne restait plus que Joel et son fils.

Il consulta l'horloge murale. Nate devait être au téléphone depuis dix minutes, à peu près, mais quoi que Carrie soit en train de lui dire, cela semblait faire son effet. Il parlait plus doucement, bien plus calme qu'auparavant, même si Joel n'osait pas pour autant broncher de son rocking-chair.

La balle était dans le camp du jeune homme.

Le silence retomba sur le chalet et, l'instant d'après, Nate apparut dans son champ de vision. Il s'approcha du fauteuil à bascule et tendit le téléphone à son père.

— Tiens.

Joel le prit et le fourra dans la poche de son pantalon. Nate resta planté là, les bras ballants. Comme il lui semblait évident que son fils n'allait pas rompre le silence, Joel soupira.

— Voilà, maintenant tu sais.

Nate déglutit.

— Mais pourquoi ce n'est pas de *ta* bouche que je l'ai appris ? Pourquoi tu me l'as caché ?

Ses yeux s'agrandirent.

— T'as cru que j'allais péter un câble, c'est ça ? Merde, p'pa, tu me connais si mal que ça ?

— Je ne reconnaissais pas la personne que tu es devenue, avoua Joel. Tu ne t'exprimais plus sur rien… je ne savais pas comment tu le prendrais. Soyons un peu honnêtes, tu veux. Même si on s'entendait super bien avant, ça fait un moment que notre relation est merdique.

Nate cligna des paupières, si bien que Joel rit.

— Vu ce que je t'ai balancé tout à l'heure, c'est plutôt léger, ça, non ?

Nate se mordit la lèvre.

— Un peu, ouais.

Il semblait respirer plus facilement.

— Maman m'a dit de te prévenir que Laura et elle arriveraient demain matin.

Il déglutit tant bien que mal.

— Elle m'a aussi dit que je ne devrais pas t'en vouloir.

— Ça, c'est parce que ta mère est un ange et que je ne la mérite pas.

Le gorge de Joel se serra.

— Elle et moi, on n'est pas d'accord sur le sujet, en revanche.

Il y avait toutefois un autre sujet à aborder.

— Nate… jamais je ne t'ai menti. Je ne ferais pas une chose pareille.

Nate poussa un soupir.

— Maman a appelé ça un péché par omission. Apparemment, on ne peut pas appeler ça « mentir » quand on ne dit rien du tout.

Il jeta un œil alentour.

— Finn est parti ?

Joel confirma.

— Il s'est dit qu'on avait besoin d'un peu d'espace.

— Je l'ai vraiment pas loupé, hein ? dit Nate dont

le visage se décomposa. Je devrais y aller.

Joel fut debout en un clin d'œil.

— Pourquoi ? Ta mère arrive demain matin. Autant que tu passes la nuit ici.

Il prit une inspiration.

— Je ne suis pas content que tu aies fait toute cette route seul.

— Je suis calmé, là.

— Certes, mais…

Joel tâcha de trouver les mots.

— Tu veux bien rester ?

Comme Nate ne répondait pas, Joel insista :

— Ces six derniers mois ont été très durs pour nous tous. On a peut-être besoin de se retrouver un peu, tous les deux. Tu sais, on pourrait se prendre une pizza, regarder un film, passer un moment détente…

Il regarda Nate droit dans les yeux.

— Et pourquoi pas discuter ? Sans toute cette tension et cette colère sourde sous-jacente à toutes les conversations qu'on a pu avoir depuis que j'ai déménagé.

Joel leva les mains.

— Je sais, je sais. Si je t'avais dit la vérité, les choses auraient peut-être été différentes. C'est ma faute. J'ai insisté auprès de ta mère pour que ce soit moi qui vous avoue tout.

Il déglutit, difficilement.

— J'ai pris peur, tu vois ? Je ne voulais pas vous perdre.

Nate le dévisagea un moment.

— Je vais rester, dit-il, avant de soupirer longuement. Et je veux bien qu'on parle. Je veux en savoir plus.

— Des choses en particulier ?

Nate acquiesça.

— Je veux que tu me parles de ton enfance. Merde, je veux que tu me parles de *tout*. Je viens d'apprendre que mon père est gay. Tu peux te douter que j'en ai à la pelle, des questions.

Joel n'en doutait pas une seconde.

Nate pencha la tête d'un côté.

— Maman m'a dit qu'il y avait un petit ami au tableau avant qu'elle entre en scène. C'est vrai ?

— Ouais, c'est vrai. On s'est séparés quand j'ai commencé à fréquenter ta mère.

— D'ac… tu veux bien me parler de lui ?

Il n'y avait plus aucune trace de la rage qui avait déformé ses traits quelques minutes plus tôt, seulement une curiosité sincère qui apaisa le cœur de Joel.

Ce dernier eut une meilleure idée. Il se leva de son rocking-chair et s'approcha de la bibliothèque où reposait son ordinateur. Joel l'ouvrit et trouva le document, puis tendit le portable à Nate.

— Lis ça. Je te dirai tout ce que tu voudras savoir après.

— Qu'est-ce que c'est ?

Joel sourit.

— Mes premiers pas dans le monde de l'écriture, alors, je t'en prie, ne sois pas trop dur.

Nate désigna la cuisine de la tête.

— Je vais le lire à la table là-bas, d'ac ?

Joel n'y voyait aucun problème. Il ne pensait pas que ses nerfs le supporteraient s'il regardait son fils lire.

Il attendit que Nate soit hors de vue pour se laisser aller contre le dossier. Le téléphone vibra dans sa poche et il l'en extirpa. C'était un message de Finn.

Je suis en train de perdre la boule. Tout se passe bien ?

Joel n'était pas certain que « bien » soit le bon mot, mais il était ravi que les hostilités aient cessé. Ses pouces volaient de touche en touche. *Nate est toujours là. Je crois qu'on a signé une trêve. Il va dormir là ce soir. Tu pourrais peut-être venir demain ?*

Ça ne va pas le déranger ?

Joel sourit. *Non, plus maintenant. Carrie sera là aussi, et Laura.*

L'instant suivant, la réponse de Finn arriva. *OK. Je serai là demain. Tu vas me manquer ce soir, par contre.*

Une vague de chaleur se déversa lentement à travers tout le corps de Joel. *Toi aussi, tu vas me manquer.*

— Papa ?

Joel se releva et se rendit à la cuisine. Nate était assis à la table, les yeux écarquillés.

— Tu as tout lu ? lui demanda Joel.

Nate secoua la tête.

— Je suis arrivé au moment où tu es entré à la fac. C'est… c'est vachement bien écrit.

— Tu es le premier à me lire.

Nate cilla.

— Même pas Finn ?

— Nan.

— Ouah.

Ses yeux se posèrent à nouveau sur l'écran.

— Je n'arrive même pas à imaginer ce que tu as dû ressentir d'être obligé de te cacher comme ça. C'est plus comme ça maintenant ; les gens peuvent faire leur coming out tout simplement.

Joel soupira. *Il est si jeune.*

— Tout le monde ne fait pas son coming out, parce que, encore aujourd'hui, certains et certaines ne le peuvent pas.

Le ventre de Nate gronda, et le jeune homme rougit. Il lança un regard penaud à son père.

— Dis, p'pa ? Tu le pensais quand tu as parlé de pizza ?

Joel rit.

— Oui, je n'ai pas encore mangé non plus. Pepperoni, ça te va ?

Nate hocha allégrement la tête.

— Ma préférée.

— La mienne aussi.

Joel s'approcha du frigo pour y chercher la pizza, le cœur un peu moins lourd.

Finn aura peut-être raison, au bout du compte. Tout va s'arranger.

Il n'allait pas vendre la peau de l'ours prématurément, néanmoins. Nate et lui avaient encore beaucoup de choses à se dire.

Chapitre 21

— Nate ? Le café est prêt.

Joel s'en servit une tasse et s'approcha de la porte de derrière pour jeter un œil à la terrasse. *Presque finie.* Une autre pensée lui traversa aussitôt l'esprit : *Et après quoi ? Finn continuera-t-il à venir ?*

Seigneur, comme il l'espérait. Bien entendu, il pourrait poser directement la question à l'intéressé, mais cela était le nœud du dilemme. Lui-même ne voulait pas seulement poursuivre ce qu'ils avaient commencé, il voulait aussi aller de l'avant. Le problème étant qu'il était bien trop couillon pour faire le premier pas.

Nate sortit de la salle de bains et huma l'air.

— J'adore l'odeur du café. Laura trouve que je suis zarbi.

Joel gloussa.

— Attends qu'elle ait trente ans. Son discours changera d'ici là.

Il indiqua la cafetière.

— Sers-toi. La crème est dans le frigo et le sucre dans la boîte.

Il ne bougea pas de son point de guet.

Nate le rejoignit une fois sa tasse servie. Il se plaça à côté de Joel et regarda lui aussi le jardin.

— J'aurais dû te prévenir que j'arrivais hier. Et

j'aurais dû utiliser la sonnette aussi, mais je voulais voir la terrasse alors j'ai fait le tour. Il a fallu que je regarde par la fenêtre, hein ? J'ai eu la surprise de ma vie.

Joel prit une grande inspiration.

— Je suis désolé que tu l'aies découvert de cette façon.

— Bah, ça aurait pu être pire. J'aurais pu avoir besoin de me crever les yeux.

Nate ricana.

— Ça s'appelle une blague, papa.

Le fait qu'il puisse en rire aida Joel à respirer un peu plus facilement.

— Bramble doit aller faire ses besoins ?

Joel éclata de rire.

— Tu dormais encore quand je l'ai sorti. Il va avoir besoin d'une promenade, par contre. On pourrait y aller avant que ta mère arrive.

Le portable de Nate vibra et il le sortit de son jean.

— Non, on ne pourrait pas, le contredit-il en fixant Joel. Laura dit qu'elles viennent de passer le péage.

Joel jeta un œil à l'horloge murale de la cuisine.

— Elles sont à vingt minutes environ, alors. Ce qui veut dire qu'elles ont dû partir de la maison avant sept heures.

Doux Jésus. Carrie n'était *pas* du matin. Pas plus que Laura, en fait. Et qu'il ait réussi à tirer Nate du lit si tôt tenait en soi du miracle. Joel n'avait clairement pas transmis ses gènes de lève-tôt à ses enfants.

Nate ravala un sourire.

— Tu as assez d'œufs ? Parce que je refuse de croire que maman a préparé le petit déj avant de partir.

Joel rit.

— Oublie ça. Je vous emmène en ville. Je connais l'endroit idéal.

Il inclina la tête vers le clic-clac.

— Mais tu devrais peut-être ranger ton lit avant qu'elles arrivent.

— Bonne idée.

Nate baissa les yeux vers sa tasse.

— Je peux au moins terminer mon café avant ? Je ne suis même pas encore réveillé.

Il se fendit d'un large sourire.

— Je suis encore au lit, en fait. Ce que tu vois là n'est qu'un hologramme.

— Comment tu fais quand tu as des cours aux premières heures ?

Son sourire resta en place.

— Je demande les notes d'un pote.

Joel secoua la tête.

— Bois ton café pendant que je nettoie.

Ils étaient allés se coucher sans débarrasser les traces du repas. Joel s'en occupa pendant que Nate buvait sa tasse, assis à table. Il n'y avait pas grand-chose à faire, mais Joel voulait que la maison soit propre à l'arrivée de Carrie et Laura.

— P'pa ? Je peux te demander quelque chose ?

Joel sourit.

— Ça veut dire que tu as encore des questions ?

Leur discussion avait duré tard dans la nuit, mais au moins s'était-il couché avec le sentiment d'avoir éclairci la situation.

— J'ai oublié de te la poser hier soir. Est-ce que tes parents sont au courant ? Que tu es gay, je précise.

Nate se mordit la lèvre.

— Ça me fait encore bizarre de le dire.

Joel se figea brusquement et se tourna vers lui.

— Je n'ai pas changé, dit-il à voix basse. Je suis toujours ton papa.

Nate soupira.

— Je sais. J'ai juste besoin de m'habituer, c'est tout.

Il croisa le regard de son père.

— C'est rien, je t'assure. J'ai aucun problème à avoir un père gay.

Le cœur de Joel était encore plus léger qu'il ne l'avait été la veille.

— Pour répondre à ta question : non, je ne leur ai rien dit. Ça ne les regarde pas. Quand je leur ai dit que ta mère et moi allions divorcer, ils ne l'ont pas bien pris. Ils m'ont sermonné de ne pas faire tout ce qu'il fallait pour arranger les choses, d'abandonner trop facilement… Imagine comment ils réagiraient s'ils savaient.

Nate hocha la tête.

— Alors, je ne leur dirai rien la prochaine fois que je les verrai.

Joel ne put se retenir. Il s'approcha de la chaise de Nate et lui embrassa le sommet du crâne.

— Je t'aime.

Nate leva les yeux vers lui.

— Il me reste des questions, mais je vais attendre que maman et Laura soient là. Comme ça, tu n'auras pas à tout répéter deux fois.

Nate se contenta de sourire lorsque Joel lui lança un regard interrogateur.

— Rien de bien pesant. Je crois que Laura aura les mêmes questions.

Ses yeux s'embrasèrent.

— La bonne blague. Laura aura *un million* de questions à te poser.

Ils rirent de concert.

Lorsque Carrie se gara derrière la voiture de Nate dans l'allée, la maison était immaculée. Laura fut la première à franchir la porte, et Bramble lui faisait sa fête avant même que Carrie ait refermé la moustiquaire. Laura se jeta ensuite dans les bras de Joel.

— Coucou, papa. As-tu la *moindre idée* de l'heure à laquelle maman m'a tirée du lit ce matin pour qu'on arrive aussi tôt ?

Il s'esclaffa en la serrant contre lui.

— Salut, mon chaton.

Carrie se pencha et il l'embrassa sur la joue.

— Va te servir un café. Tu dois en avoir grand besoin. Il est tout frais.

— Tu me sauves la vie. J'ai la tête dans le pâté.

Carrie se précipita vers le nectar, mais se figea en voyant Nate. Elle croisa les bras, son envie de café apparemment oubliée.

— Quant à *vous*, jeune homme…

Nate leva les mains.

— Maman, je suis désolé, d'accord ? Mais j'avais besoin de parler à papa seul à seul.

Le regard de Carrie passa du fils au père.

— Tout va bien, la rassura Joel.

Elle relâcha son souffle.

— OK, dit-elle avant de plisser les yeux. Mais tu ne t'en tireras pas aussi facilement pour m'avoir menti.

— Il est en peu trop vieux pour être puni dans sa chambre, lui fit remarquer Joel. Et on a beaucoup parlé.

Laura entra dans la cuisine.

— Pourquoi il est pas là, Finn ?

Joel fronça les sourcils.

— Pourquoi devrait-il être là ?

La jeune fille cligna des paupières.

— Je pensais que c'était ton petit ami ?

Trois paires d'yeux s'arrondirent. Bouche bée, Joel se tourna vers Carrie.

— C'est toi qui… ?

— Pas un mot, rétorqua-t-elle farouchement.

Laura leva les yeux au plafond.

— Oh, bah voyons, p'pa. J'ai peut-être que quinze ans, mais je suis pas idiote.

— Mais… comment l'as-tu su ? voulut savoir l'intéressé.

Elle haussa les épaules.

— Je l'ai découvert par moi-même, en gros.

— Et c'est bien ton petit ami, j'imagine ? commenta Nate. Après ce que *moi* j'ai vu ?

Joel supposa qu'il aurait tiré les mêmes conclusions s'il avait vu *son* père rouler une pelle à un autre homme.

Nate fronça les sourcils à l'intention de sa sœur.

— Par contre, comment tu as réussi à le découvrir, toi ?

Un nouveau roulement d'yeux impressionnant.

— Nate, tu te comportes comme un sale con depuis que papa a déménagé. Si tu avais arrêté deux secondes d'être en colère et que tu avais fait comme *moi*, toi aussi tu aurais tiré les bonnes conclusions.

— Pourquoi, qu'est-ce que tu as fait toi ?

Laura lui décocha un sourire de supériorité.

— J'ai observé. C'est étonnant ce qu'on peut remarquer dans ces cas-là. Comme la façon dont papa regardait Finn. *Et* je l'ai entendu parler avec tante Megan. Il n'y avait plus de doute après ça.

Elle jeta un œil à sa mère.

— Quoi ?

Carrie éclata de rire.

— Rien, ma chérie. Tu ne cesses de m'impressionner, c'est tout.

Joel avait dépassé le stade « impressionné » et se noyait dans un lac de sidération.

Carrie lorgnait la cafetière.

— Ça y est, je peux assouvir mon besoin de caféine ?

Joel prit pitié d'elle.

— Assieds-toi, je m'en occupe. Laura, tu veux un jus ? Nate, je te resserre ?

La tête lui tournait toujours et s'adonner à des tâches pratiques était pour lui le moyen de continuer à fonctionner.

Il ne fallut pas longtemps pour qu'ils se retrouvent tous assis à la table de la cuisine. Carrie se tourna vers Joel.

— Tu veux commencer ?

Il n'était pas sûr de comprendre où elle voulait en venir, au début, jusqu'à ce qu'il réalise qu'elle aussi devait avoir un secret.

— Si tu veux. Même si j'ai l'impression qu'ils sont au courant de tout, maintenant.

Laura écarquilla les yeux.

— Pardon ? Non, moi, je veux savoir comment tu as rencontré Finn, quand vous allez vous marier, si je vais être demoiselle d'honneur…

— Ouah, calme ton char, intervint Joel donc le cœur s'était emballé. Tout d'abord, à propos de Finn, c'est…

Qu'était-il, au juste ? Le mot « petit ami » l'avait littéralement pris par surprise, mais l'était-il ? Finn était bien plus qu'un ami, et *clairement* plus que le charpentier qui était venu faire un devis pour la vieille terrasse de Joel.

Il observa les visages de ses enfants et de son ex-femme. Il se devait d'être honnête avec eux.

Joel prit une grande inspiration.

— La vérité, c'est que je ne sais pas où ça va nous mener.

— Tu parles de Finn et toi ? précisa Nate.

Au hochement de tête de son père, le jeune homme pencha la tête.

— Mais tu *espères* que ça vous mènera quelque part, non ?

La vérité, rappelle-toi. Il acquiesça derechef, lentement.

— Oui, j'aimerais bien.

Il avisa les regards de Nate et Laura.

— Et vous, ça vous poserait problème ?

Laura rayonna.

— Pas du tout. Je l'aime bien, Finn.

— Moi aussi, ajouta Nate. C'est prévu qu'il vienne aujourd'hui ? Parce que je dois lui présenter mes excuses.

Carrie lui adressa un regard inquisiteur qui le fit soupirer.

— Je me suis comporté comme un con.

Carrie lui serra l'épaule.

— Je crois qu'il te pardonnera.

Elle croisa le regard de Joel.

— Et si tu l'appelais ?

— Papa a dit qu'il allait nous emmener déjeuner, s'empressa d'intervenir Nate. On pourrait demander à Finn de nous accompagner. Non ?

L'idée plaisait à Joel, même si imaginer Laura en train de griller le pauvre Finn quant à ses intentions envers lui, son papa, lui remplissait l'estomac de papillons.

— Je vais lui demander.

— Avant que tu le fasses, j'ai moi aussi quelque

chose à vous dire.

Carrie prit une succession d'inspirations rapides ; Joel se pencha par-dessus la table pour lui serrer la main.

— Arrache le pansement, dit-il avec un sourire. Mais prépare-toi à ce qu'ils te disent qu'ils sont déjà au courant.

Ils avaient deux enfants extraordinaires.

Elle souffla lentement.

— Le truc, c'est que… j'ai rencontré quelqu'un, moi aussi.

Nate et Laura se figèrent un moment.

— Sérieux ? Depuis quand ? demanda Nate d'une voix impérieuse.

— Un mois à peu près.

— Et tu ne nous le dis que *maintenant* ?

Sa voix traduisait toute son incrédulité.

— Pourquoi tu n'as rien dit ?

— Il s'appelle comment ? On le connaît ? renchérit Laura. On a le droit de le rencontrer ?

Carrie leva les mains, les plongeant tous deux dans le mutisme.

— Il s'appelle Eric, je l'ai rencontré au club de tennis et je ne comptais pas vous le présenter tant que je ne savais pas si c'était du sérieux.

— J'en conclus, puisque tu nous en parles, que *c'est* du sérieux, trancha Nate.

Carrie jeta un regard à Joel avant de répondre.

— Je pense que c'est bien parti pour, en tout cas. Ce qui ne veut pas dire que ça ne peut pas changer, d'accord ? Pour l'instant, on est très heureux de ce qui nous arrive. Et oui, maintenant que je vous en ai parlé, je compte l'inviter à dîner un week-end, pour que vous puissiez l'interroger… je veux dire, le rencontrer.

Joel gloussa.

— Je crois que tu as mis le doigt pile dessus avec « interroger ».

— P'pa ? intervint Laura dont le front était plissé. Je dis quoi à mes amis, que tu es gay ou bi ?

Carrie pouffa.

— Je te rends le micro, Joel.

Joel but une gorgée de café avant de répondre, mais avant qu'il ait pu ouvrir la bouche, Nate s'interposa.

— Papa est gay. Il a *toujours* été gay, déjà quand il avait ton âge. Même quand il était plus jeune que toi, en fait.

Le regard chaleureux, Nate se tourna vers son père.

— Il ne pouvait pas vivre comme il le voulait à l'époque, mais maintenant si.

La gorge de Joel se noua, des larmes lui picotèrent le coin des yeux.

— Tu as bien résumé.

Carrie avisa Joel d'un air abasourdi.

— Ça a dû être une sacrée discussion entre vous.

Ses yeux étaient humides et elle les frotta rapidement du dos de la main.

Nate contemplait Joel.

— Papa m'a laissé lire quelque chose qui m'a ouvert grand les yeux, c'est tout.

— Et n'oublie pas que tu as aussi joué un rôle, hier, affirma Joel en posant un regard tendre sur Carrie. Je ne sais pas ce que tu lui as dit au téléphone, mais tu l'as bien calmé, crois-moi.

— Je savais qu'il n'en serait pas choqué, une fois qu'il se serait remis de ses émotions.

Nate toussa, puis décocha un regard entendu à son père.

— Papa ? Finn, tu te souviens ? Appelle-le.

Souriant, Joel sortit son portable de sa poche et passa le coup de fil.

— *Salut. Je voulais t'appeler, mais je me suis dit qu'il valait mieux attendre. Tu vas bien ?* demanda Finn après une pause.

— Ouais, ça va. Tu as déjà mangé ?

— *Pas encore. J'en suis à ma troisième tasse de café, par contre. Ça compte ?*

Joel rigola.

— Sois prêt dans à peu près dix minutes. Je passe te chercher. Tu es officiellement invité à un petit déjeuner.

Cette fois, ce fut lui qui marqua un temps d'arrêt.

— En famille.

Un ange passa.

— Finn ? Tu es toujours là ?

— *Ouais, je suis là. Tu es sûr de toi ?*

Joel sourit.

— On a *tous* réclamé ta présence. J'espère que tu as faim. Je vous emmène chez Becky.

Finn ricana.

— *Quelles sont les chances que Megan fasse une nouvelle apparition ?*

— Dis pas ça. N'y *pense* même pas.

Joel voulait un peu de temps avec Carrie, ses enfants… et Finn.

Chapitre 22

Finn contemplait la terrasse terminée avec un sourire. *Beau boulot.*

Il était venu tous les soirs après ses heures de travail, les finitions lui avaient pris toute la semaine, mais c'était enfin fini. Et ce malgré les protestations de Joel selon lesquelles cela pouvait bien attendre le week-end, car Finn s'était retrouvé en proie à un sens magistral de culpabilité. Tout le temps passé dans le lit de Joel (ou le sien, pour être franc) signifiait qu'il n'avait pas beaucoup travaillé sur le projet pour lequel Joel le payait, et ce n'était tout bonnement plus possible.

Mais maintenant que j'ai fini, quid de nous deux ?

Évidemment, une fois les travaux du jour terminés, les nuits avaient fait place à d'autres activités. Après tout, il ne pouvait pas bosser en pleine nuit, quand même ? Et puis, si Joel voulait passer un peu de temps cul nu, ce n'était pas Finn qui allait lui dire non.

Sauf que leurs soirées ne s'étaient pas résumées à des ébats constants. Par deux fois, ils avaient regardé un film sur le canapé, et ils avaient même passé toute une nuit à la table de la cuisine, lorsque Joel avait sorti un jeu de société qu'il avait trouvé le jour où il avait acheté la maison. *Marvel Villainous* était l'un des jeux les plus chouettes auxquels Finn ait jamais joué, et il avait pris un grand plaisir à déjouer les plans de Joel. De prime abord déroutant en raison de ces nombreuses subtilités, il ne leur avait néanmoins pas fallu longtemps pour le maîtriser, et ils en avaient fait trois parties consécutives.

S'il ne devait retenir qu'une seule chose de cette soirée pour toujours ? Ce seraient leurs rires. Finn ne pouvait se rappeler la dernière fois où il avait autant ri. *Un homme qui te fait rire est un homme à aimer.* Et voilà qu'il mettait le doigt sur le nœud du problème.

Il était en train de tomber amoureux de Joel, sauf qu'il n'avait pas le pouvoir de consulter l'avenir pour savoir comment cela se terminerait. Certes, il savait comment il *aimerait* que ça se termine, mais il n'était pas le seul parti de cette relation. Or, c'était bel et bien une relation, de son point de vue.

Mais comment Joel voyait-il les choses, lui ? Finn n'en avait pas la moindre idée, et il avait bien trop peur de le lui demander. *De toute façon, ce qu'on vit là est déjà très bien. Ça fonctionne, non ?* Joel semblait heureux de continuer ainsi, alors pourquoi faire des vagues ? *Tout le monde n'est pas fait pour l'engagement, pas vrai ?* D'ailleurs, Joel entamait à peine son odyssée. Il était fort peu probable qu'il ait envie de se trouver un port d'attache à peine après avoir levé l'ancre.

Bien entendu, il pourrait toujours lui *poser la question,* mais l'idée d'être confronté au visage de Joel, à son expression « et je fais quoi maintenant » qu'il serait incapable de dissimuler…

Finn se colla un sourire au visage lorsque l'intéressé ouvrit la porte-moustiquaire.

— Ta-da !

Rayonnant, Joel sortit sur la terrasse.

— Elle est superbe.

Il passa une main sur le plus proche des six poteaux qui maintenaient la pergola.

— Je ne savais pas que tu allais rajouter ça.

Finn sourit.

— J'ai bien vu que tu adorais l'idée quand j'ai fait le dessin. Alors, j'ai ajusté mes calculs pour la livraison. Pas question que tu paies pour, par contre.

Joel cilla.

— Pourquoi ?

Finn secoua la tête.

— Toi, tu voulais une terrasse. C'est *moi* qui ai eu l'idée de la pergola, pour te montrer ce que tu pouvais faire avec l'espace et ce que ça donnerait. Tu n'as qu'à voir ça comme un cadeau de pendaison de terrassière.

Après tout, ça ne lui avait pas coûté grand-chose, et il l'avait montée en moins de trente minutes.

Les yeux de Joel étaient emplis de tendresse, son visage brillait.

— Oh, merci. Je… je ne sais pas quoi dire.

Finn ne voulait pas ses paroles, il voulait ses baisers, pour autant de temps que possible.

Il referma sa boîte à outils.

— Voilà, tu vas pouvoir commander le salon de jardin qui te fait envie. Et même un barbecue ?

Son regard balaya l'espace.

— Cet endroit a grand besoin d'un barbecue.

— Je l'ajouterai à la liste.

Le regard de Joel se posa sur la caisse à outils.

— Tu vas rentrer ?

À moins que tu n'en aies pas envie.

— La journée a été longue, j'ai besoin d'une

douche.

Finn voulait que Joel réponde quelque chose, n'importe quoi, qui lui donne une excuse pour ne pas s'en aller, mais ce dernier se contenta de hocher la tête. Finn récupéra la boîte à outils et la porta jusqu'à sa camionnette en passant par le portail latéral. Une fois sa mallette rangée, il fit demi-tour pour aller dire au revoir, mais vit que Joel approchait.

— Quand tu auras pris ta douche… ça te dit de revenir dîner ? Je vais préparer des lasagnes.

— S'agirait-il des lasagnes dont Nate m'a parlé, la fois où Carrie a apporté son ragoût ? Il a dit qu'elles étaient géniales.

Joel sourit.

— Ça a toujours été mon plat de secours.

Finn aurait accepté l'invitation même si Joel avait prévu de leur servi des bottes de cuir en friture accompagnées de lacets marinés.

— Si tu es sûr que ça ne dérange pas, j'adorerais revenir. Disons d'ici une demi-heure ?

Les yeux de Joel étincelaient.

— Super. Je commence à préparer. Et vu que c'est samedi demain… ça te dirait de passer la nuit ici ?

Finn lui décocha un grand sourire.

— Je penserai à prendre ma brosse à dents.

Il se mit derrière le volant, le cœur en fête.

Passer plus de temps avec Joel offrait une fin parfaite à sa semaine.

Finn n'avait *aucune* envie de bouger.

Il était assis sur le clic-clac à côté de Joel, ses pieds nus sur les genoux de celui-ci, qui leur administrait le *meilleur* massage de *tous les temps.*

Certes, son *seul et unique* massage.

Le film venait de s'achever et avait été remplacé par une émission réservée aux publicités comiques.

Joel ricana.

— J'adore celle-là.

Sur l'écran, un couple au lit discutait de préservatifs. L'homme disait qu'il n'en trouvait jamais à sa taille, aussi la femme recouvrit-elle sa main d'une capote.

— Elle date d'il y a plusieurs années, par contre. On ne voit plus autant de pubs pour les préservatifs, ces jours-ci.

Un détail tracassait Finn depuis leur toute première fois, et il n'aurait pu rêver d'un meilleur tremplin.

— Je peux te poser une question ?

Joel attrapa la télécommande et baissa le son.

— Comme si je pouvais t'en empêcher.

— Ce soir-là, au MaineStreet, quand je t'ai dit que je n'avais pas de capotes chez moi, pendant une seconde tu as eu sur le visage comme un air... de panique, presque.

Joel se figea, puis éteignit la TV.

— J'imagine qu'on devrait en parler. Tu en sais plus à mon sujet que n'importe qui d'autre, à part peut-être Carrie. Le truc, c'est que… même si je n'avais pas couché avec un autre mec depuis vingt ans, l'usage des capotes est comme qui dirait gravé en moi. C'est ce qui arrive quand on grandit à l'époque de l'émergence du SIDA, j'imagine. Je n'ai jamais couché avec quelqu'un sans, et quand tu m'as dit que tu n'en avais pas…

Finn hocha lentement la tête.

— Tu as cru que j'allais te proposer de le faire non-couvert ?

— Ouais. Je me suis demandé si tu étais sous PrEP[7], comme j'en entends parler à la télé tout le temps.

Cette fois, Finn secoua la tête.

— Non. Je sais que je n'ai pas eu beaucoup de relations, mais les hommes avec qui j'ai été utilisaient tous la capote, au début tout du moins.

Voyant Joel pencher la tête, Finn soupira.

— Je sais que pas mal de types de mon âge ne voient pas les choses de la même façon, mais pour moi, l'engagement n'est pas une insulte. Et quand je donne mon cœur à quelqu'un, je lui offre aussi tout le reste, ce qui comprend ma confiance. Alors oui, arrivé à un stade où je croyais qu'une relation allait durer, on se faisait tester tous les deux et on arrêtait la capote.

Il relâcha son souffle.

— Le problème étant que j'ai toujours choisi les mauvais mecs pour aller jusque-là.

---

[7] NdT : La PrEP, Pré-Exposition Prophylaxie, est un traitement prescrit aux personnes séronégatives qui empêche la contamination.

Joel appuya sur la plante de son pied droit.

— Une part de moi déteste le fait que tu n'aies pas eu droit à la relation que tu voulais. Tu ne mérites pas qu'on te traite comme ça.

Il sourit avant de reprendre :

— D'un autre côté, *si* l'un de ces types avait duré, on ne serait pas assis sur mon canapé en ce moment, toi et moi, et je ne pourrais pas te traîner dans mon lit d'ici une dizaine de minutes.

Finn cilla.

— Je n'avais jamais vu les choses comme ça.

Puis, il assimila ce que Joel avait dit.

— Dix minutes, hein ?

Tout sourire, Joel répondit :

— Sauf si tu n'as pas envie de regarder le reste de l'émission ?

Finn fut en bas du clic-clac en un clin d'œil.

— Quelle émission ?

Le temps qu'il atteigne l'escalier, Joel était à ses trousses.

— Le dernier sur le lit sera le passif.

Cela arracha un éclat de rire à Joel, qui remplit Finn d'une légèreté à laquelle il voulait s'accrocher aussi longtemps que possible.

Joel ouvrit les yeux sans pour autant être convaincu qu'il était réellement réveillé, car le doux fumet du bacon en train de roussir envahissait l'espace. Il réalisa soudain que Finn n'était plus à côté de lui et que Bramble n'était pas à ses pieds.

— Finn ?

Du rez-de-chaussée lui parvint le gloussement de Finn.

— Ça marche !

— Quoi donc ?

Il sortit du lit et mit un short.

— J'ai découvert une autre façon de réveiller Joel.

— Tu prépares le petit déj ? Qu'est-ce qui me vaut une telle récompense ?

Joel attrapa le tee-shirt dont il s'était débarrassé la nuit précédente.

— Ça me rappelle ce mème que j'ai vu sur Facebook, répondit Finn. « Je me suis tellement bien branlé hier soir que j'ai retrouvé ma bite dans la cuisine en train de me préparer le petit déj. »

Joel éclata de rire en s'engageant dans l'escalier. Finn, debout à la table, fouettait des œufs dans un bol et Bramble, assis non loin, se léchait les babines. Le propriétaire des lieux ne remarqua qu'après coup l'attirail de son invité. Finn portait le tablier de Joel, mais c'était là *tout* ce qu'il portait ; les lanières pour l'attacher pendouillaient sur ses fesses nues.

— Oh, si c'est comme ça que tu prépares le petit déj, je vais avoir besoin que tu le prépares plus souvent.

Joel s'approcha de lui, attrapa son fessier à deux mains et pressa.

— Hé. On ne me distrait pas.

Joel l'embrassa dans le cou, savourant les frissons qui traversèrent Finn.

— Où est le bacon ? demanda-t-il en lui

embrassant le bas de la nuque et en descendant toujours plus bas.

— Dans le four pour qu'il reste chaud.

— Tant mieux.

Délibérément, Joel dénoua le tablier avant de se mettre à genoux derrière Finn.

— Je peux savoir ce qu'il se passe dans mon dos ?

— Pose le bol, Finn, et accroche-toi à la table.

Le hoquet de surprise de l'intéressé résonna dans toute la cuisine.

— Putain, tu vas quand même pas…

— Oh que si. C'est toi qui m'as donné l'idée, tu te souviens ?

Il gloussa en voyant la vitesse à laquelle Finn suivit ses instructions.

— Rappelle-moi de partager toutes mes autres idées avec toi.

Finn lâcha un grognement guttural lorsque la langue de Joel trouva sa cible.

— Seigneur.

Voilà qui était *fort* satisfaisant.

Joel baissa l'écran de son ordinateur et jeta un œil à l'horloge murale. Il était de temps de faire une pause.

Bramble avait visiblement eu la même idée : il se

leva de là où il était couché à ses pieds et s'approcha de la porte de devant. Joel rigola.

— OK, OK. J'ai compris le message.

Lui-même ne dirait pas non à une balade. Il avait bossé toute la matinée et Bramble s'était montré très patient.

— Allons voir si Finn est chez lui, t'es d'accord, mon grand ?

Toutefois, il se souvint soudain que, à cette heure-là, Finn devait être en train de travailler. Cela faisait trois jours qu'ils ne s'étaient pas vus, même s'ils s'étaient téléphoné et que Finn lui avait envoyé des photos du rocking-chair, qui était magnifique. La voix de Finn ne valait pourtant pas l'homme en vrai.

Seigneur Dieu, tu l'as grave dans la peau.

L'après-midi du dimanche dernier, lorsqu'ils avaient emmené Bramble sur la plage, lui semblait une tout autre vie. Une vague de chaleur le happa en repensant à leur balade sur la côte, Finn à ses côtés, leurs bavardages, leurs éclats de rire, les bâtons jetés pour Bramble… Ce qui l'avait marqué le plus, c'était le désir qui l'avait saisi, l'envie de tenir la main de Finn sans pour autant avoir le courage de faire une telle chose. En particulier parce que Finn ne montrait aucun signe similaire.

Ce qui constituait toutes les preuves dont Joel avait besoin pour lui démontrer que Finn ne ressentait pas la même chose que lui. Certes, Finn avait hâte de poser les mains sur lui dès qu'ils se retrouvaient, mais Joel voulait bien plus que ça.

Son portable se mit à vibrer et Joel le récupéra sur la table. Carrie.

— Salut, dit-il en décrochant.

— *Ça va ? Tu as l'air… je ne sais pas trop* comment, *mais tu n'as pas… l'air toi-même.*

— Ça va, mentit-il.

Ça ne pouvait *pas* aller quand il avait la tête pleine de Finn, alors qu'il aurait voulu l'avoir…

Dans mes bras, dans mon lit, dans ma vie.

Joel reprit le contrôle de ses pensées.

— Dis-moi, qu'est-ce qu'il y a ?

— *Je t'appelais juste pour te dire… qu'Eric est venu dîner à la maison dimanche.*

— Oh, super. Comment ça s'est passé ?

— *Bien, je crois. Il a joué aux échecs avec Nate. Eric t'a même fait un compliment ; il a dit que tu étais de toute évidence un excellent professeur.*

— C'est sympa de sa part. Qu'en a pensé Laura ?

Carrie s'esclaffa.

— *Elle dit qu'il est gentil.*

Elle se tut un moment avant :

— *Et donc… avec Finn…*

— Pourquoi tu me parles de lui ?

— *Eh bien, notre visite remonte à presque deux semaines. Tu as une meilleure idée d'où ça va vous mener ?*

Si seulement.

Joel poussa un soupir.

— Je ne suis pas sûr que ça nous mènera où que ce soit. Finn… Finn n'est pas à la recherche d'une relation.

C'était ce que lui répétait son cerveau quand, au beau milieu de la nuit, il était allongé dans son lit qui lui paraissait *tellement* vide sans Finn.

— *Et tu le sais parce que c'est Finn qui te l'a dit ?*

— Bah, non, mais…

— *Est-ce que tu lui en as seulement* parlé *?*

— Non.

Il ne pouvait pas… c'était impossible.

— *Et pourquoi pas ?*

— Parce que j'ai la trouille, t'es contente ?

Il avait levé le ton bien plus qu'il n'en avait eu l'intention, et Bramble aboya.

— Viens là, mon grand.

Lorsque Bramble arriva près de son siège, Joel lui caressa la tête.

— Papa va bien.

Il prit une inspiration.

— Excuse-moi, dit-il au téléphone. Je n'arrête pas de penser à lui, c'est pour ça. J'aime passer du temps avec lui. J'aime quand il vient juste pour regarder un film. J'aime les choses qu'il me fait ressentir.

— *Tu as le droit de le dire, tu sais*, répondit Carrie d'une voix douce.

— Dire quoi ?

— *Que tu l'aimes, lui.*

Il ouvrit la bouche pour nier en bloc, mais aucun son ne lui vint. *Parce que tu sais qu'elle a raison, pas vrai ?*

— *Quand je vous vois ensemble,* continua-t-elle, *ça me rend si heureuse. J'ignore combien de temps ça va durer, tout autant que je l'ignore pour Eric et moi. Il n'y a aucune certitude. Mais s'il te rend heureux, alors jette-toi à l'eau. Dis-lui ce que tu ressens.*

Elle marqua une nouvelle pause avant de terminer :

— *Ne laisse pas la peur t'entraver.*

Joel poussa un soupir chevrotant.

— C'est si évident que ça ?

— *Seulement à mes yeux, mais c'est parce que je te* connais, *mon cœur. Alors, voilà mon conseil : appelle-le, envoie-lui un texto, comme tu veux, mais invite-le à dîner. Fais que ce soit spécial. Puis quand il sera assis, tu lui dis tout.*

Il était capable de préparer un dîner. Quant à vider son sac… *On verra comment tourne le vent après qu'on a mangé.*

— Je vais y réfléchir.

Quand bien même il savait qu'il ferait bien plus qu'y réfléchir.

— Mais là, il faut que j'aille promener le chien.

— *C'est ta façon de me dire « ferme-la, Carrie »,* comprit-elle en rigolant. *Va le promener, alors, mais je t'en prie…*

— J'ai dit que j'allais y réfléchir, et je le ferai. Donc, maintenant, laisse-moi raccrocher pour aller promener mon chien. Je suis capable de réfléchir *et* de marcher en même temps, tu sais.

— *Ouah. Un homme qui fait plusieurs choses à la fois. Je vais devoir appeler le* Guinness Book.

— Sur ce…

Joel lui dit au revoir, puis caressa les oreilles soyeuses du labrador.

— Promenade ?

L'aboiement plein de joie de Bramble fut une réponse suffisante. Joel avait une dernière chose à faire avant de sortir, cependant. Il fit défiler sa liste de contacts et composa un message rapide à l'attention de Finn.

Tu viens dîner chez moi vendredi soir ? Viens dès que tu seras prêt.

Puis il appuya sur « Envoyer » avant de pouvoir changer d'avis. Ce n'était qu'un dîner, après tout, pas de quoi en faire tout un fromage.

Sauf que Joel savait que c'était bien plus que cela.

Chapitre 23

Finn repoussa les rideaux et grogna.

— Putain, merde.

Le ciel avait la couleur du plomb et les nuages semblaient à deux doigts de se vider de leur eau. Les prévisions météo de la veille avaient bien annoncé de la pluie, certes, mais cela allait au-delà d'une simple averse. Finn savait que les autres seraient présents au boulot, tout autant que lui, mais si le temps tournait au vinaigre, les travaux devraient attendre pendant un bon moment.

Pourquoi ça ne pouvait pas attendre qu'on ait monté le toit ?

Lorsqu'il arriva au chantier, la pluie battait son plein, et Lewis et Ted étaient en train de recouvrir d'une bâche les barres d'armature. Alors qu'il s'approchait d'eux, le portable de Lewis se mit à sonner ; il le porta à son oreille sous l'énorme capuche qui protégeait sa tête.

— Salut, Jon. Ouais, c'est l'enfer ici.

Comme par enchantement, un coup de tonnerre retentit sur plusieurs secondes, et Lewis fronça les sourcils.

— J'ai rien dit, ça vient seulement d'empirer.

Il écouta attentivement pendant que les autres

attendaient autour de lui, la pluie martelant leurs manteaux et le sol avec tant de force que les gouttes rebondissaient.

— D'accord, pas de problème. Ouais, j'ai pigé. On sait jamais, ça pourrait se calmer.

Après quoi, Lewis ricana.

— Ouais, je sais, l'éternel optimiste. Je te donnerai des nouvelles.

Il raccrocha.

— Qu'est-ce qu'il a dit, Jon ? exigea de savoir Max.

— Il a dit qu'on devait continuer à bosser, qu'un peu de pluie n'avait jamais fait de mal à personne, qu'on doit juste faire gaffe à esquiver les éclairs.

Face à un Max bouche bée, Lewis s'esclaffa.

— Non, mais tu rigoles ? Il a dit qu'on devait rentrer chez nous. Les prévisions sont pourries, la tempête arrive à toute vitesse et on ferait mieux de ne plus être là quand elle aura débarqué.

Tout sourire, Lewis continua :

— Alors, mesdames, rentrez chez vous et faites sa fête à votre ou vos meufs, ou votre mec pour ceux que ça concerne.

Il lança un regard entendu à Finn.

— Parce que ton gars, il va pas pouvoir promener son clébard avec *cette* saloperie.

Lewis marquait un point.

Finn retourna à sa camionnette, sursautant lorsqu'un coup de tonnerre retentit haut dans le ciel. Il se mit derrière le volant et contempla la pluie battante. Bien qu'il aurait adoré faire une surprise à Joel, il n'en ferait rien, car il ne voulait pas le déranger pendant qu'il bossait. De toute façon, ils avaient un dîner en tête à tête prévu pour le lendemain. *Je peux attendre jusque-là, non ?* Son estomac se noua.

Ça peut pas durer comme ça.

Non pas parce qu'il n'aimait pas *chaque* seconde passée en compagnie de Joel, non, ce qui était en train de le tuer à petit feu c'était de ne pas savoir s'ils allaient un jour passer de « sans engagement » à « couple officiel ». Il ne comptait pas dire à Joel ce qu'il ressentait, car cela ne servirait qu'à lui mettre la pression, mais Finn ne pouvait plus supporter cette incertitude. Il avait besoin de savoir s'ils avaient un futur ensemble.

Parce que, bon *Dieu*, Finn en avait très envie.

Ce dont j'ai besoin maintenant, c'est de bons conseils, de la part de quelqu'un qui ne me dira pas d'emblée de faire voir des étoiles à Joel. Et il savait exactement à qui demander. Finn sortit son portable et appuya sur le numéro abrégé.

— Salut. Je ne te dérange pas au milieu d'une conférence vidéo, j'espère ?

Levi gloussa.

— *Non, ça, c'était hier soir. D'ailleurs, l'avantage d'être community manager, c'est que je peux prendre des pauses quand j'en ai envie. Comment va ?*

Lorsqu'il entendit le coup de tonnerre suivant, Levi poussa un cri de surprise.

— *Dis-moi que tu n'es pas dehors par ce temps.*

— Je sais qu'on dirait une fusillade, mais c'est seulement la pluie qui tombe sur ma carlingue. Je bosse pas aujourd'hui. Et je t'appelle parce que…

Finn soupira.

— … parce que j'ai besoin de parler et que tu es la première personne à qui j'ai pensé.

— *OK, et tu voudrais parler par téléphone ou tu préfères passer me voir ? Vu que tu ne bosses pas et que Mamie vient de pâtisser…*

Finn se redressa.

— Qu'est-ce qu'elle a fait ?

— *Des cookies aux pépites de chocolat et noix de pécan.*

Levi marqua une pause.

— *Et hier, elle a préparé ta tarte au citron préférée.*

— Bon Dieu, que tu es traître ! J'arrive aussi vite que possible.

— *Hé !* l'interpella Levi d'une voix plus forte. *Tu fais gaffe, compris ? N'essaye pas de battre un record de vitesse, pas par ce temps.*

Une boule de chaleur se diffusa en lui. Ses amis étaient les meilleurs, toujours à assurer les arrières les uns des autres.

— Je serai prudent, promis. À tout de suite.

Après quoi, il raccrocha.

Finn quitta sa place de parking et fit demi-tour. Heureusement que Wells n'était qu'à une demi-heure de voiture.

Enfin, peut-être un peu plus dans ce déluge.

Avant que Finn ait pu appuyer sur la sonnette, la porte s'ouvrit à la volée et Mamie apparut, rayonnante.

— Finn ! Entre donc, espèce de grand dadais.

Il laissa la pluie derrière lui en entrant dans le couloir, puis se pencha pour lui embrasser la joue.

— C'est qui que tu traites de « dadais » ? Tu n'as pas encore oublié la tasse que j'ai cassée pendant ma dernière visite ?

Tout sourire, il ajouta :

— Si je ne suis pas sur une marche et que tu n'es pas dans un trou, c'est que tu dois rapetisser, Mamie.

— Sale petit chenapan !

Elle lui frappa le bras avant de glousser.

— J'ai perdu quelques centimètres. On finira bien par les retrouver.

Elle jeta un œil derrière lui.

— Seigneur, quel temps misérable là-dehors. Refermons cette porte.

Elle plissa les yeux dès que ce fut fait.

— Tire ton manteau et tes bottes avant de dégueulasser tout mon plancher.

D'un mouvement d'épaules, Finn retira son imper et elle le suspendit au-dessus du paillasson. Puis il défit ses bottes et les laissa sur place.

— Maintenant, fais-moi un vrai câlin. Je n'ai pas eu droit à un câlin de Mamie depuis des mois, et ce sont les meilleurs.

— Ooh, le petit rusé.

Un énorme coup de tonnerre fit vibrer la glace dans la porte et Mamie écarquilla les yeux.

— Mon Dieu, ce temps. Je n'ai jamais vu ça.

Elle enroula les bras autour de lui et le serra fort.

— Je jurerais que tu deviens plus musclé à chaque fois que je te vois.

Elle le relâcha.

— Va dans la salle à manger. Levi est en train de travailler. Je vous amène des cookies tout chauds.

Mamie lui tapota le bras.

— Ça me fait plaisir de te voir, mon chéri.

Puis elle disparut par la porte de la cuisine.

Des cookies encore chauds. *C'est un amour.*

Finn se rendit dans la salle à manger, où Levi, assis à la table, était concentré sur l'écran de son ordinateur, le front ridé. Il leva la tête à son arrivée et le froncement disparut, aussitôt remplacé par un large sourire qui atteignit même son regard.

— Tu es là.

Levi se leva pour aller lui faire un câlin. Finn le serra fort, si bien que son ami se raidit.

— Hé, tout va bien ?

— Pas vraiment.

Il avisa son camarade et sourit, malgré le tourbillon dans son ventre.

— C'est officiel. C'est toi qui as la plus belle barbe d'entre nous tous.

Au mariage de Teresa, Dylan avait lancé une boutade sur le fait qu'à l'exception de Ben, tout le groupe se laissait pousser la barbe d'une manière ou d'une autre, mais pour la plupart, elles n'étaient que naissantes. Celle de Levi était la plus fournie, et la mieux entretenue.

Ce qui n'était guère surprenant.

Levi haussa les sourcils.

— Je suis quasi certain que tu n'es pas venu pour parler de mes poils.

Finn réalisa soudain que Levi ne savait absolument rien de Joel.

— J'ai quelque chose à te dire. Le truc, c'est que… j'ai rencontré quelqu'un.

Le visage de Levi s'illumina.

— Oh, ouah. C'est arrivé quand ? C'est génial.

Son sourire se raidit aussitôt.

— Enfin, j'imagine que ce n'est *pas* génial, sinon

tu n'aurais pas besoin de conseils, hein ?

Il ferma son ordinateur.

— Voilà, tu as toute mon attention. Raconte-moi tout.

— Il n'y a pas grand-chose à en dire. Il s'appelle Joel, il est génial…

La gorge de Finn se serra. Levi en resta bouche bée.

— Oh mon Dieu. Hissez haut. Finn est amoureux.

Levi pencha la tête sur le côté avant de reprendre :

— Et Joel est-il dans le même bateau ?

— C'est tout le nœud du problème, j'en sais rien.

Et c'était en train de l'achever.

— Il vous arrive de parler ?

Levi se répondit à lui-même avec un rire nasal.

— Question idiote. Évidemment que non. Deux gars ensemble, Dieu vous préserve de vous dire ce que vous ressentez l'un pour l'autre !

Puis de soupirer.

— Comme si je valais mieux.

Avant que Finn ait pu demander ce qu'il entendait par là, Levi attaqua de plus belle :

— Alors, tu lui en as parlé ou pas ? As-tu au moins essayé ?

— Je ne saurais même pas par où commencer.

Il avait beau savoir exactement ce qu'il avait envie de dire, le problème était qu'il avait bien trop peur de la réponse de Joel.

Levi s'enfonça contre le dossier de sa chaise.

— Parle-moi de lui.

— Il a quarante-deux ans. Il a été marié pendant vingt ans, mais il vient de divorcer. Il a deux enfants géniaux, Nate et Laura. Nate a dix-huit ans, Laura quinze. Joel a eu un petit ami à la fin de l'adolescence, en secret, mais la pression familiale était trop forte et il a commencé à fréquenter les filles. Maintenant il est célibataire, et vit pour la première fois sa vie d'homosexuel sorti du placard.

Finn déglutit.

— C'est pourquoi je ne peux pas lui dire ce que je ressens. Il vient à peine de découvrir la vraie vie, il n'aura aucune envie de se poser tout de suite.

— Il est comment en tant que père ?

Les joues de Finn rosirent.

— Il est super.

— Et pendant toutes ces années de mariage… il n'a jamais trompé sa femme avec d'autres types ?

Finn secoua la tête.

— Ce n'est pas son genre.

Levi se frotta la barbe.

— Il ne m'a pas l'air du genre à se taper toute une ribambelle de plans cul non plus.

Ses sourcils s'arquèrent à nouveau.

— Mec, faut que tu lui dises. Je ne suis pas en train de te suggérer de le demander en mariage, compris ? Mais tu dois au moins lui faire savoir ce que tu ressens pour lui.

— Sauf que si je fais ça…

Finn prit une grande inspiration pour garder son calme.

— Je n'ai pas envie d'être son gars de transition, tu vois ?

— Son quoi ?

— Tu sais bien, le gars qui lui montre toutes les ficelles, le premier gars de sa vie qu'il larguera dès qu'il se sentira prêt à passer à autre chose. Et si je n'étais que ça, à ses yeux ?

Levi plissa les yeux.

— Tu as l'impression qu'il est du genre à traiter quelqu'un comme ça ?

Son regard se fit plus contemplateur.

— Est-il du genre à passer son temps dans les bars gay et sur Grindr dès qu'il est réveillé ?

Finn secoua la tête.

— Non.

Ça ne ressemblait pas à Joel.

Levi posa les bras sur les accoudoirs de sa chaise et noua les doigts.

— Alors tu devrais peut-être arrêter de jouer à « Et si ? » et lui demander ce que *lui* veut ?

Il se mordit la lèvre.

— Parce qu'à mes yeux, il me semble qu'il est grand temps que vous ayez *la conversation*. Tu sais de laquelle je parle. « Qu'est-ce qu'on fait ensemble ? Où est-ce qu'on va ? »

Il sourit.

— Tu ne peux pas le traiter comme un dieu omniscient qui a toutes les réponses. C'est un sujet que vous devez aborder tous les deux.

Ils sursautèrent de concert lorsque Mamie s'écria soudain :

— Oh, par tous les saints !

Levi se leva en un clin d'œil.

— Tout va bien, Mamie ?

— Oui, oui. J'ai fait tomber un œuf par terre, c'est tout. J'arrive avec les cookies, enfin si je ne les fais pas tomber aussi. Doux Jésus, que je déteste la vieillesse.

Finn essayait de ne pas rire.

— » Par tous les saints » ? Elle le dit encore ?

Levi pouffa.

— Tu la connais. C'est la plus grosse injure dont elle soit capable.

Il s'adossa à sa chaise.

— Elle dit que le bout de ses doigts s'assèche, qu'elle n'arrive plus à prendre les choses en main correctement, expliqua-t-il à mi-voix avant de se racler la gorge. Mais assez parlé de Mamie. Continuons avec Joel. Ne tarde pas trop, parce que tu sais bien qu'il n'y aura jamais un moment idéal. C'est à toi de saisir l'occasion.

Finn y avait déjà réfléchi.

— Il m'a invité à dîner demain soir.

Et c'est quoi l'expression ? « C'est le moment ou jamais » ?

Les yeux de Levi brillaient.

— Si ce n'est pas Dieu qui te tend les bras, ça.

La porte s'ouvrit et Mamie entra dans la pièce avec un plateau.

Finn fut à ses côtés en un rien de temps.

— Attends, je vais m'en occuper.

Il lui prit le plateau des mains et le posa sur la table.

Mamie ricana.

— Ce que tu veux vraiment dire, c'est que tu préfères *boire* ton chocolat chaud plutôt que de le porter.

Elle lui tapota la joue.

— Petit chenapan.

Elle s'en alla à petits pas et referma la porte derrière elle. Finn la regarda partir.

— Elle a l'air plus faible que la dernière fois que je l'ai vue.

— Elle a eu un rhume en béton. Elle n'est pas encore tout à fait remise. Et ne t'en fais pas pour elle. C'est une coriace.

Ce qui n'empêchait aucunement Levi de contempler la porte close autant que lui.

Finn choisit un cookie et mordit dedans, savourant le croquant des noix et le chocolat qui fondait sur sa langue. Il poussa un soupir de bonheur.

— Elle fait toujours les meilleurs.

— Et tu sais qu'avant ton départ, elle aura préparé une boîte rien que pour toi.

Levi sourit.

— Tu as toujours été l'un de ses préférés.

Son regard transperça Finn.

— Je peux te poser une question ? Si Joel et toi, ça fonctionne… qu'est-ce que ça te ferait d'être en couple avec un homme qui a des enfants ?

Finn fronça les sourcils.

— Qu'est-ce que ça peut faire ? Ses enfants sont super.

Levi hocha la tête.

— Mais si Joel et toi passez aux choses sérieuses, ils deviendraient une responsabilité. Tu es prêt à cette éventualité ?

Il tendit les mains.

— J'essaie juste d'être réaliste et de te faire voir l'image dans son ensemble.

Finn n'hésita pas un instant :

— J'ai plus peur de perdre Joel que de me retrouver avec deux enfants.

Le petit déjeuner chez Becky s'était déroulé à merveille. La façon dont Nate et Laura avaient accepté sa présence…

— Tu *vas* lui parler, j'espère ?

Finn acquiesça.

— Mais je veux le faire à *ma* façon.

— Ce qui veut dire ?

Une graine venait de germer dans son esprit.

— Je veux qu'il n'ait aucun doute sur ce que je ressens.

La graine continuait de grossir, et les premières vrilles d'un plan commencèrent à se déployer, lui emplissant la tête d'une délicieuse idée qui lui donnait des frissons en anticipation.

— Tu crois que Mamie accepterait de me prêter quelque chose pendant plusieurs jours ?

— Dis-moi de quoi il s'agit ?

Lorsque Finn lui eut expliqué, Levi éclata de rire.

— Qu'est-ce que… Je ne crois pas que ça la gênerait. Je meurs d'envie de savoir ce que tu comptes en faire, par contre.

Finn se tapota l'arête du nez.

— C'est un secret.

Sauf que pour mettre son plan à exécution, il allait avoir besoin d'aide, et même d'une aide très spécifique.

— Levi ? Tu as une minute ? l'appela Mamie depuis la cuisine.

— J'arrive, Mamie.

Levi se remit sur ses pieds.

— Je reviens tout de suite.

Il jeta un regard mauvais à Finn.

— N'engloutis pas tous les cookies.

Il quitta la pièce en refermant la porte derrière lui.

Finn sortit son téléphone et consulta le site des Pages blanches. Une recherche rapide lui donna des résultats qui le firent sourire. Le cœur battant la chamade, il composa le numéro.

Je t'en prie, sois la bonne personne. Il ne pouvait y avoir *deux* Megan Halls à Portland, quand même ? Sauf que cela partait du principe que Megan aurait gardé son nom de jeune fille et non pris celui de Lynne.

— *Je suis de bonne humeur, vous avez de la*

chance. Je ne réponds pas quand je ne connais pas le numéro, d'habitude.

Dieu soit loué, c'était bien elle.

— Megan ? C'est Finn.

Son ton changea du tout au tout.

— *Salut, Finn,* dit-il avec une joie évidente.

Une pause s'ensuivit.

— *Pourquoi tu m'appelles ? Il est arrivé quelque chose à Joel ? Il va bien ?*

Un soupçon de panique s'était immiscé dans sa voix.

— Tout va bien, la rassura Finn. Je t'appelle parce que j'ai besoin de ton aide.

— *Eh bien, me voilà tout intriguée.*

Il lui exposa en détail ce qu'il attendait d'elle.

— Tu penses pouvoir y arriver ?

Le ricanement de Megan lui perça les tympans.

— *Carrément. Tu comptes me dire de quoi il retourne ?*

— Si tout se passe comme prévu, tu le sauras bientôt.

Faites que ça marche, je vous en conjure.

— Tu sais quoi faire et quand, du coup ?

— *Ouaip.*

— Et tu es sûre qu'il tombera dans le panneau ?

Megan s'esclaffa.

— *Je vais jouer le rôle de toute une vie. Même si la curiosité risque de m'achever.*

Tout autant que Levi, mais Finn ne comptait pas leur en dire plus.

Il la remercia et raccrocha au moment même où son ami réapparaissait.

— On a évité la catastrophe. Mamie voulait une boîte qui était tout en haut du placard et elle n'arrivait pas à l'atteindre, pas même avec la petite marche que je lui ai achetée exprès.

Levi lui jeta un regard interrogateur.

— Qu'est-ce que tu mijotes ?

— Quelque chose.

Et il priait pour que ses plans portent leurs fruits.

Mamie passa la tête par l'embrasure.

— Finn ? Tu vas devoir nous quitter ou tu restes pour le déjeuner ? C'est juste un bol de soupe que j'ai préparée hier, mais il y a de la tarte au citron pour le dessert.

Finn jeta un regard à Levi, qui hocha la tête avec ferveur.

— J'adorerais rester.

Il n'y avait rien qu'il puisse faire de chez lui pour continuer à préparer ses manigances et il n'avait pas revu Levi depuis le mariage. D'ailleurs, si Mamie acceptait sa requête, Finn devrait l'accompagner au grenier pour trouver ce dont il avait besoin. Il pouvait d'ores et déjà visualiser le résultat dans son esprit.

Il ne lui restait plus qu'à tout mettre en œuvre.

Chapitre 24

Le temps que Joel arrive dans l'allée de chez Megan, il avait déjà infligé à sa sœur, dans sa tête, une série de plaies allant d'hémorroïdes à un déluge de grenouilles. Il avait des choses à faire, bon sang. Il venait de finir sa journée de travail et s'apprêtait à passer la maison au peigne fin pour l'arrivée de Finn quand Megan l'avait appelé dans un accès de panique en hurlant qu'elle avait besoin d'aide et qu'il devait se ramener sur-le-champ. À n'importe quel autre moment, Joel n'aurait pas hésité. La soirée qui s'annonçait occupait cependant son esprit depuis deux jours et la dernière chose dont il avait besoin était une mission de sauvetage. D'autant plus qu'il n'avait pas la moindre idée de ce qu'était l'urgence de sa frangine. Il n'avait pas réussi à la faire s'expliquer et n'avait que sa grande détresse sur laquelle se baser, ce qui ne lui ressemblait pas. Étant donné qu'elle ne l'avait jamais appelé de la sorte, cela avait suffi à lui faire attraper ses clés de voiture. Il venait tout juste de mettre les pieds chez lui après un rendez-vous, aussi n'avait-il pas eu le temps de se changer. Il avait envoyé un texto à Finn avant de repartir pour l'avertir que le dîner serait retardé. Puis il s'était ravisé et avait dit à Finn où trouver la clé de rechange. Bramble serait heureux d'avoir de la compagnie et Finn pourrait l'emmener en promenade le temps qu'il revienne.

Quant à ses projets de préparer un repas spécial, oubliés.

Les malédictions n'avaient toutefois rien à voir avec l'appel de détresse de sa sœur, et tout à voir avec la circulation infernale sur la 295 en direction de Portland. Le temps d'atteindre la sortie, celle-ci avait été fermée. Il avait été obligé de rester sur l'autoroute à péage pendant plus de quinze kilomètres, jusqu'à Falmouth, puis avait repris la 295 en sens inverse. Lorsqu'il avait atteint la maison de Megan, plus d'une heure s'était écoulée depuis son coup de fil. Il avait mis *plus d'une putain d'heure* pour arriver, et il lui en faudrait tout autant pour rentrer chez lui si, par chance, les bouchons n'empiraient pas entre-temps.

Pourquoi aujourd'hui ? Pourquoi il a fallu que ça tombe aujourd'hui, putain ? Puis il se morigéna : *Arrête de jouer les enfoirés égoïstes. Megan a besoin de toi, connard.*

Joel coupa le moteur, sortit de la voiture et courut jusqu'à la porte. Celle-ci s'ouvrit alors même qu'il levait le poing et Megan apparut, une canne dans une main, sa cheville gauche emmitouflée dans une bande.

— Oh, Dieu merci, tu es là.

Megan l'accueillit dans un demi-câlin tandis qu'il entrait chez elle.

Joel étudia le bandage blanc.

— Dis-moi que tu ne m'as pas fait venir jusqu'ici parce que tu t'es tordu la cheville. Et c'est arrivé quand ?

Il s'était presque attendu à trouver Lynne par terre avec une jambe brisée ou quelque chose d'aussi catastrophique.

— Mercredi.

Il cligna des yeux, perplexe.

— Mercredi ? OK, mais alors, c'est quoi l'urgence ?

Son absence de panique lui offrit un soupçon de soulagement.

— Qu'est-ce que je fais là ?

Elle le traîna à travers la maison jusqu'à la porte de derrière, où elle lui indiqua le jardin.

— Midge est là dehors. Ça fait deux jours qu'elle est là.

L'espace d'un moment, Joel en resta pantois.

— Midge ?

Puis il se souvint.

— Que s'est-il passé ? Ta saleté de chatte s'est fait massacrer par un chien, c'est ça ? Mais pourquoi m'appeler moi, alors ?

Il grimaça. Il n'avait aucune envie d'être celui qui devrait ramasser les morceaux du chat mutilé de sa sœur.

Megan leva les yeux au plafond. Elle ouvrit brusquement la porte et l'entraîna dehors, puis boitilla jusqu'à un grand arbre tout au fond du jardin sans jamais le lâcher. Du bout de sa canne, elle lui montra les branches.

— Tu vois ? Elle est coincée.

Joel plissa les yeux. Effectivement, un félin blanc et noir le dévisageait, et quelques secondes plus tard, Midge lâcha un miaulement plaintif.

Il cilla.

— Tu m'as fait faire tout ce chemin pour ton bouffon de chat ? Pourquoi vous ne pouviez pas vous en occuper vous-mêmes ?

— Lynne n'est pas là. Elle est partie voir sa mère, cette semaine. Et moi… je ne supporte pas, j'ai le vertige.

Joel en resta bouche bée.

— Depuis quand ? Quand on était gosses, tu n'arrêtais pas de grimper aux arbres. Papa et maman n'arrivaient pas à t'en faire redescendre.

— Ouais, bah, j'ai vieilli. Je peux plus grimper à mon âge. Et si je tombais ?

Il la dévisagea.

— Oh, mais si c'est moi, c'est pas grave ?

Megan écarquilla les yeux.

— Tu veux bien qu'on reparle du fait que j'ai *la cheville foulée* ?

Il remarqua soudain l'escabelle, dont le dernier barreau était posé contre la branche épaisse sur laquelle Midge reposait comme une espèce d'énorme moineau à poils.

Megan toussota.

— Elle est coincée là depuis que la tempête a éclaté hier matin, et je n'ai pas réussi à la faire descendre. J'ai essayé, tu peux me croire. Mais j'ai… eu le tournis. C'est pour ça que je t'ai appelé, ajouta-t-elle. Alors, tu veux bien, s'il te plaît, te bouger le cul et sauver Midge ?

Il n'avait pas d'autre choix que de grimper.

Bougonnant, Joel monta prudemment à l'échelle, les yeux sur le chat en priant pour qu'elle ne décide pas de se hisser encore plus haut avant qu'il l'atteigne. Midge miaula lorsqu'il se pencha sur l'échelon du haut, mains tendues vers elle.

— Viens, minou. Gentil minou. Fais pas ta teigne, minou.

Midge ne broncha pas tandis qu'il l'attrapait et la fourrait sous son aisselle.

— Bon Dieu, tu la nourris aux hormones ? Elle pèse une tonne.

Désormais privé d'une main, il fit marche arrière avec encore plus de précautions qu'à l'aller. Ses pieds touchèrent enfin la terre ferme et il poussa un soupir de soulagement.

Megan lui prit la chatte des bras et la tint contre sa poitrine.

— Petite vilaine, tu m'as fait si peur.

Si tel était le cas, elle méritait un Oscar pour avoir gardé son calme, car Joel ne discernait aucune trace de frayeur. Il remarqua que la canne était tombée par terre et la ramassa. Midge choisit ce moment pour s'échapper des mains de Megan et se précipiter vers la maison.

— La pauvre. Elle doit crever la dalle.

Elle sourit quand Joel lui tendit sa canne.

— Merci du fond du cœur. Je la voyais déjà littéralement morte de faim.

Joel ricana.

— Je pense qu'elle est beaucoup trop friande de sa gamelle pour se laisser dépérir comme ça.

Il frotta les poils de chat pris dans son veston.

— C'est bon, je peux rentrer ?

Megan écarquilla les yeux.

— Tu ne veux pas au moins boire un café ou quelque chose ?

— Non, je ne veux pas. Il se fait tard et j'ai invité Finn à dîner. Grâce à Midge, je n'ai même pas encore eu le temps de sortir les carottes.

Megan se mordit la lèvre.

— Excuse-moi. Tu aurais dû me le dire.

Joel la toisa avec amusement.

— Pourquoi ? Ça aurait changé quoi que ce soit ?

Il soupira.

— Je suis content que Midge soit saine et sauve. Mais la prochaine fois, demande à un voisin ? Tu sais, quelqu'un qui vit plus près que moi ?

Et sur ce, Joel se dépêcha de traverser la maison dans l'autre sens pour retourner à sa voiture. En s'asseyant derrière le volant, il fit une prière silencieuse.

Je vous en prie, plus de surprises. Cette soirée est importante.

Peut-être même la plus importante de sa vie, celle où tout son avenir aller se jouer.

Son portable vibra et Joel le sortit en toute vitesse. Il sourit en voyant qu'il s'agissait de Finn.

— *Salut. T'es où ?*

Joel soupira.

— Chez Megan. Je te raconterai quand je serai rentré. Ça va me prendre au moins une heure pour revenir.

Il marqua une pause.

— Je suis désolé. La soirée ne se déroule pas comme prévu.

Finn pouffa.

— *T'en fais pas pour ça. Bramble a eu droit à sa promenade, et maintenant que j'ai une idée du temps que tu vas mettre à arriver, je peux préparer le dîner. Ce ne sera pas des lasagnes, mais ce sera comestible… j'espère.*

— Le but, c'était que *moi* je te prépare à dîner.

— *Hé,* lui répondit Finn d'une voix douce. *C'est pas grave. Dépêche-toi de rentrer.*

Il raccrocha. Joel prit une grande inspiration.

OK. Plan B. Qu'est-ce que ça change si c'est Finn qui cuisine ? Il sera quand même là, donc bon.

Ils avaient des choses à se dire.

Soixante-quinze minutes plus tard, Joel se garait derrière Finn dans son allée. Lorsqu'il coupa le moteur, son portable vibra.

Passe par le portail latéral.

Il fronça les sourcils. *C'est quoi, ce bordel ?* Joel sortit de la voiture et fit le tour par le côté. Un air de musique l'accueillit et, une fois qu'il eut ouvert et traversé la grille, il réalisa que ça provenait de son propre jardin.

Qu'est-ce qui se passe ?

Joel tourna l'angle… et s'immobilisa comme plusieurs centaines de lumières blanches s'illuminaient devant lui. Il y en avait partout : dans les arbres, sur le dessus de la clôture, enroulées autour des rambardes de la terrasse. D'autres encore étaient suspendues aux poutres de la pergola, dont les poteaux étaient tout autant décorées.

Il avait l'impression d'être entré dans l'antre d'une fée.

Son cœur s'accéléra lorsque Finn entra dans son champ de vision. Il portait un costume, et Joel ne l'avait jamais vu aussi beau.

— Bienvenue chez toi.

Finn s'approcha des marches et l'attendit ; Joel fit le tour de la terrasse, le cœur battant la chamade. Il prit la main tendue de Finn et monta les marches.

— Tu as fait tout ça… pour moi ?

Finn sourit.

— Avec un peu d'aide de la part de Mamie. Je lui ai emprunté toutes ses guirlandes de Noël, et tu peux me croire, on les compte en *milliers.*

Ses yeux brillaient.

— Et, bien sûr, ta sœur a contribué aussi.

Joel se figea.

— Ma…

Finn lui décocha un grand sourire.

— Il fallait que tu décampes de là pendant que je préparais tout ça.

Il lâcha la main de Finn, sortit son portable et lança l'appel. Avant que Megan ait pu dire quoi que ce soit, il l'invectiva :

— Tu t'es servi de ta chatte ?

Elle ricana.

— *Hé, j'ai fait avec ce que j'avais sous la main. Tu sais combien de temps il m'a fallu pour lui faire comprendre de ne pas bouger ? J'ai dû mettre des morceaux de thon tout au long de la branche.*

— Attends, c'est *toi* qui l'as mise là-haut ?

— *Ouais, environ trente minutes avant que tu arrives. Tu as mis tellement de temps à débarquer que j'ai commencé à paniquer. J'étais certaine qu'elle allait trouver un moyen de descendre avant que tu passes le pas de ma porte.*

— Et ta foulure à la cheville ?

Un nouveau ricanement.

— *Elle a miraculeusement guéri dès ton départ. Va comprendre.*

— Espèce de sale petite… Et Lynne, elle est vraiment chez sa mère ?

Megan lâcha un rire nasal.

— *Elle est restée cachée dans la chambre tout du long à essayer de ne pas mourir de rire.*

— Tu as conscience que je ne croirai plus jamais un traître mot qui sortira de ta bouche ? Et je…

— *Hé !* l'interrompit-elle. *J'ai escaladé un arbre pour toi ! Si ça, c'est pas de l'amour…*

Megan ricana derechef.

— *Passe une bonne soirée.*

Elle lui raccrocha au nez. Il rempocha son portable. Finn l'observait avec un amusement évident. Joel leva les sourcils.

— Tu t'es donné beaucoup de mal.

Ce qui faisait battre son cœur d'autant plus vite,

c'était que toute cette mise en scène sonnait *romantique*.

Finn finit d'ailleurs de le convaincre :

— Je voulais que ce soir soit spécial.

Sainte Marie, Mère de Dieu.

Joel n'aurait pas pu nommer la chanson qui jouait quand il était arrivé, mais il connaissait bien la suivante. La merveilleuse voix d'Etta James emplit la nuit avec ses paroles tout bonnement parfaites. *Enfin...*

Des paroles qui faisaient chavirer son cœur.

Finn s'approcha.

— M'offrirez-vous cette danse ?

Joel se mordit la lèvre.

— Il n'y a pas beaucoup de place pour danser.

Le sourire de Finn enflamma ses yeux.

— Alors, on va devoir se tenir très près l'un de l'autre.

Le souffle de Joel se coupa lorsque les bras de Finn s'enroulèrent autour de son cou, leurs corps se frôlant presque.

— Comme ça, murmura Finn.

Joel posa les mains sur ses hanches et ils se déplacèrent ensemble, une cadence légère qui lui embrasa les sens.

— J'adore ton costume, murmura-t-il.

— Je l'ai loué. J'ai dû aller jusqu'à une boutique de mariage hier pour en trouver un.

Joel pouffa.

— Tu dois le rendre quand ?

Finn ricana.

— Demain, alors fais-toi plaisir. Je ne me mets pas en costume pour *n'importe* qui, je te ferais savoir.

Il se tut un instant.

— Je suis content qu'il te plaise.

— Tu n'as pas idée de l'effet que ça me fait de te voir comme ça. Et ce n'est pas ma queue qui parle.

Joel caressa le dos de Finn.

— Tu es magnifique.

Le costume peaufinait l'air de magie, le romantisme de la soirée, et Joel se laissa tomber sous son charme.

— Pour une soirée spéciale, c'est réussi.

Une soirée où Joel trouverait peut-être enfin le courage d'ouvrir son cœur.

Finn se pencha et effleura l'oreille de Joel du bout des lèvres.

— Tu te souviens quand on a parlé de mes ex, et que tu as dit que je ne méritais pas ça ? Eh bien, la vérité, c'est que… ce n'était pas tout à fait comme ça.

Finn s'écarta en hochant la tête.

— Ils n'ont pas profité de moi. C'est moi qui voulais aller trop vite, voilà tout. J'étais *tellement* amoureux, que je ne prenais pas le temps de vérifier si eux l'étaient. Ce qui m'amène à toi.

La respiration de Joel s'accéléra tout autant que son rythme cardiaque.

— D'accord.

— Je ne voulais pas commettre les mêmes erreurs. Je ne comptais pas me précipiter à mettre mon âme à nue, surtout pas s'il y avait la moindre chance que toi tu ne m'aimes pas…

Finn croisa son regard et déglutit.

— … comme moi je t'aime.

Putain de merde.

Joel s'arrêta de danser et posa les mains sur le visage de Finn. Tremblant légèrement, il le regarda dans les yeux.

— Tu m'aimes ?

Finn acquiesça.

— Et je dois t'avouer que je suis mort de trouille, là.

Joel ne pouvait pas le laisser dans l'incertitude.

— Il ne faut pas. Parce que moi aussi, je t'aime. Et…

La bouche de Finn s'abattit sur la sienne, et Joel se laissa emporter par le plus doux baiser qu'il eut jamais connu. Etta continuait de chanter sans leur prêter la moindre attention, tandis que Joel enlaçait Finn sous un plafond étoilé encore plus brillant que le ciel qui virait à l'orange et au doré rien que pour eux.

Lorsqu'ils se séparèrent enfin, Finn murmura :

— Ouah.

Joel retrouva sa voix.

— Tu l'as dit.

Finn sourit.

— Je ne parlais pas du baiser, même s'il était carrément épique. C'était plutôt un « ouah, lui aussi il m'aime ».

— Tu as besoin que je le répète ?

Joel prit la tête de Finn en coupe et l'amena plus près jusqu'à ce que leurs lèvres se touchent presque.

— Je t'aime, murmura-t-il avant de lui octroyer un nouveau baiser soutenu.

Finn lâcha un soupir après cela.

— Ouah, le retour.

— Je n'aurais pas pu dire mieux.

Finn se racla la gorge et s'écarta.

— Bon… maintenant que le plus important est dit… est-ce que tu as faim ?

Joel éclata de rire.

— J'ai les crocs. Qu'est-ce qu'on mange.

— Homard et salade.

Joel en resta coi.

— Tu m'as préparé un homard ?

Finn pouffa.

— Non, j'en ai acheté un précuit chez Wolff Farm.

Il se figea.

— Tu aimes ça, au moins ?

— J'adore.

Il avait besoin de le répéter :

— Je t'aime.

Finn rayonnait.

— Je t'aime aussi, dit-il avec un sourire. Je crois que je vais le dire souvent ce soir.

Joel ne pensait pas pouvoir s'en lasser un jour.

Finn se frotta la bouche avec une serviette.

— C'était délicieux.

Manger sur la terrasse de Joel, sous l'étendue de lumières, avait été magique en soi, mais ces moments où ils s'étaient arrêtés pour s'embrasser ou se serrer la main avait accentué son émerveillement, et Finn savait qu'il n'oublierait jamais ces instants.

— Quand tu m'as demandé de venir dîner ce soir…

Joel soupira.

— Carrie m'a dit de ne pas laisser ma peur m'entraver. Alors, j'avais décidé de t'avouer mes sentiments.

Il tourna la tête vers Finn.

— Et si tu veux savoir de quoi j'avais peur ? C'est de notre différence d'âge. Je suis continuellement épaté que tu puisses t'intéresser à un mec de quarante-deux balais.

Finn arqua les sourcils.

— D'accord… Primo ? Tu as l'âge *idéal* pour moi, et c'est la dernière fois que je veux avoir cette discussion. Deuxio, contrairement à un ami en particulier, dont je tairai le nom parce que ça ne servirait à rien, j'aime m'engager, compris ? C'est pour ça que mes autres relations ont foiré. Je voulais du sérieux, et pas eux.

— Ce que j'aurais dû réaliser, puisque tu m'en avais parlé.

Les yeux de Joel étincelaient.

— Carrie a toujours dit que j'étais nul pour ce qui était de lire entre les lignes. Maintenant, à toi de me dire pourquoi *toi* tu étais bloqué.

Finn se mordit la lèvre.

— Je suis ton premier mec en vingt ans. J'ai cru que tu ne me voyais que pour le sexe. Alors, qu'est-ce que tu aurais pu penser si le premier type avec qui tu couchais te déclare de but en blanc que tu es celui qu'il a cherché toute sa vie.

Il se figea.

— Bon, ben, j'ai révélé plus de choses que je n'en avais l'intention.

Joel prit sa main par-dessus la table.

— Au contraire. J'avais besoin de l'entendre. Et même si le sexe est carrément génial…

Il déglutit.

— Seigneur, on a tellement plus en commun que ça.

Finn décida de se jeter complètement à l'eau.

— Écoute… je pensais prendre une ou deux

heures de pause la semaine proche. Il faut que je me rende à Portland pour aller au Frannie Peabody Center.

Joel lui décocha un sourire narquois.

— On n'a plus de capotes, c'est ça ? C'est à ça que servent les pharmacies.

Doux Jésus, que son cœur battait vite.

— Ce n'est pas pour ça que j'y vais. Je passe au Centre tous les trois mois… pour me faire dépister.

Joel se figea.

— Je vois. Je dois dire que je ne l'ai jamais fait.

Finn hocha la tête.

— C'est pour ça que j'ai pensé que tu pourrais m'accompagner. On pourrait se faire tester ensemble.

Allez, Joel, lis entre les lignes.

— Oh, fit celui-ci, puis son souffle s'emballa. *Oh.*

Dieu soit loué, il a compris.

— Tu aurais envie de le faire ?

— Oui, affirma Joel en souriant. Oh que oui.

Il jeta un regard à la table.

— On a terminé ?

— Pourquoi, tu as quelque chose en tête ?

Comme si la même idée n'avait pas traversé l'esprit de Finn.

— Il nous reste des capotes ou pas ?

Finn gloussa.

— Entre celles que j'ai achetées et celles que *toi* tu as achetées, je crois qu'il nous en reste une blinde.

Il ne put résister :

— Assez pour durer jusqu'à ce qu'on reçoive nos résultats, en tout cas.

Oh merde. Les pupilles de Joel venaient de se dilater.

— Alors, on rentre.

Finn se fendit d'un grand sourire.

— J'en avais marre de ce costard, de toute façon.
La vaisselle pouvait bien attendre.

Finn gémit dans la bouche de Joel tandis que celui-ci le doigtait doucement. Les mains de Finn étaient posées sur la tête et la nuque de son amant, et bien que tous deux soient en mouvement continuel, ni l'un ni l'autre n'était pressé d'atteindre leur destination. Finn voulait profiter du voyage : la tendresse des caresses de Joel, son sexe rigide frottant contre le sien, les soupirs du quarantenaire tandis que Finn les masturbait en même temps à un rythme posé, et l'émerveillement dans les yeux de son bien-aimé lorsqu'il pénétra Finn de son membre couvert.

Son cœur papillonna lorsque Joel, enfoncé jusqu'à la garde, s'immobilisa, l'embrassa et murmura :

— Je t'aime.

Leurs lèvres fusionnèrent et Finn le tint tout contre lui tandis qu'ils se mouvaient en harmonie, ses jambes enroulées autour du corps de Joel pour qu'il l'envahisse toujours plus profondément.

Ils perdirent toute notion de temps en s'ébattant sur le lit de Joel ; rien d'autre ne comptait en dehors de leur connexion. Lorsque Finn se mit à quatre pattes, Joel s'agenouilla derrière lui pour le prendre à nouveau, mais avec une langueur exquise, si bien que Finn baissa la tête et ferma les yeux, laissant les sensations le bercer. Il arqua l'échine et Joel y déposa une pluie de baisers en remontant jusqu'à sa nuque, l'une de ses mains continuant un va-et-vient d'une douceur absolue sur l'érection de Finn, comme s'il était une créature fragile qu'il fallait choyer, cajoler… aduler.

Joel passa un bras sur la poitrine de Finn et le tint contre son torse ; Finn tourna la tête pour l'embrasser tandis qu'il le prenait avec une cadence parfaite.

— Oh, oui, comme ça, susurra Finn en jouant des hanches.

— Je vais plus tenir longtemps, l'avertit Joel, le souffle court.

Il recouvrit Finn de tout son long, l'entravant contre le matelas alors qu'il accélérait le tempo, l'air rempli de bruits de peau claquant contre la peau. Et lorsqu'il sentit la queue de Joel pulser en lui, Finn soupira.

Un jour prochain, il n'y aurait plus rien pour les séparer.

Cette pensée suffit à lui faire perdre pied, Joel s'accrochant à lui pendant que les spasmes de son orgasme le prenaient, leurs corps toujours liés.

Joel l'embrassa dans le cou.

— Moi qui pensais qu'on avait atteint la perfection.

— Pareil pour moi.

Joel pouffa.

— On vient à peine de commencer.

Finn sourit. *Ça y est. « On »*.

Il n'avait jamais entendu de mots plus doux.

— Tu as quelque chose de prévu le week-end prochain ?

— Hmm ?

Joel était occupé à caresser le dos de Finn, profitant de l'affabilité du moment.

— Seulement de passer autant de temps que possible avec toi, en dehors de ça, non. Carrie va profiter des vacances pour emmener les enfants voir mes parents à Boise toute la semaine. Pourquoi ? Tu as quelque chose en tête ? Mis à part l'évidence.

Finn pouffa.

— Tu as l'esprit tellement mal placé. Le week-end prochain, c'est la fête d'anniversaire pour Mamie, et je me demandais si tu avais envie de m'accompagner. Tous mes amis seront là, enfin j'espère, et je voudrais te les présenter.

Joel se déplaça de sorte à lui faire face dans le lit.

— Vraiment ?

Il n'était pas aveugle : il savait ce que les amis de Finn représentaient pour lui. C'était une étape cruciale.

Finn acquiesça.

— J'ai rencontré *ta* famille, maintenant j'aimerais que la mienne rencontre la personne la plus importante dans ma vie.

Il se mordit la lèvre.

— Alors ?

Le cœur de Joel dansait dans sa poitrine.

— J'adorerais. On ne restera que le temps de la fête ou tu avais prévu de passer la nuit là-bas ?

— Je comptais dormir chez Seb, avec tous ceux qui auront pu se libérer.

Il sourit.

— Ça fait longtemps qu'on ne s'est pas vus, et je vais avoir quelques perles à leur raconter.

— Donc je ferais mieux de ne pas être dans les parages.

Finn caressa la joue de Joel.

— Au contraire. On peut se prendre une chambre au Colonial Inn d'Ogunquit. Un autre de mes amis y bosse : Dylan. Avec sa réduction familiale, on va pouvoir se trouver une suite de luxe. Et j'aurais tout le loisir de rattraper les potins avec les copains pendant la fête.

Il sourit de toutes ses dents.

— En plus, ça leur donnera l'occasion de discuter de nous pendant leur petite soirée pyjama.

Les yeux de Finn luisaient d'espièglerie.

— Même si ce ne sont pas les mêmes soirées pyjama auxquelles tu étais habitué, sale petit pervers.

— Tu te souviens de tout ce que je te raconte ? s'émerveilla Joel.

— Seulement le plus important. Le truc ? ajouta Finn en se penchant afin que ses lèvres effleurent celles de Joel. C'est que tout ce que tu dis est important.

La quadragénaire frissonna lorsque Finn amena sa main sur son membre durcissant.

— Tu as une idée d'où tu peux la mettre ?

Tout sourire, Joel répondit :

— Je connais l'endroit idéal.

Chapitre 25

Finn coupa le moteur et, lorsque Joel fit mine de sortir de la camionnette, il lui caressa la cuisse.

— Ça va ?

— J'ai un peu le trac, avoua Joel en croisant son regard. L'enjeu est important.

De tout cœur avec lui, Finn se pencha pour l'embrasser sur la bouche.

— Ils vont *t'adorer*, lui assura-t-il. Et ils ne mordent pas.

Il se fendit d'un grand sourire.

— Enfin, je ne garantis rien vis-à-vis de Seb, mais ne nous engageons pas sur ce terrain-là, tu veux ? Au moins, tu en as déjà rencontré un. Et Mamie va t'adorer tout autant.

— Elle m'a l'air d'une dure à cuire.

Finn éclata de rire.

— On peut pas dire mieux.

Il serra les doigts sur la cuisse de Joel.

— Bon, il est temps d'y aller. Et dis-toi qu'une fois la fête terminée, on va pouvoir passer la nuit dans cette magnifique chambre d'hôtel.

Ils y avaient fait un saut pour s'enregistrer avant de se rendre à l'anniversaire, et Finn devait bien admettre que Dylan leur avait fait un beau cadeau. La chambre King, en coin, offrait une vue imprenable sur l'océan et un lit à l'attrait indéniable.

Joel pouffa.

— On y serait toujours si je ne t'avais traîné jusqu'à la voiture. Il n'en faut pas beaucoup pour te distraire, avoue ?

Il prit une grande inspiration avant de continuer :

— C'est bon, je suis aussi prêt que je le serai jamais.

— Mon preux chevalier.

Finn l'embrassa derechef, se délectant de la façon dont Joel prit sa joue en coupe.

— Maintenant, aide-moi à décharger le rocking-chair.

Ils sortirent de l'habitacle et Joel l'aida à descendre la chaise sur le trottoir. Ils la portèrent ensemble jusqu'à la porte, qui s'ouvrit avant que Finn ait pu sonner.

Levi en resta pantois.

— Oh, elle est superbe. Dépêchez-vous de la mettre dans le salon. Mamie est dans le jardin, elle se prend pour la reine d'Angleterre.

Il décocha un sourire à Joel.

— Salut, Joel. Moi, c'est Levi. Bienvenu.

Il s'écarta ensuite pour les laisser entrer, puis passa devant eux pour leur ouvrir les portes et ils installèrent la chaise à bascule dans le salon.

De la poche de sa veste, Finn extirpa une boule de gros ruban rouge.

— On s'est dit que tu voudrais l'emballer avec ça.

Levi rayonnait.

— C'est trop mignon.

Finn hocha la tête en direction de Joel.

— C'était son idée.

Levi tendit la main et Joel la serra.

— Ça me fait plaisir d'enfin te rencontrer, Joel. Finn m'a beaucoup parlé de toi. Je suis ravi que tu aies pu venir aujourd'hui.

Finn, à genoux devant la chaise, gloussa.

— Il a un peu le trac de tous vous rencontrer.

Joel le dévisagea.

— Je t'en prie, dis-le à tout le monde.

Finn se releva et lui attrapa la main.

— Levi, c'est pas « tout le monde ». C'est l'un de mes amis les plus proches, et il ne va pas le crier sur tous les toits dès la seconde où il aura quitté cette pièce, crois-moi.

Il savait que Joel se sentait comme sur des charbons ardents depuis qu'il avait ouvert les yeux, et il avait fait de son mieux pour lui changer les idées.

Le sexe était parfois la meilleure des thérapies.

Levi les guida à travers la maison et de l'autre côté de la baie vitrée où Mamie, sur le patio, était assise sur une chaise en osier à haut dossier. Les invités qui discutaient avec elle occupaient le salon de jardin, et d'autres, sur la pelouse, papotaient entre eux, un verre à la main. L'odeur de viande grillée emplissait les narines. Shaun, occupé à retourner les saucisses et les pavés de bœuf, fit un signe de la main à Finn, et écarquilla les yeux en voyant Joel. *C'est qui, ça ?* demanda-t-il du bout des lèvres.

Un grand sourire aux lèvres, Finn lui répondit *Plus tard.* Il se colla à Joel et lui murmura :

— Au fait, je n'ai pas dit aux garçons que j'amenais un invité, et il semble que Levi ne leur ait pas transmis l'info non plus.

Joel tourna brusquement la tête vers lui.

— Tu as le chic pour me mettre encore plus la pression.

Finn s'empara de ses deux mains et plongea le

regard dans le sien.

— Détends-toi, tu veux ? Viens que je te présente Mamie. Après, je te présenterai à la bande.

— La « bande », hein ? rétorqua Joel avec un sourire narquois. On croirait à un groupe d'ados.

Finn s'esclaffa.

— Crois-moi, une fois que tu auras passé un peu de temps avec eux, tu comprendras pourquoi c'est le mot idéal.

Lui n'avait aucune crainte quant à cette rencontre entre Joel et ses amis. Il savait qu'ils l'adoreraient.

Du moment qu'ils ne l'aiment pas autant que moi je l'aime.

Assis sur le canapé du patio, Joel contemplait le jardin bien moins bondé qu'il ne l'avait été six ou sept heures plus tôt. Le soleil avait disparu de l'horizon et le ciel s'était assombri, mais des lampes illuminaient le jardin dans les parterres de fleurs, le long des chemins pavés et à la base des arbres dont les troncs luisaient de mille feux. La plupart des invités s'en étaient allés, et Mamie leur avait souhaité la bonne nuit. Finn avait raison : cette femme était une force de la nature. Il adorait la façon dont Levi prenait soin d'elle, lui demandant si elle était à l'aise, lui apportant à boire et à manger et s'assurant de son bien-être général.

— Levi m'a l'air d'un chic type, commenta-t-il.

À ses côtés, Finn soupira.

— C'est le meilleur.

Il gloussa.

— Je crois que Mamie a adoré son rocking-chair.

— Qu'est-ce qui pourrait te faire dire une chose pareille ? En dehors du fait qu'elle ait exigé qu'il soit mis dehors sur-le-champ afin qu'elle puisse s'asseoir dedans et qu'elle y soit *restée* tout le reste de l'après-midi et toute la soirée ?

Il donna un petit coup de coude au bras de Finn.

— Tu as bien bossé.

— Hé, c'était l'idée de Levi.

Joel hocha la tête, puis saisit la main de Finn.

— Mais ce sont ces mains pleines de talent qui l'ont modelée dans ces morceaux de bois.

Il souleva les doigts de Finn à ses lèvres pour les embrasser.

— Ces doigts pleins de talent, ajouta-t-il avec un sourire qui en disait long. Ces doigts aux *multiples* talents.

Finn récupéra prestement sa main.

— Couché, Brutus. Ne t'imagine pas que je n'ai pas compris ton petit jeu. Arrête *ça* tout de suite. Garde tes forces pour quand on sera rentrés à l'hôtel.

Joel ricana.

— Je te rends seulement la monnaie de ta pièce.

— Pardon ?

— Oh, feins l'innocence. Ce n'est donc pas toi qui m'as appelé pendant ta pause, mardi dernier ? Pour me dire *en détail* ce que tu avais prévu de me faire une fois que tu mettrais les pieds chez moi ? Six heures. J'ai dû attendre *six putains d'heures* que tu arrives. T'imagines pas mon état.

— Peut-être, mais je me suis bien fait pardonner,

non ?

Joel ne pouvait le nier. Entre l'anticipation et le fait que Finn avait débarqué dans sa tenue de travail, son ceinturon encore autour de la taille, cela avait causé une explosion digne de ce nom.

Suite à quoi ils avaient pu recommencer. Et recommencer encore, *sans* les vêtements cette fois.

Il prit une autre gorgée de sa bière.

— Quelqu'un ici a de très bons goûts.

La bouteille provenait de l'une de ses microbrasseries préférées.

Finn toussa.

— C'est moi, ça. Je suis allé en chercher l'autre jour.

Comme Joel le dévisageait, il haussa les épaules.

— J'ai dû passer par Portland, alors quand je suis tombé sur le nom de la boutique, je me suis souvenu que je l'avais déjà vu quelque part. C'était l'une des bières que tu m'avais servies il y a un moment. Je me suis dit que je pouvais en ramener pour participer aux frais de la fête.

Mais bien sûr. Joel sourit.

— Tu ne devais pas passer par là, tu y es allé exprès.

Finn écarquilla les yeux.

— Comment tu le sais ?

Joel soupira.

— Parce que c'est tout à fait ton genre.

Finn s'appuya contre lui.

— Tu passes un bon moment ?

— C'était une super fête. Et Mamie est un sacré personnage.

— J'ai oublié de te demander. Quand je suis revenu des W.C., vous étiez en pleine conversation. De quoi vous parliez ?

— De toi.

Face au regard perplexe de Finn, Joel sourit.

— Je crois qu'on peut qualifier ça d'interrogatoire pour « connaître mes intentions ».

— Sérieux ?

Joel lui prit à nouveau la main et ils nouèrent leurs doigts. L'intimité du geste lui réchauffa le cœur.

— Elle veillait sur toi, rien de plus.

Il ne comptait pas lui répéter ses paroles exactes.

Elle l'avait transpercé d'un regard acéré et l'avait averti :

« Si tu lui brises le cœur, c'est à moi que tu auras affaire, c'est bien compris ? »

Joel lui avait assuré qu'il ferait tout ce qui était en son pouvoir pour rendre Finn heureux. Elle l'avait fixé un moment de plus avant de hocher la tête d'un air satisfait.

Il se souvint soudain qu'il avait un message à transmettre.

— Carrie a appelé pendant que tu parlais à Levi, tout à l'heure. Elle m'a dit de te passer toute son affection et que Nate voudrait t'apprendre à jouer aux échecs la prochaine fois qu'ils viendront à la maison.

Finn se fendit d'un rire nasal.

— Je lui souhaite bien du courage, dit-il.

Le visage rayonnant, il ajouta :

— Tes enfants m'apprécient.

— Évidemment. Ils ont bon goût, ils tiennent de leur père.

Finn pouffa.

— Je ne vais pas te contredire là-dessus.

Le regard de Joel tomba sur le coin opposé du patio, où sept hommes riaient et papotaient, assis autour du brasero. De tête, il fit le tour du groupe, reliant les noms aux visages, soulagé de tous les reconnaître. Il avait été présenté à chacun d'eux à un moment ou à un autre au cours de l'après-midi, et la longueur des conversations avait varié de l'un à l'autre. Certains des amis de Finn étaient bien plus discrets qu'il ne se les était imaginés, mais tous semblaient heureux de faire sa connaissance. Pas un n'avait taquiné Finn ni fait une blague désobligeante.

Joel avait l'impression de s'en être tiré à bon compte et ne s'attendait à ce que cela dure encore longtemps.

Il donna un coup de coude à Finn.

— Je suis prêt.

Finn l'avisa, front plissé.

— Pour quoi ?

Joel inclina la tête vers le groupe.

— Pour mon baptême du feu.

Il se leva du canapé de jardin et lui tendit la main.

— Allez, viens. Jetons-nous à l'eau.

— Tu es sûr ?

Joel éclata de rire.

— Non, mais je vais le faire quand même.

Finn lui attrapa la main et Joel le tira sur ses pieds.

— Tu peux passer devant. Ma bravoure a ses limites.

Finn gloussa et le mena de l'autre côté du patio. Les autres se turent à leur approche, et Seb se fendit d'un grand sourire.

— On a failli attendre.

Joel sourit et saisit son courage à deux mains.

— On n'a pas tous des couilles aussi grosses que les tiennes, Seb, dit-il.

Ce qui lui valut une ronde d'éclats de rire. Finn apporta deux chaises et les autres se serrèrent pour leur faire de la place. Les flammes luisaient sur leurs visages.

— Mon gros, ton chéri apprend vite.

Le compliment venait de Ben, qui semblait être le plus jeune. Il avait une tignasse de cheveux bruns mi-longs avec des mèches plus claires qu'il repoussait constamment de ses yeux couleur chocolat.

— Comment vous avez trouvé la chambre ?

La question venait de Dylan.

Joel sourit à nouveau.

— Elle est super. C'est toi qu'on doit remercier, j'imagine.

Dylan éluda la question d'un geste de la main.

— C'est rien. Vous n'êtes pas les premiers à en profiter. Et vous avez au moins eu la jugeote de la réserver au nom de Joel.

Ses yeux brillaient.

— *Quelqu'un* l'a réservée, il n'y a pas longtemps, au nom de M. et M. Smith.

Joel était mort de rire, car toutes les têtes s'étaient aussitôt tournées vers Seb.

L'intéressé les fusilla du regard.

— Hé. Ça ne vous est jamais arrivé de faire des jeux de rôle ? Il voulait faire comme si c'était notre lune de miel, le soir de notre mariage.

Aaron partit d'un fou rire.

— C'est probablement la seule que t'auras jamais.

— Fais gaffe à toi, Seb.

L'avertissement provenait de Noah, le seul membre du groupe à porter des lunettes.

— Il pourrait décider que tu es l'élu de son cœur et qu'il veut vraiment te passer la bague au doigt.

Il ponctua sa tirade d'un sourire espiègle.

Seb émit un rire de dérision.

— Mais bien sûr. Je ne m'engagerai jamais sur cette pente.

Finn toussota.

— Ne dit jamais « jamais ». Parce que tu ne sais pas ce qui pourrait te tomber dessus au prochain tournant.

Son regard croisa celui de Joel, dont l'estomac se retrouva à nouveau plein de papillons.

— Oh mon Dieu, vous êtes trop *choux* tous les deux ! s'exclama Ben en levant sa bouteille à leur encontre. Bienvenu parmi nous, Joel.

Les autres firent de même.

— Ça vous donnerait presque de l'espoir, hein ? ajouta Aaron avec un clin d'œil. Parce que si *Finn* est parvenu à se trouver un mec…

Joel rigola, les vestiges de sa nervosité disparaissant pour de bon.

— Alors, c'est Finn qui emménage chez toi, ou c'est toi qui emménages chez lui ? voulut savoir Ben d'un ton intransigeant.

Joel trouva amusant la façon dont Finn et lui-même s'exclamèrent « Ouah ! » au même moment.

Finn en restait pantois.

— On vient tout juste de se maquer. Ça fait une semaine, gros.

— Et ?

— Et, donne-nous au moins le temps de nous habituer à l'idée qu'on est en couple avant de préparer le déménagement.

Joel ne dit rien, lui. Il était surpris de réaliser qu'une fois le choc passé, la suggestion de Ben qu'ils vivent ensemble ne le dérangeait pas.

On ne va pas mettre la charrue avant les bœufs. Ils avaient tout le temps.

— Comment va ton père, Shaun ? s'enquit Finn.

Penché en avant, Shaun s'accouda à ses genoux en tenant sa bouteille de bière des deux mains.

— J'ai dû remplacer notre infirmière à domicile. Susie nous a complètement pris par surprise : elle est enceinte et son mari veut qu'elle reste à la maison pour s'occuper de leur petit nid. *Elle*, elle préférerait bosser, mais apparemment il est du genre à se faire du mouron, alors…

— Sa nouvelle aide-soignante est bien ? Comment elle s'appelle ? le questionna Levi.

— *Il* s'appelle Nathan.

Sujet à leurs regards interloqués, Shaun leva les yeux au ciel.

— Bon sang, les mecs, les infirmiers, ça existe.

Il but une nouvelle gorgée.

— Il est super avec papa, c'est tout ce qui compte.

Il avala une autre lampée.

— C'est mon premier week-end hors de la maison depuis le mariage de Teresa.

Noah lui serra l'épaule.

— Tu as le droit de faire une pause.

Shaun tourna la tête vers lui.

— Papa n'a pas le droit à une pause, lui, alors pourquoi moi j'y aurais droit ?

Il exhala longuement.

— Désolé, les gars. Je me suis mal exprimé.

— C'est rien, lui assura Dylan d'une voix douce. On comprend.

Joel n'intervint pas, se souvenant que Finn lui avait fait part de la sénilité du père de Shaun.

— Oh, les gars, j'ai failli oublier, les interpella Ben, les yeux chatoyants. J'ai un entretien d'embauche la semaine prochaine.

Joel adora les huées d'approbation qui emplirent

l'air nocturne.

— C'est super, s'exclama Levi. Pour quel poste ?

— Une boutique de souvenirs, qui se trouve pile-poil sur le pas de ma porte, à Camden. Apparemment, le magasin appartient à la même famille depuis quatre-vingts ans. Même si moi, je n'y ai jamais mis les pieds. Qu'est-ce que je ferais dans un attrape-touristes ? Les proprios s'appellent Pearson.

Une grimace déforma ses traits.

— C'est un nom fréquent dans le Maine, non ?

Noah écarquilla les yeux.

— Mon Dieu, j'espère pour toi.

Joel fronça les sourcils.

— J'ai loupé quelque chose ?

Finn se renfrogna.

— Il y avait un sale con au lycée, Wade Pearson, qui n'a pas arrêté de pourrir la vie de Ben, tout ça parce qu'il s'était convaincu que Ben était gay.

Quand il vit Joel lancer un regard perdu à Finn, Ben éclata de rire.

— Certes, je *suis* gay maintenant, mais à l'époque je me cherchais encore. Cette espèce d'enflure homophobe.

Ses yeux chatoyaient.

— Quel dommage que ce soit une enflure homophobe *trop canon*, parce que dans une autre vie, je me serai jeté sur lui comme un affamé. Je refuse de songer un instant que ces Pearson-ci sont de la même famille. Le Seigneur ne serait pas aussi cruel.

Noah secoua la tête.

— On parle de quel Seigneur, là ?

Seb leva les mains.

— Nan. Pas question qu'on parle de religion.

— Pas même pour réciter une petite prière ? insista Ben. Parce que j'ai *besoin* de ce taf, les gars.

Seb se tourna vers les cieux.

— Hé, Dieu ? Fais en sorte que Ben ait ce boulot. Tant que T'y es, assure-Toi que la personne qui lui fera passer son entretien n'ait aucun lien avec ce trouduc de Wade Pearson. T'as pigé ?

Il décocha un sourire suffisant à Ben.

— Ça devrait faire l'affaire.

Ben roula des yeux.

— Ouais, merci pour tout, Seb.

Finn s'esclaffa.

— Si Mamie t'avait entendu, Seb, elle t'aurait botté le cul avec son balai.

L'intéressé se tourna aussitôt vers la fenêtre qui les surplombait.

— Elle dort de l'autre côté de la maison, non ?

Tout le monde rigola et il se tourna vers Aaron.

— La haute saison va bientôt commencer pour toi.

Aaron se fendit d'un rire narquois.

— Merci de me le rappeler. Qu'est-ce qui attire autant les abrutis en période estivale ?

— Aaron est garde forestier à l'Acadia National Park, expliqua Finn à Joel avant de dévoiler toutes ses dents. Je crois qu'il a arrêté de compter le nombre de fois où les visiteurs font des blagues sur le Thunder Hole[8].

Joel cligna des yeux.

— Sérieux ? Ça existe, cet endroit ?

Même s'il avait déjà entendu le nom, lorsque ses enfants étaient plus jeunes, leurs vacances consistaient en une visite chez ses parents à Boise. Ils

---

[8] NdT : Le trou à tonnerre, littéralement, qui s'interprète facilement comme « Le trou à pets ».

n'avaient pas beaucoup exploré la partie nord du Maine, à son grand regret.

Aaron acquiesça.

— C'est une grotte gigantesque qui recrache l'eau de mer dans les airs, parfois jusqu'à douze mètres.

Il ricana.

— Ça ressemble un peu à une fête de fraternité, ajouta-t-il avant de secouer la tête. Malgré toutes les forêts et les kilomètres de côte, c'est *ça* qui fait jaser les gens.

Noah se leva.

— Je vais me chercher une autre bière.

Il effleura le bras de Levi.

— Tu veux quelque chose ?

— Ça va, merci, lui répondit Levi avec un sourire.

— Et nous, tu nous demandes pas ? s'immisça Seb, un sourire narquois aux lèvres. Parce que je voudrais bien une fraîche, moi aussi.

Il tapota l'étiquette de sa bouteille.

— Cette marque, spécifiquement. Quelqu'un a au moins amené une boisson décente à cette sauterie.

Joel se retint de sourire.

— Je dirais pas pareil. Certains se contentent très bien d'une Bud.

Seb renâcla.

— C'est ce que j'appelle une bière de novice. Ça a le goût…

— Non ! l'interrompit Shaun. On sait tout ce que tu en penses.

— Et *pourquoi* on le sait tout ? insista Finn, tout sourire. Parce que tu nous as déjà bassinés avec ça un million de fois. Et je te signale que j'aime ça, moi, la Bud, alors ferme ton clapet.

Une nouvelle salve de rires.

— Oh, Seb. Ca y est, c'est les grandes vacances, non ? lui demanda Aaron.

— Bingo. J'ai passé toute la semaine à l'école pour préparer la rentrée des classes. Le moment est venu de me détendre et de faire la fiesta *tout* l'été.

— Ouais, mais tu peux pas faire la teuf tout seul. Dis, Joel ? l'interpella Dylan en se nouant les doigts derrière la tête, si bien que Joel se prépara au pire. Tu connaîtrais pas quelqu'un de ton âge qui pourrait s'intéresser à Seb ?

Ses yeux étincelèrent.

— Parce qu'on sait *tous* que Seb rêve d'un daddy rien qu'à lui.

Seb *et* Finn lui lancèrent un regard mauvais, mais Joel, lui, s'esclaffa.

— Déjà, je ne suis pas un daddy, et je ne me permettrais jamais de supposer des goûts de Seb en matière de mecs.

Il jeta un regard en coin à l'intéressé.

— Même si après l'avoir vu en live, j'ai ma petite idée.

— OK, la fête est finie, déclara Finn en se mettant debout. Il est temps pour nous de regagner notre hôtel.

Ben ricana.

— Ce qui se traduit par « quelque chose démange Finn et il a besoin que Joel le gratte. »

Tout le monde rit, y compris Finn et Joel.

— J'ai été ravi de vous rencontrer tous, dit Joel en se levant. Finn parle de vous sans arrêt.

— Alors que nous, on avait pas la moindre idée que tu existais avant aujourd'hui, déclara Shaun avec un sourire.

— Parle pour toi, rétorqua Seb, suffisant.

Il se tourna vers Finn.

— Vous venez chez moi demain pour le déjeuner ? Il y en a pour un régiment. On pourra discuter un peu plus.

Finn jeta un œil à Joel, qui hocha la tête.

— Avec plaisir.

Maintenant qu'il avait plongé les orteils dans l'eau, l'idée d'aller nager plus profondément ne lui faisait plus peur. Un grand sourire étira ses traits.

— Mais là, on va vous laisser pour que vous puissiez parler dans notre dos.

Un silence s'installa aussitôt, brisé par l'éclat de rire de Finn, auquel les autres se joignirent.

— OK, j'approuve, dit Aaron avec un hochement de tête catégorique à l'attention de Finn, qui leva les yeux au ciel.

— Bah, merci. Je n'avais pas vraiment besoin de ton aval, mais ne te gêne surtout pas pour ça.

Finn attrapa la main de Joel.

— À demain.

— Profitez bien de l'hôtel, leur intima Ben alors qu'ils retournaient vers la maison.

— On y compte bien, murmura Finn.

Il traîna Joel de l'autre côté du couloir et par la porte d'entrée. Une fois arrivé à la camionnette, Finn s'arrêta et l'embrassa.

— Ça fait des *heures* que j'attends ça.

Joel pouffa en l'attirant plus près.

— Tu aurais pu m'embrasser devant eux. Ça ne les aurait pas gênés.

Finn renâcla.

— Tu rigoles ? Seb se serait rempli les poches en vendant des tickets.

— Juste pour que tu le saches ? commença Joel en se penchant davantage. J'aime beaucoup tes amis.

Finn rayonnait.

— Ça me fait plaisir.

Leurs lèvres se trouvèrent pour un nouveau baiser. Lorsqu'ils s'écartèrent, Finn fit rouler ses clés autour de son doigt.

— L'hôtel est à environ quinze minutes d'ici. Je te veux dans ce grand lit d'ici vingt minutes. Tu crois que c'est jouable ?

— Oh, je crois qu'on peut le faire. D'ailleurs, je crois que je peux fourrer ma langue entre tes fesses en moins de vingt-cinq minutes.

Les yeux de Finn s'embrasèrent.

— Chiche.

Alors qu'il s'installait derrière le volant, il laissa échapper un soupir de contentement.

— C'était quoi, ça ? lui demanda Joel.

Finn lui attrapa la main.

— Pendant des semaines, tu n'as été qu'un fantasme, un mec dont je rêvais, sans jamais penser que je trouverais un jour le courage de t'aborder.

— Et maintenant ?

Finn lui serra les doigts.

— Je ne pourrais pas rêver mieux.

Fin

Le boss de Ben (tome 2)

« Pearson, c'est courant comme nom. »
« Ça ne peut pas être lui. »
« Seigneur, ce serait trop cruel. »

Un passé douloureux

Lorsqu'il arrive à son entretien d'embauche, les pires craintes de Ben White sont confirmées. Si cela fait huit ans qu'il a quitté le lycée, il n'a pourtant pas oublié les moqueries de Wade Pearson.

Il reste toutefois une chance pour que Wade ne soit plus le même enfoiré homophobe qu'il a connu. *Mais bien sûr.*

Sauf que le jeune homme des souvenirs de Ben s'est transformé en véritable étalon ténébreux. Dans une autre vie, Ben se serait jeté dessus sans réserve. Le regard de Wade lui met toujours autant le trac, mais pour des raisons totalement différentes.

Un désir inavoué

À l'instant même où Wade a découvert le C.V. de Ben, il a su qu'il devait le revoir. Ben est aussi beau que dans son souvenir et il est clair qu'il s'attend à ne pas être choisi à cause de leur passif.

Mais Wade a un plan. Il veut se racheter une conscience pour tout ce qu'il a fait subir à son ancien camarade de classe, même si celui-ci ne saura jamais pourquoi il s'est comporté de la sorte. Toutefois, le voir tous les jours ne fait qu'approfondir les regrets de Wade. Si seulement il avait été plus courageux à l'époque, peut-être que Ben et lui auraient pu construire quelque chose ensemble.

Le moins qu'il puisse faire, c'est de prouver à Ben qu'il a changé. Même s'il n'y a aucune chance pour qu'il obtienne ce qu'il désire *vraiment* : l'amour de Ben.

De la même auteure

Changements Personnels
Plus Personnel
Secrets Personnels
Strictement Personnel
Défis Personnels
La série complète

L'art et la matière
Dentelle

Bears in the Woods (Edition Française)
Connexion
Cher Père Noël

L'auteure

K.C. Wells vit sur une île près de la côte Sud du Royaume-Uni, entourée de la beauté de la nature. Elle écrit des romans sur des hommes qui aiment d'autres hommes et ne peut s'imaginer une vie où elle n'écrirait pas.

Le tatouage en forme de rose arc-en-ciel qu'elle a dans le dos avec les mots « Love is Love » (L'amour, c'est l'amour) et « Love Wins » (L'amour l'emporte), c'est sa façon à elle de brandir un drapeau. Elle a l'intention de continuer pendant encore longtemps à inventer des hommes amoureux, que ce soient des histoires douces qui prennent leur temps ou torrides et coquines.